plaisir d'amour

FSC
www.fsc.org
MIX
Papier aus verantwortungsvollen Quellen
Paper from responsible sources
FSC® C105338

SAWYER BENNETT

JETT

ARIZONA VENGEANCE

Ins Deutsche übertragen
von Joy Fraser

plaisir
d'amour

Sawyer Bennett
Arizona Vengeance Teil 10: Jett

Aus dem Amerikanischen ins Deutsche übertragen von Joy Fraser

www.plaisirdamour.de
info@plaisirdamourbooks.com

ISBN Print: 978-3-86495-600-3
ISBN eBook: 978-3-86495-601-0

Vowort

Ich hoffe, euch gefällt Jett, der zehnte Band der Arizona Vengeance-Reihe. Wenn dies für euch das erste Buch der Serie ist, könnt ihr es auch als eigenständigen Roman lesen, ohne die anderen Bände kennen zu müssen.

Wenn ihr schon länger Fan der Serie seid, möchte ich mich herzlich für das geduldige Warten bedanken. Ich war monatelang damit beschäftigt, *The Chronicles of the Stone Veil* zu schreiben, eine Urban-Fantasy-Serie in fünf Bänden, die Anfang 2021 erschienen ist. Wenn ihr euch ein bisschen für Paranormal-/Urban-Fantasy-Romance interessiert, schaut unter: https://bit.ly/SB_StoneVeil.

Falls nicht, keine Sorge. Es kommen noch mehr Eishockeygeschichten. Und mit meiner Romantic-Suspense-Serie *Jameson Force Security* geht es ebenfalls weiter.

Viel Spaß beim Lesen.
Xoxo

Sawyer
Juli 2021

Kapitel 1

Jett

„Jett!“, ertönt eine Stimme. Ich halte inne und schaue in das Zimmer, aus dem ich gerufen worden bin.

Auf einem Bett und von Kissen gestützt sitzt ein Junge, geschätzt knapp um die dreizehn Jahre alt. Sein Bett ist ordentlich gemacht, er sitzt auf einer blauen Bettdecke und hat eine Nintendo Switch in der Hand.

Ich trete einen Schritt zurück und gehe ohne weitere Einladung in das Zimmer hinein. Er hat mich erkannt und ich lehne kein Gespräch mit einem jungen Fan ab. Schon gar nicht mit einem in einer Rehaklinik, dem das linke Bein vom Knie abwärts fehlt.

Der Junge grinst breit vor Erstaunen, dass ich tatsächlich in sein Zimmer komme. „Wow, du bist ja wirklich Jett Olsson.“

„Zumindest steht das auf meinem Führerschein.“ Ich halte ihm die Faust zum Gruß hin, gegen die er mit seiner stößt.

„Kann ich ein Autogramm haben?“, fragt er schüchtern, da er jetzt weiß, dass ich wirklich Jett Olsson bin, der Right Winger der Second Line im Team der Arizona Vengeance. Die aktuellen Stanley-Cup-Titelverteidiger.

„Ich habe eine bessere Idee", versichere ich ihm. „Erst gehe ich meinen Freund besuchen, dann komme ich wieder zu dir und bleibe eine Weile. Vielleicht zeigst du mir dein Nintendo-Spiel?"

„Wirklich?", fragt er und in seinen braunen Augen leuchtet es vor Überraschung auf.

„Auf jeden Fall."

„Cool." Erfreut streckt er eine Faust in die Luft.

Nachdem ich aus dem Zimmer gegangen bin, steuere ich wie ein Pro durch die Flure des Edward W. Freely Rehabilitationshospitals. Es stammt aus den Mittfünfzigern und wurde vor fünf Jahren renoviert. Jetzt ist es hochmodern mit glänzenden Parkettböden, farbenfrohen Kunstwerken an den Wänden und geräumigen Krankenzimmern mit heimeligen Möbeln, damit sich die Langzeitpatienten wohlfühlen.

Hier ist mein Kumpel und Teamkamerad Baden Oulett untergebracht, um sich von seinem letzten operativen Eingriff an der Wirbelsäule zu erholen, der drei Wochen her ist. Seitdem ist das Wunder geschehen, dass er nicht nur wieder Gefühl in den Beinen hat, sondern sie auch bewegen kann. Zwar noch nicht so gut, dass er aufstehen und losrennen kann, doch es ist ein guter Anfang. Daher muss er nun viel trainieren, um die volle Beweglichkeit wiederzuerlangen. Außerdem muss er aus der tiefen Depression herausfinden, in die er gesunken ist. Der Preis, den er für die Rettung einer Frau vor einem Überfall zahlen musste, ist ein Riss in der Milz, Hirnblutungen und eine lange Narbe auf einer Seite des Gesichts. Was allerdings nicht die schlimmsten Verletzungen waren. Schlimmer war die Verletzung des Rückgrats durch Schläge mit einem Brecheisen. Daraufhin war Baden von den Hüften abwärts gelähmt.

Es war furchtbar, bis zur letzten Operation, doch jetzt scheint die Sonne wieder auf sein Leben.

Wahrscheinlich geht es ihm bereits auf die Nerven, aber sämtliche Teamkameraden kommen ihn einzeln regelmäßig besuchen. Seine Eltern leben in Montreal, und hier sind wir seine Familie, also vergeht kein Tag, an dem nicht einer von uns nach ihm sieht.

Ich biege von dem Flur ab, der zu Badens Zimmer führt, und gehe zu einem der Fitnessräume. Dort stehen besondere Geräte bereit, um den Gelähmten bei der Therapie zu helfen. Ich werde mitten in seine Therapiestunde platzen, möchte ihn aber unbedingt einmal beim Training sehen. Ich komme an weiteren Patientenzimmern vorbei, deren Türen offen stehen. Die Patienten winken mir oder grüßen mich, denn hier bin ich kein Fremder mehr.

Als ich in den Fitnessraum komme, steht Baden zwischen zwei parallelen Stangen. Mein Herz schlägt schneller, weil er tatsächlich auf den eigenen Beinen steht.

Er wird von einem Brustgeschirr gesichert. Ein Therapeut steht vor ihm und einer hinter ihm. Um die Beine hat er ein Stützgestell geschnürt, und die Muskeln seiner Arme treten hervor, als er sich auf den Stangen aufstützt. Ich bin erstaunt, dass er sich so ganz allein halten kann.

Heilige Scheiße.

Baden kann wieder allein stehen.

Er hat mich noch nicht gesehen, und ich sage nichts, denn ich will seine Konzentration nicht stören. Sein Ausdruck ist gequält, und er beißt so fest die Zähne zusammen, dass die rote Narbe auf seiner linken Seite, die von der Schläfe bis zum Kinn verläuft, ganz blass aussieht.

„Okay, und jetzt der erste Schritt", sagt der Therapeut vor ihm. „Verbinde dein Gehirn mit dem Bein."

Baden runzelt die Stirn, stöhnt vor Anstrengung, gibt dem Bein Schwung und bewegt es dadurch circa zehn Zentimeter nach vorn. Zehn kleine Zentimeter, doch mir kommt es vor, als hätte er soeben eine Olympiamedaille gewonnen. Und ich weiß, wie sich das anfühlt, denn ich habe eine. Eine silberne, die ich bekam, als ich bei den vergangenen olympischen Winterspielen für mein Heimatland Schweden gespielt habe.

Am liebsten würde ich für Baden jubeln und ihn anfeuern, aber ich beherrsche mich. Er braucht seine volle Kraft und Entschlossenheit, um seine Beine zu bewegen. Schweiß bricht ihm auf der Stirn aus und läuft seine Schläfen entlang. Seine Arme zittern, die das ganze Gewicht seiner Körpergröße von einszweiundneunzig halten müssen. Seit er kein Gefühl mehr in den Beinen hat, hat er gebetsmühlenartig seinen Oberkörper trainiert, sodass er sich jetzt nicht auf das Brustgeschirr oder die minimale Kraft seiner Beine verlassen muss. Er kann sich allein mit den Armen aufrecht halten.

Mit seiner vollen Konzentration schafft er fünf oder sechs kleine Schritte, bevor er langsam nach unten sackt. Der Therapeut hinter ihm steht sofort mit einem Rollstuhl bereit. Langsam lassen sie Baden darauf nieder und schnallen ihn vom Geschirr ab.

Leise Beifall klatschend gehe ich auf Baden zu. Er wendet mir den Blick zu und grinst.

„Jemand kann bald wieder raus aufs Eis", sage ich, als der Rollstuhl zwischen den Stangen hinausgeschoben wird.

Das mag taktlos klingen, da Baden wahrscheinlich nie wieder Eishockey spielen wird, doch in den vergangenen anderthalb Jahren habe ich Baden recht gut kennengelernt. Und noch besser nach dem Überfall und den vielen Besuchen bei ihm. Baden ist jetzt an einem Punkt, an dem wir ungezwungener reden und Hoffnung ins Gespräch einfließen lassen können. Als er neulich Gewichte stemmte, sagte er grinsend, dass er darüber nachdenke, kein Goalie mehr sein zu wollen, sondern ein Right Winger wie ich. Vollkommen absurd, selbst bei perfekter Gesundheit. Wir lachten herzhaft darüber.

Er wischt sich den Schweiß von der Stirn. „Zieh mir Schlittschuhe an und ich bin bereit."

Baden nickt den Therapeuten zu, was ein stummer Dank für deren Hilfe ist, und wendet den

Rollstuhl mir zu. Inzwischen hat er sich an den Rollstuhl gewöhnt und überholt andere Rollstuhlfahrer im Flur. Manchmal fährt er mir mit der Fußstütze gegen die Schienbeine, worüber er sich dann kaputtlacht.

Ja, seit Baden wieder Gefühl in den Beinen hat, hat sich seine Stimmung enorm aufgehellt. Ich weiß nicht, ob er überhaupt vorhat, je wieder Eishockey spielen zu können, was das größte Langzeitziel wäre, aber er ist hocherfreut, dass normales Laufen wieder eine Option ist.

Wir reden über das gestrige Spiel gegen die Houston Jam, das wir 7:2 gewonnen haben, sodass ich fast Mitleid mit dem Gegner hatte.

Fast.

Ich konnte lediglich bei einem Tor assistieren, doch das habe ich wirklich wunderbar gemacht. Ich schaffte eine unglaubliche Täuschung, durch die Kane in der Lage war, mit der Rückhand ins Tor zu treffen. Baden als Goalie stimmt mir zu, dass dieser Treffer nicht zu halten war.

Baden biegt in sein Zimmer ein. „Wie war deine Geburtstagsparty?“, fragt er freundlich.

„Schön“, antworte ich. Es gab nur vorgestern eine kleine Feier mit Kane, Jim und Bain im Sneaky Saguaro. Mit Essen und Bier feierten wir meinen Sechsundzwanzigsten.

Bain und ich flirteten mit den Kellnerinnen in ihren knappen Outfits. Aber hauptsächlich ging es mir darum, mit den Kameraden meiner Line zusammen zu sein. Eigentlich hätte Baden dabei sein sollen, doch er lehnte ab, denn er will nicht im Rollstuhl in die Öffentlichkeit, was ich verstehen kann.

Riggs, einer unserer Defensemen, konnte nicht kommen, weil er seiner Schwester bei einem Schulprojekt helfen musste. Zumindest war das seine Ausrede. Ich weiß nicht, ob es stimmt. Wir wissen immer noch so gut wie nichts über den Mann und warum er der Vormund seiner siebzehnjährigen Schwester ist.

Mein Blick fällt auf die große Pflanze am Fenster, deren Ranken bis zum Boden reichen. „Deiner Heldenpflanze geht es echt gut."

Baden schnaubt. Jedes Mal beschwert er sich, dass er sich um das Ding kümmern muss, aber anscheinend macht es ihm doch Spaß, denn sie gedeiht wunderbar. Er bekam sie von der Frau geschenkt, die er gerettet hat. Man sollte meinen, dass die Pflanze ihn an den Vorfall erinnert, doch vielleicht sieht er nur die Dankbarkeit der Frau in ihr. Jedenfalls hat er uns kaum etwas über den Vorfall erzählt und die zwei Kerle, die ihn verprügelt haben, wurden nie erwischt. Wahrscheinlich kann man mit so etwas schlecht abschließen, wenn es wie eine dunkle Wolke über einem hängt.

Baden macht sich nicht die Mühe, sich aus dem Rollstuhl auf sein Bett oder in einen der Sessel am Fenster zu begeben. Er fährt lediglich mir gegenüber vor meinen Sessel, stellt die Bremse fest und lehnt sich bequem zurück.

„Gib mir ein Dreißig-Sekunden-Update über alle“, fordert er.

Ich brauche ihm keine Statistiken zu erzählen. Baden folgt allen Spielen, weil er immer noch ein Mitglied des Teams ist. Nein, er meint Persönliches. Klatsch und Tratsch.

„Hm“, sage ich und blicke nachdenklich nach oben. „Jim und Ella haben sich versöhnt.“

„Wunderbar“, sagt Baden, nickt und macht eine Handbewegung, dass ich weitermachen soll.

Ich erzähle ihm alles über die anderen. Blue und Erik warten auf ihr Baby, das nächsten Monat kommen wird, sodass Erik bei jedem Auswärtsspiel in Panik gerät. Wir lachen über Kane, der aktiv an der Planung seiner Hochzeit mit Mollie teilnimmt und offenbar ganz darin aufgeht, sich Blumendeko und Hochzeitslocations anzusehen. Womit ihn alle Männer aufziehen.

„Und Dominik und Willow werden wohl Dillon adoptieren“, erzähle ich Baden.

„Heilige Scheiße! Das ist cool. Ist der Kleine immer noch so gut im Kindereishockey?“

Lachend nicke ich. „Ja. Ich wette, er hat es auf eine Position in unserem Team abgesehen.“

Der Besitzer unseres Teams, Dominik Carlson, und seine Frau Willow sind bereits seit einigen Monaten die Pflegeeltern des Jungen. Ich hatte den Eindruck, dass eine Adoption von Anfang an das Ziel war, sie es jedoch nicht laut ausgesprochen haben, weil sie nichts beschreien wollten.

„Aber wie geht es dir denn nun wirklich?“, will ich wissen, auch wenn ich ziemlich auf dem neuesten Stand bin, da ich Baden nicht nur besuche, sondern auch täglich mit ihm chatte oder telefoniere.

Baden grinst und schüttelt den Kopf. „Du weißt doch alles über meine eingeschränkte Existenz. Ich mache Reha-Übungen und Work-outs. Das war's. Viel lieber würde ich gern wissen, wie es dir geht und ob du bei der neuen heißen Mitarbeiterin für die sozialen Medien gelandet bist.“

Ich seufze, denn er spricht von Emory Holland, die zu meinem Fluch geworden ist. Sie ist und bleibt völlig unbeeindruckt von meinem Charme.

Unsere erste Begegnung ist nicht so gut gelaufen. Sie war für den Posten der stellvertretenden Abteilungsleiterin für digitales Marketing und Controlling beim Team Vengeance eingestellt worden. Ich habe keinen blassen Schimmer, was das bedeutet, aber eines ihrer Projekte ist der Kontakt mit den Fans auf Instagram. Dafür traf sie sich mit jedem Spieler, um über dessen Image in den sozialen Medien zu sprechen und ihm zu raten, wie er noch mehr Fans anlocken kann.

Bei unserem ersten Meeting gab sie sich ganz geschäftsmäßig.

Ich versuchte, sie zu einem Date zu überreden. Sie ließ mich eiskalt mit dem Spruch abblitzen, dass sie mit Arbeitskollegen nichts anfängt. Ich spürte jedoch, dass sie in Wahrheit einfach nicht an mir interessiert war. Und das versetzte mir zugegebenermaßen einen Stich.

„Ich habe einen neuen Plan“, sage ich grinsend zu Baden. „Und treffe mich heute Abend mit ihr.“

„Und wie lautet der Plan?“

„Ich werde ihr meine Accounts in den sozialen Medien zeigen und dass ich alles genau so gemacht habe, wie sie es mir geraten hat. Sie wird so beeindruckt sein, dass ich es so gut hinbekommen habe, dass sie gar nicht anders kann, als aus Dankbarkeit mit mir auszugehen.“

Baden schnaubt. „Mach dich darauf gefasst, wieder einen Korb zu bekommen.“

„Sie ist wirklich eine harte Nuss“, gebe ich nachdenklich zu.

„Ich finde sie sehr sympathisch“, sagt Baden.

Irritiert blinzele ich.

Er lacht. „Sie hat mich neulich besucht und gefragt, ob ich nicht auf Insta die Reha und meine Genesung für die Fans veröffentlichen will.“

Ich runzele die Stirn. Das erscheint mir ein bisschen taktlos.

Baden liest meinen Gesichtsausdruck und versichert mir: „Schon gut. Sie hat keinen Druck auf mich ausgeübt und mich nur gebeten, darüber nachzudenken. Allerdings glaube ich, dass ich damit andere inspirieren könnte, die ähnliche Verletzungen erlitten haben. Ich möchte ihnen zeigen, dass man die Hoffnung nicht verlieren darf.“

Es trifft voll in mein emotionales Zentrum – ja, auch harte Sportler haben Gefühle –, dass Baden anderen ihre Tragödie erleichtern will. So ist er eben.

Da er gerade so offen ist, riskiere ich eine Frage. „Wie stehen eigentlich die Chancen, dass du wieder spielen kannst?"

Baden lächelt so, als hätte er Mitleid mit mir, dass ich Angst hatte, diese Frage zu stellen. „Die Chancen dafür sind sehr gering. Das würde eine Menge harte Arbeit bedeuten."

„Die du aber leisten kannst", behaupte ich schlicht.

„Absolut", sagt er, wird dann aber ernster. „Dieses Ziel setze ich mir allerdings jetzt nicht. Erst will ich wieder normal laufen können, und dann kann ich mir das nächste Ziel vornehmen."

Sehr weise. Ziele unrealistisch hochzustecken, führt nur zu massivem Versagen und noch mehr zerstörten Träumen.

Wir reden noch etwas länger über die Saison und wie sie vorangeht. Als Titelverteidiger ist der Druck, uns selbst zu übertreffen, gewaltig. Momentan sind wir in unserer Division auf dem zweiten Platz, was nicht schlecht ist, aber wir müssen uns anstrengen, auf den ersten Platz zu kommen.

Wir tratschen ein wenig über die anderen Spieler. So viele von ihnen haben sich im vergangenen Jahr fest gebunden. Das sehe ich bei mir natürlich noch nicht kommen, aber ich freue mich für meine Kameraden, die mit dem monogamen Lebensstil zufrieden sind.

Ich werfe einen Blick auf meine Uhr. „Alter, ich muss jetzt los."

Ich erhebe mich und Baden begleitet mich mit dem Rollstuhl bis zur Tür.

„Ich dachte, du triffst dich mit Miss Holland erst gegen Abend?"

„Stimmt." Ich lache, reiche ihm die Hand, beuge mich zu ihm hinab und klopfe ihm mit der anderen Hand auf die Schulter. Klassische Bro-Umarmung. Dann lasse ich ihn los. „Aber ich habe eine Verabredung mit einem Jungen von der Kinderstation."

Zwar wollte ich noch nie eigene Kinder, denn das ist eine verdammt große Verantwortung, die mir nicht behagt, doch ich lasse mir nie die Gelegenheit entgehen, mit den Kindern anderer Leute zusammen zu sein. Denn die kann ich jederzeit zurückgeben und ohne einen Blick zurück einfach weggehen.

Kapitel 2

Emory

Ich tippe die letzten Zeilen des Posts auf der Instagramseite unter das Foto des Teambesitzers Dominik Carlson und seiner Frau Willow sowie deren Pflegesohn Dillon. Ein Schnappschuss, den ich gestern während des Spiels in der Teamloge gemacht habe.

Zwar war ich nicht direkt in die Loge eingeladen worden, doch ich bekam einen Besucherausweis umgehängt, der mich als Mitglied der Organisation ausweist. Genauer gesagt als stellvertretende Abteilungsleiterin für digitales Marketing und Controlling. Und alle wissen, dass ich ungehinderten Zutritt zu allem habe, um Fotos für die sozialen Medien zu schießen.

Und das nutze ich voll aus.

Selbstverständlich stürme ich nicht in die Umkleidekabine, wenn sich die Jungs gerade umziehen, was meine Schwester sehr bedauerlich findet. Aber als Dominik mich eingestellt hat, damit ich sein Team im Internet zu „dem angesagtesten amerikanischen Eishockeyteam" mache, verlangte ich ziemlich viel an persönlichem Zugang.

Er hatte kein Problem damit.

Ich lehne mich auf dem Stuhl zurück und betrachte das Foto, bevor ich es veröffentliche. Ich habe es hinter der Carlson-Familie aufgenommen.

Dillon steht zwischen Dominik und Willow in der ersten Reihe der Loge. Das Spiel war zu aufregend, um sitzen zu bleiben. Am meisten rührt mich, dass Willow und Dominik eine Hand an dem Jungen haben, ohne zu wissen, dass der andere ihn ebenfalls berührt. Willow hat ihre Hand auf seinem Rücken. Dominiks Hand liegt im Nacken des Jungen und dieser lehnt sich leicht in Dominiks Richtung. Der liebevolle Familienmoment trifft voll in meine Gefühlswelt. Ich sende den Post ab und weiß, dass es unseren Followers genauso gehen wird. Allen 343.000.

Bei der Zahl verziehe ich das Gesicht. Sie ist viel zu niedrig. Die Carolina Cold Fury haben über eine Million Follower. Natürlich ist unser Team erst ein Jahr alt, aber schließlich sind wir die Titelverteidiger. Ich muss diese Zahl unbedingt erhöhen.

Ich wechsele zu meinem zweiten Bildschirm und notiere mir, dass ich nächste Woche signierte Trikots verlosen werde. Seit meinem Beginn hier vor wenigen Wochen geht es nur langsam voran, aber ich bin unermüdlich. Bestimmt hat Dominik mich genau deswegen eingestellt.

Mein Handy klingelt. Ich öffne die Schublade des Schreibtisches, in der meine Handtasche liegt. Damit ich nicht der Versuchung erliege, in meine eigenen sozialen Medien zu schauen und mit meiner Familie zu chatten, stecke ich das Handy während der Arbeitszeit weg. Nach dem Motto: aus den Augen, aus dem Sinn.

Aber das ist Jennas Klingelton und für sie habe ich immer Zeit.

„Was geht ab, Süße?“, sage ich fröhlich ins Handy. Meine Gedanken waren soeben noch bei Analysen und Fortschritten, die noch gemacht werden müssen, doch für meine Schwester kann ich sie sofort loslassen.

„Nicht viel“, sagt sie und stöhnt leise.

Ich stelle sie mir im Geiste vor. Sie sitzt an ihrem Schreibtisch und streckt die Arme hoch, um ihren Rücken zu entspannen. Stundenlang kann sie ohne Pausen dort sitzen, aber manchmal geht es ihr an die körperliche Substanz. Ich habe versucht, sie zu einem Yogakurs oder zu Pilates zu überreden, doch sie ist zu sehr zum Stubenhocker geworden. Seit sie als Freelancerin als Lektorin arbeitet, ist sie noch mehr ans Haus gebunden als vorher.

„Ich dachte, ich mache geschmorte Spareribs zum Abendessen“, sagt sie, nachdem sie nach dem Dehnen hörbar ausgeatmet hat. „Mit Knoblauch-Rosmarin-Kartoffeln.“

„Köstlich“, antworte ich. Das Gute daran, dass Jenna so viel zu Hause ist, ist zugegebenermaßen, dass unsere Ernährung besser geworden ist.

„Kannst du bitte einen guten Rotwein mitbringen?“, fragt sie.

Ich halte inne. Jenna und ich trinken gern einen Wein zum Essen oder auch einfach mal so. Aber meistens nur an den Wochenenden oder zu einem besonderen Anlass. Es ist Dienstag und Mitte November. Heute ist nichts Besonderes.

Es sei denn …

„Hast du ihn bekommen?“, frage ich vorsichtig, doch ich spüre schon die innere Aufregung.

„Ich habe den Job!“, ruft sie dann aus.

Ich kreische ebenfalls erfreut auf. Plötzlich wird mir bewusst, dass sich mein Büro in der Vorstandsetage der Arizona Vengeance befindet. Ich sollte mich professioneller benehmen, also reiße ich mich zusammen und wispere nur noch.

„O mein Gott. Ich freue mich wahnsinnig für dich, Jenna.“ Denn meine Schwester hat einen Job bei der Phoenix Tribune als Lektorin bekommen, womit ihre ewige Suche nach Aufträgen als Freelancerin ein Ende hat. Sie braucht etwas Festes, und das ist damit der Fall.

„Und das Beste ist“, sagt sie erfreut, „dass ich von zu Hause aus arbeiten kann.“

Meine Hoffnungen schwinden dahin. Ich habe erwartet, dass der Job sie endlich aus dem Haus bringen wird, doch anscheinend nicht. Das sage ich ihr jedoch nicht. Ich bleibe weiterhin enthusiastisch. „Ich werde den besten Rotwein mitbringen, den wir mit den Spareribs zusammen genießen können.“

„Schwester, du bist die Beste“, antwortet sie.

„Nein, das bist du.“

Womit wir beide recht haben. In den vergangenen Jahren haben wir uns aufeinander verlassen können. Wir sind uns gegenseitig ein Fels in der Brandung.

Wir plaudern noch ein paar Minuten. Sie erzählt mir mehr über den Job, bis ich über das interne Kommunikationssystem eine Nachricht bekomme, dass mein Besucher für den Zwei-Uhr-Termin eingetroffen ist.

Innerlich verziehe ich das Gesicht.

Jett Olsson, der unermüdliche, wenn auch verdammt gut aussehende Eishockeyspieler, der sich unmögliche Sachen hat einfallen lassen, damit ich mit ihm ausgehe. Viele Frauen wären ganz bezaubert, doch ich habe keine Zeit für so etwas, und deshalb ist es mehr störend als alles andere.

„Ich muss aufhören, Jenna“, sage ich, während ich der Kollegin am Empfang zurückschreibe, dass sie den Mann herschicken soll. Jenna verspreche ich, dass ich pünktlich um halb sieben zu Hause sein werde, und wir beenden das Gespräch.

Ich erhebe mich hinter dem Schreibtisch, atme tief und kräftig ein und langsam wieder aus. Ich streiche meinen Rock glatt und zupfe die Seidenschleife am Hals zurecht. Mein Outfit ist heute makellos, wie meistens. Ich folge den Modetrends und breche sie manchmal auch gezielt. Heute trage ich einen schwarzen Rock mit hoher Taille, der sich eng an meinen Körper schmiegt und bis knapp unter die Knie reicht. Und mit hoher Taille meine ich, dass er meine Rippen fast komplett bedeckt. Den Rock habe ich mit einer smaragdgrünen, langärmeligen Bluse kombiniert, die am Hals eine Schleife hat. Dazu trage ich schwarze Stiefel. Das ist ein interessanter Look mit dem figurbetonten Rock, der direkt unter meinen Brüsten beginnt, und der weiten Bluse, die dafür umso flatternder ist. Die Haare trage ich heute offen und ich habe die rabenschwarzen Locken in der Mitte gescheitelt und perfekt geglättet. Meine Frisuren sind genauso abwechslungsreich wie meine Kleidung. Gestern habe ich noch altmodische Lockenwicklerwellen getragen.

Das Einzige, das an mir immer gleich bleibt, ist die schwarz gerahmte Brille, die ich bei der Arbeit stets trage. Ich besitze Kontaktlinsen, gegen die ich nichts einzuwenden habe, aber ich habe festgestellt, dass mich die Leute beruflich ernster nehmen, wenn ich gelehrter wirke.

Es klopft kurz an der Tür und dann kommt Jett Olsson herein.

Ich unterdrücke den positiven Schock, der mich die anderen zwei Male auch schon erwischt hat, als ich ihn gesehen habe. Hauptsächlich wegen der durchaus gesunden Feststellung, wie fantastisch der Mann aussieht.

Im Gegensatz zu vielen anderen Eishockeyspielern trägt er seine dunkelblonden Haare superkurz geschoren und er hat einen ständigen, jedoch perfekt gepflegten Bartschatten im Gesicht. Seine Augen sind dunkelblau. Sein schwedischer Akzent ist nur ganz leicht zu erahnen und ziemlich sexy.

Ich schiebe diese Gedanken zur Seite, gehe um den Schreibtisch herum und halte ihm höflich die Hand entgegen. „Danke, dass Sie gekommen sind, Mr. Olsson."

Anstatt meine Hand für ein geschäftliches Händeschütteln zu ergreifen, dreht er meine Knöchel nach oben. Ich weiß, was er vorhat, bevor er mit seinen Lippen meine Hand berühren kann. So hat er mich beim ersten Mal auch begrüßt, was mich überraschte und mir peinlich war.

Schnell entziehe ich ihm meine Hand. „Schon im späten achtzehnten Jahrhundert haben Männer aufgehört, Frauen die Hand zu küssen, wissen Sie?"

Ich habe keine Ahnung, ob das stimmt. Auf dem College war Geschichte nicht mein Hauptfach.

Ich deute auf die Besucherstühle vor meinem Schreibtisch, damit er sich für das Meeting bitte hinsetzen möge, und gehe zu meinem Stuhl zurück.

„Das ist nicht korrekt", sagt er. Ich halte inne und sehe ihn an. „Ich begrüße Frauen oft so, und soweit ich weiß, sind wir im einundzwanzigsten Jahrhundert."

Ich verdrehe die Augen und wende mich meinem Stuhl zu. „Sie küssen eine Menge Frauen, Mr. Olsson, oder?"

„Nenn mich Jett. Wieso? Bist du eifersüchtig?"

„Wohl kaum." Ich hoffe, mein Ton signalisiert ihm, dass ich ihn nicht witzig finde.

Ich setze mich auf meinen Stuhl, falte die Hände auf dem Schreibtisch und sehe Jett an. Seine blauen Augen halten meinen Blick und er grinst leicht.

Ich werde dafür sorgen, dass ihm das schnell vergeht. „Danke, dass Sie gekommen sind, um über

Ihre Instagram-Präsenz zu sprechen, Mr. Olsson. Das ist der am schlechtesten geführte Account, den ich bisher vom Team gesehen habe."

Es frustriert mich, dass sein Grinsen nicht verrutscht, doch in seinen Augen funkelt Überraschung. „Ich dachte, du wirst beeindruckt von meiner Arbeit sein."

„Beeindruckt? Sie haben nicht einen Rat von mir umgesetzt."

Ich erinnere mich an das Meeting, bei dem wir über die neuen Richtlinien für die sozialen Medien für die Spieler gesprochen haben. Ich habe mit ihm alle Regeln besprochen, genau wie mit allen anderen Spielern.

„Aber ich habe genau das gemacht, was du gesagt hast", antwortet er und holt sein Handy aus der Hosentasche. Er wischt darauf herum und zeigt es mir dann. Es ist ein Post, den ich kenne. „Du hast gesagt, ich soll helle Fotos machen, wenn möglich aus der Nähe, damit sie den Lesern ins Auge fallen."

Ich knirsche mit den Zähnen, denn genau das habe ich gesagt. Und ja, das Foto von einem rosa Tulpenstrauß ist perfekt auffallend. Den Text dazu kann ich aus der Entfernung nicht lesen, aber das habe ich schon beim ersten Mal getan. Er schrieb so etwas wie: „Diese Blumen verschenke ich am liebsten."

„Das ist aber nicht echt", rüge ich ihn. „Es ist total gestellt und erfunden."

„Stimmt nicht. Ich verschenke wirklich gern Tulpen."

Wieder knirsche ich mit den Zähnen, schließe kurz die Augen und versuche, die Ruhe zu bewahren. Der Mann macht mich wütend. Ich öffne die Augen und lasse meinen britischen Akzent durchkommen. Nach fast fünfzehn Jahren in den USA ist er normalerweise ziemlich amerikanisiert. „Mr. Olsson. Bei unserem letzten Treffen haben Sie mir ständig persönliche Fragen gestellt und versucht, mich zu überreden, mit Ihnen auszugehen. Wie Sie vielleicht noch wissen, habe ich das strikt abgelehnt. Und auf eine der Fragen konnten Sie mir eine Antwort abringen. Und zwar, dass Tulpen meine Lieblingsblumen sind."

Das tat er auf hinterhältige Weise. Er stellte die Frage angeblich nur, um zu erfahren, wie man gute Fotos macht.

„Nur als Beispiel", sagte er damals. „Wenn Sie Fotos von Ihren Lieblingsblumen posten wollten, wie würden Sie sie arrangieren?"

Und ich fiel voll darauf herein. „Ich würde einen Strauß Tulpen mit einem Band, das farblich zu den Blüten passt, binden und den Strauß dann auf alte Holzbretter legen, anstatt ihn in eine Vase zu stellen."

Und schon kannte er meine Lieblingsblumen.

Sein erster Instagram-Post war ein Foto von Tulpen und eine Botschaft an mich und nicht an seine Fans.

Doch dort hörte er nicht auf. Er holte weiterhin persönliche Informationen aus mir heraus. Alles unter dem Vorwand, lernen zu wollen, wie die sozialen Medien funktionieren, und ich fütterte ihn arglos mit tonnenweise Informationen. Sein Account wurde zu einem wenig subtilen Versuch, mich zu einem Date zu animieren.

Jett senkt sein Handy auf seinen Schenkel hinab und ich atme tief durch. Dieser Schenkel wird von einer unglaublich gut sitzenden Jeans umschlossen.

Ich schüttele den Kopf, räuspere mich und hebe das Kinn, um ihm gegenüber Autorität zu zeigen. „Mr. Olsson …"

„Jett."

„Mr. Olsson", wiederhole ich. „Ihr Account soll zeigen, wer Sie als Mensch sind. Es muss echt wirken und Sie müssen sich selbst treu bleiben."

„Ich bin mir selbst treu", sagt er. Ich verstehe die Botschaft dahinter. Er ist unnachgiebig, und das zeigt genau, wie er ist. So schnell gibt er sich mit einem Nein nicht zufrieden.

Ich entscheide mich, direkt zur Sache zu kommen. „Ich werde nicht mit Ihnen ausgehen. Wenn Sie das also bitte einfach akzeptieren würden und anfangen, Ihren Account entsprechend …"

„Machen wir einen Deal", unterbricht er mich mit einem verschmitzten Grinsen. Ich bin derartig von seinen Grübchen unter dem Bartschatten abgelenkt, dass ich nicht sofort widerspreche. Das nimmt er als Erlaubnis zum Weiterreden. „Geh mit mir essen. Hilf mir noch ein bisschen dabei, in meinen Posts ehrlicher zu sein. Ich verspreche dir, deinen Anweisungen zu folgen und werde dich nie wieder auf ein Date einladen."

Ich verenge die Augen. „Sie sagen also, wenn wir essen gehen – natürlich zu einem Geschäftsessen – , werden Sie mir wirklich erlauben, Ihnen zu zeigen, wie man mit den sozialen Medien umgeht? Und Sie werden meinen Anweisungen folgen? Und mich nie wieder um ein Date bitten?"

Mit entschlossenem Ausdruck nickt Jett. „Genau das habe ich gesagt."

„Und Sie versprechen, mich danach wirklich in Ruhe zu lassen?", hake ich nach.

„Privat, ja. Geschäftlich werden wir wohl weiterhin zusammenarbeiten."

Ich lehne mich zurück, und mein Verstand sucht nach einem Schlupfloch in dem Angebot, mit dem er mich reinlegen könnte. Auch ermahne ich mich selbst, dass ich mich auf keinen Fall beim Dinner von ihm bezirzen lasse und unbedingt bei meiner Regel bleibe, nicht nur keine Arbeitskollegen zu daten, sondern überhaupt niemanden. An diesem Punkt in meinem Leben bin ich nicht daran interessiert.

Dennoch ist mir die Sache etwas zu persönlich, also mache ich ein Gegenangebot. „Ich stimme einem Dinner zu. Aber nur als reines Geschäftsessen, um Ihnen beizubringen, wie man sich in den sozialen Medien authentisch präsentiert. Und ich bezahle selbst."

„Deal“, sagt er schnell.

Etwas zu schnell. Habe ich das Schlupfloch übersehen?

„Heute Abend?“, fragt er hoffnungsvoll.

Heute haben die Vengeance kein Spiel. Ich schüttele den Kopf. „Sorry, aber heute habe ich schon etwas vor.“

Das irritiert Jett kein bisschen. „Dann am Samstag?“

Ich habe keinen Grund, Nein zu sagen. Meine Samstagabende sind recht öde und ich sollte die Sache lieber so schnell wie möglich hinter mich bringen. „Okay. Aber wirklich nur rein geschäftlich.

„Rein geschäftlich“, sagt er zustimmend.

Kapitel 3

Jett

Coach Perron hält im Training nichts vom Pfeifen. Er hat eine dröhnende Stimme, die er bevorzugt einsetzt, doch die meiste Zeit beobachtet er uns nur bei den Drills. Seine Assistenten sind sehr involviert beim Training und setzen Perrons Philosophien perfekt um. Sollte ein Kommentar nötig sein, zögert er nicht, ihn anzumerken, aber seine wichtigsten Worte reserviert er meist für rückblickende strategische Betrachtungen und für Anfeuerungsansprachen vor einem Spiel. Nur wenn er ein Training für beendet erklärt, weil wir seinen Erwartungen entsprochen haben, ruft er: „Das war's für heute!"

Was er soeben verkündet hat. Wir skaten vom Eis, wobei ein paar Kameraden zurückbleiben, um noch weiterzutrainieren oder herumzualbern und noch ein paar Drills zu spielen. Dazu bin ich jetzt viel zu erledigt. Vor dem Training hatte ich ein Work-out und jetzt will ich nur noch nach Hause und vor dem „Date" mit Emory etwas entspannen.

In der Spielerkabine dusche ich, ziehe mich an und unterhalte mich währenddessen mit einigen Teamkameraden. Hier nutzen wir oft die Zeit, um über unser Privatleben zu plaudern, weswegen unser Teamcaptain Bishop Scott uns liebevoll den „Skatclub" getauft hat. Seine Eltern sind in einem

Freundeskreis, der wegen dieses Kartenspiels zusammengekommen ist, wobei es ihnen hauptsächlich um das Zusammensein und das Trinken geht, um das Plaudern und auch tratschen. Abgesehen vom Trinken geht es bei uns in der Kabine oft ähnlich zu.

„Mollie ist wie ein Hippie“, sagt Kane, streckt sich auf der Bank aus, faltet die Hände hinter dem Kopf und schaut an die Decke.

Ich werfe Bain einen Blick zu, der grinst. Wir kennen diesen Ton von Kane. Gleich wird er anfangen, poetisch verklärt über seine Verlobte und die geplante Hochzeit zu reden. Zwar gönne ich meinem Freund die Freude, als Mann die Planung seiner Hochzeit zu genießen, aber ich kann es nicht lassen, ihn damit aufzuziehen.

Kanes Blick schwenkt zu mir. „Weißt du, was sie jetzt will?“

Ich unterdrücke ein Lachen. Kane klingt, als ob er sich beschweren will, aber sein Tonfall zeigt deutlich, dass er alles, was Mollie tut, in Wahrheit verdammt anbetungswürdig findet.

Ich spiele mit. „Was denn?“

Kane richtet sich auf, stellt die Beine rechts und links neben die Bank und verschränkt die Arme vor der Brust. Amüsiert schüttelt er den Kopf. „Ich bin unfassbar reich und kann mir alles leisten, was sie sich von der Liebe ihres Lebens nur wünschen kann – die natürlich ich bin – aber sie will Wildblumen vom Straßenrand.“

Ich schaue zu Bain, der mit den Schultern zuckt, und dann wieder zu Kane. „Was meint sie mit Wildblumen?"

Kane winkt ab. „Du weißt schon … Gänseblümchen und so."

„Sie will Wildblumen sammeln?", fragt Bain betont erstaunt. „Gänseblümchen für die Hochzeit?"

„Für ihren Brautstrauß", stellt er klar. „Ich dachte an Rosen oder irgendetwas anderes Teures – nicht, dass ich wüsste, was das sein sollte, weil ich von Blumen keine Ahnung habe. Aber auf jeden Fall kann ich mir mehr leisten als Unkraut vom Straßenrand."

Wieder tauschen Bain und ich einen verwirrten Blick aus.

„Allerdings …", sagt eine tiefe Stimme hinter uns.

Wir drehen uns um und sehen Aaron dort stehen. Unser First Line Defenseman hat sich gerade selbst schwer verliebt. Vielleicht hat er einen qualifizierten Rat auf Lager. „Allerdings glaube ich, dass man in der Wüste von Arizona schlecht an solche Wildblumen herankommt. Wahrscheinlich müssen sie importiert werden, was sicherlich ein Vermögen kostet. Ich vermute, dass Mollie nicht so ein freigeistiger Hippie ist, wie du glaubst, sondern lediglich eine Frau mit einem besonderen Geschmack, die am Ende ganz schön viel für deine Hochzeit ausgeben wird."

Alle finden, dass seine Meinung durchaus Sinn ergibt, und Kane scheint die Idee, für seine Braut teure Wildblumen zu importieren, zu mögen.

Bevor Kane weiter darüber plaudern kann, bringe ich das nächste Thema auf, denn ein Mann kann nur eine gewisse Menge Hochzeitskram ertragen. Besonders einer, der völlig gegen das Niederlassen und Heiraten ist.

„Ich habe heute ein Date mit Emory Holland", sage ich süffisant.

„Ach nee!", sagt eine zusätzliche Stimme.

Dax Monahan lugt um die Ecke der Spinde und tritt dann vor. Unser First Line Left Winger hat nur ein Handtuch um die Hüften und sonst nichts an. Seine Augen sind erstaunt geweitet. Er ist einer der wenigen Teamkameraden, die mir Gegenwind gaben, weil ich Emory angesprochen habe. Alle bekamen mit, wie ich an dem Tag, als sie dem Team vorgestellt wurde, von ihr einen Korb bekam. Alle wissen auch, dass sie mich bei dem Meeting wegen der sozialen Medien erneut abblitzen ließ.

„Ich hole sie nachher um sieben zum Dinner ab", sage ich locker.

Schweigend tauschen die Männer Blicke aus.

Schließlich sagt Kane etwas. „Das klingt wirklich nach einem Date."

„Allerdings", knurrt Dax.

„Für mich klingt das nur nach einem Dinner", wirft Bain ein. „Dafür kann es eine Menge Gründe geben. Es könnte ein reines Geschäftsessen sein."

Ich versuche, nicht weiterhin zu grinsen, während ich meine verschwitzten Work-out-Klamotten von heute Morgen in meine Sporttasche stopfe.

Dax lehnt sich an die Reihe der Spinde und verschränkt die Arme vor der Brust. „Um das klar einzuordnen … du hast sie um ein Date gebeten und sie hat zugesagt?"

„Fast", gebe ich zu. „Ich konnte sie zu einem Dinner bewegen. Aber nur unter der Voraussetzung, dass es ausschließlich um die sozialen Medien geht und ich sie danach nie wieder belästigen werde."

„Das ist kein Date", sagt Bain mit Überzeugung.

„In meinen Augen schon." Ich sehe ihn an. „Außerdem findet sie mich attraktiv."

Kane schnaubt. „Was hat das mit irgendetwas zu tun?"

Ich wende ihm den Kopf zu. „Dass sie nicht vollkommen immun gegen meinen Charme ist. Es bedeutet, dass etwas für mich spricht."

„Im Gesamtbild bedeutet körperliche Anziehung gar nichts", sagt Tacker hinter Kane. Er ist bereits geduscht und angezogen. Er lehnt sich mit einem Arm an einem der Schmutzwäschekörbe an und verschränkt die Beine. „Ich sage nicht, dass Anziehung nicht wichtig ist. Aber die wird sie nicht dazu bringen, ihre Zurückhaltung zu überwinden, mit dir ausgehen zu wollen."

Das wage ich zu bezweifeln. Ich bin ziemlich sicher, dass gegenseitige Anziehung der Schlüssel ist, dass zwei Menschen zusammenkommen. Und dass diese Anziehung der Hauptgrund ist, dass mir Emory überhaupt aufgefallen ist. Und zugegebenermaßen hat mich ihre Weigerung, sich privat mit mir zu treffen, noch neugieriger gemacht.

„Das stimmt", sagt Bain und nickt. „Wie oft sind wir schon mit Frauen ausgegangen, die perfekt und superheiß waren, aber sich dann als nervig, klammernd, zickig oder einfach widerlich entpuppt haben?"

„Genau", sagt Kane und hält Bain die Faust hin, der mit seiner dagegen stößt.

Da kann ich zustimmen. Oft genug habe ich mich aus dem Bett einer Frau geschlichen, um mit der furchtbaren Person keinen weiteren Kontakt mehr haben zu müssen. Bain hat recht. Man kann eine Frau ficken, aber nicht unbedingt mit ihr reden wollen.

Das trifft jedoch nicht auf Emory zu. Ich fühle mich total zu ihr hingezogen und weiß, dass es ihr genauso geht, aber ich will keinen One-Night-Stand mit ihr. Falls das aber alles ist, was sie zu geben bereit ist, werde ich es annehmen. Doch sie hat etwas an sich, was über das Körperliche hinausgeht.

Ich muss herausfinden, was das ist.

Ich hänge mir die Sporttasche über die Schulter. „Brüder", sage ich und halte jedem meine Faust zum Gegenschlagen hin. „Euer Rat ist immer willkommen."

„Schön, wenn wir helfen können", sagt Dax.

Tacker nickt. „Außerdem werden wir Wetten abschließen, ob du punkten kannst oder nicht, sobald du hier raus bist."

Ich schnaube und weiß, dass das kein Scherz ist. Und ich bin sicher, dass die Chancen gegen mich stehen.

Egal. Jetzt habe ich ein Date mit Emory Holland und werde mein Bestes tun, heute noch einmal zu punkten, bevor der Abend vorbei ist.

Ich verlasse die Umkleidekabine, gehe durch den äußeren Ring des Untergeschosses und zu der Treppe, die einen Stock höher zum Parkdeck führt. Die Hälfte der Jungs ist bereits fort. Ich genieße die leichte Brise, als ich in die Luft des perfekten Novembertags trete, die um die zwanzig Grad hat. Ich gehe zu meinem Lamborghini Urus, den ich besitze, weil ich schöne Autos liebe.

Als ich es von der schwedischen Eishockeyliga in die NHL geschafft habe, war die Bezahlung überwältigend hoch. Es war verdammt verführerisch, alles für teure Kleidung und schöne Autos auszugeben. Ein paar Jahre habe ich fast alles Geld verschleudert. Die Erinnerung an meine frühen Zwanziger ist ziemlich verschwommen. Doch als ich zu den Vengeance kam, bin ich dahingehend ruhiger geworden. Wunderbare Vorbilder standen mir zur Verfügung. Hauptsächlich unser Besitzer Dominik. Er hat ein großes Interesse an seinen Spielern, und als ich in sein Team kam, gehörte ein ernstes Gespräch über eine dauerhafte Zukunft im Team dazu.

An dieses Gespräch erinnere ich mich lebhaft, denn ich war furchtbar nervös. Doch Dominik nahm mir sofort die Furcht und übte sich auch leicht in der elterlichen Rolle, indem er mich fragte, ob ich mein Geld für die Rente anlege.

Ich antwortete etwas wie: „Rente? Ich werde für immer Eishockey spielen."

Gott, was war ich doch für ein *dumhuvud,* ein Dummkopf, wenn ich so an meine törichte Einstellung denke. Dominik erklärte mir, dass die durchschnittliche Dauer einer NHL-Karriere nur fünf Jahre beträgt. Fast hätte ich vor Schreck einen Herzanfall erlitten. Vier Jahre war ich bei den Toronto Blazers gewesen, bevor ich zu den Vengeance kam, und wenn ich in die Statistik passte, hatte ich nicht mehr viel Zeit, um meine Zukunft mit meinem Verdienst zu sichern. Dominik nahm meine Panik zur Kenntnis und erinnerte mich daran, dass ich noch viele Jahre vor mir haben könnte, das aber nicht als garantiert ansehen dürfte. Ich verließ Dominiks Büro mit einer Empfehlung für einen guten Finanzplaner und habe seitdem mein Ausgabeverhalten geändert.

Abgesehen von schönen Autos. Der Urus ist ein Kraftpaket. Schnittig, sexy und auch funktional und ich weigere mich, diesen Kauf zu bereuen. Abgesehen vom Wagen und einer schönen Eigentumswohnung in der Innenstadt lege ich das meiste Geld zurück.

Als ich am Urus ankomme, höre ich auf der anderen Seite des SUV, einen Parkplatz weiter, etwas klimpernd auf den Boden fallen. Es folgt eine Reihe von Flüchen. Das Fahrzeug und die Stimme sind mir bekannt.

Es ist Riggs Nadeau, mein Line-Kamerad.

Ich lasse meine Tasche vor meinem Wagen stehen und gehe um sein Auto herum. Riggs hockt vor seinem Vorderreifen, der offensichtlich einen Platten hat, und hält den Schraubenschlüssel bereits in der Hand. Ich schaue zu, wie er diesen an der untersten Schraube ansetzt, und sehe, dass Blut an seinen Fingerknöcheln ist. Ich vermute, dass er abgerutscht ist und seine Finger auf den Betonboden geknallt sind. Daher die Geräusche und sein Fluchen.

„Brauchst du Hilfe?“, frage ich.

Riggs ist so mürrisch, wie man nur sein kann, aber dennoch kann ihn nichts aus der Ruhe bringen. Bei meinem plötzlichen Erscheinen hat er mit keiner Wimper gezuckt. Er wirft mir einen kurzen Blick zu.

„Nein, danke.“

Ich lehne mich an die Beifahrertür. „Deine blutigen Finger sagen etwas anderes.“

Riggs schnaubt, löst die Radmutter nun problemlos und macht sich an die nächste. „Ich sage einfach jedem, der nachfragt, dass ich mir die Finger in einem Kampf verletzt habe.“

Das würde man ihm abkaufen. Riggs ist leicht reizbar. Zwar hat er kaum persönlichen Kontakt zu einem von uns, aber er ist bereit, jeden von uns auf dem Eis zu verteidigen.

So war Riggs von Anfang an. Seinen Job bei den Vengeance nimmt er aber ernst. Zumindest hat er das nach seinem nicht so tollen ersten Auftritt, als er zu spät zum Training kam, getan. Im Skatclub ging herum, dass er für seine jüngere Schwester sorgen muss und es da ein Problem gibt, aber niemand wusste es so genau. Er ist verschlossen wie eine Auster, wenn es um sein Privatleben geht.

Das hält mich jedoch nicht davon ab, etwas nachzubohren. „Was hast du heute noch so vor?“

„Nicht viel“, murmelt er und konzentriert sich ganz auf den Reifen. „Werde wahrscheinlich zu Hause abhängen.“

„Mit Janelle?“, rate ich drauflos.

„Yep.“

Mehr sagt er nicht.

„Sie ist ungefähr siebzehn, oder?“

Riggs schaut zu mir hoch.

Ich habe ein schlechtes Gewissen, mich noch nie genauer nach ihr erkundigt zu haben. Ich nehme an, seine barsche Ablehnung, dem Skatclub beizutreten, und generell jegliche sozialen Kontakte mit uns zu meiden, hat mich davon abgehalten. Und viele andere Kameraden ebenfalls.

Riggs runzelt die Stirn. „Wieso fragst du das?“

„Weil ich versuche, mich mit dir zu befreunden“, antworte ich grinsend. „Du machst es einem allerdings nicht leicht.“

Riggs zuckt mit den Schultern, als ob es ihm scheißegal wäre, ob er es den Leuten schwer macht oder nicht. Er widmet sich ganz der nächsten

Schraube. Als ich wieder gehen will, sagt er: „Vor ein paar Monaten ist sie siebzehn geworden. Und sie fühlt sich fehl am Platz in Phoenix."

Wow, die freiwillige Herausgabe dieser persönlichen Information überrascht mich. Mehr zu fragen, wage ich nicht, denn ich spüre, dass er nicht bereit ist, noch mehr preiszugeben. „Du könntest mit Jim sprechen und Janelle mit seiner Tochter bekannt machen."

„Ja", antwortet er irgendwie unentschlossen. „Das muss ich wohl tun. Aber es ist schwer, zwischen den Spielen und dem Training Zeit dafür zu finden. Außerdem hat sie selbst einen vollen Kalender mit Sachen, die sie unbedingt machen will, und keine davon schließt mich mit ein."

„Typisch Teenager", sage ich.

Riggs lacht, nimmt den Blick jedoch nicht vom Reifen. „Hast du Geschwister?"

„Nein. Aber vor weniger als zehn Jahren war ich selbst noch siebzehn. Ich erinnere mich gut an die Sorgen, die ich meinen Eltern gemacht habe."

„Ja, daran kann ich mich auch noch erinnern", sagt er in einem Ton, der impliziert, dass seine Eltern nicht so verzeihend waren wie meine über mein Benehmen.

Er sieht nicht zu mir hoch, aber sein Ausdruck ist kalt geworden und er konzentriert sich intensiver auf die letzte Radmutter. Ich kenne diesen Blick. Den hat er stets, wenn ihm etwas zu persönlich wird. Das habe ich schon oft an ihm beobachtet und festgestellt, dass ich die Kommunikation mit ihm nur erhalten kann, wenn ich mich zur rechten Zeit zurückziehe.

Theatralisch schaue ich auf meine Uhr. „Oh, ich muss weiter. Brauchst du wirklich keine Hilfe?"

„Danke, aber ich komme zurecht."

„Okay, dann bis bald." Ich gehe zu meinem Wagen, nehme die Tasche vom Boden und schließe die Türen auf. Es wird Zeit, nach Hause zu fahren und mich mental auf das Date mit Emory vorzubereiten.

Ich werde meinen ganzen Charme brauchen, um dieses Date erfolgreich zu machen.

Kapitel 4

Jett

Als ich Emory angeboten habe, sie abzuholen, war ich darauf gefasst, dass sie sagt: „Gib mir einfach die Adresse des Restaurants und wir treffen uns dort."

Damit es nicht wie ein Date wirkt und so.

Doch sie gab mir ihre Adresse und sagte, ich solle anklopfen, da die Klingel defekt sei.

Vielleicht hat es nichts zu bedeuten, aber ich finde es ermutigend, dass sie mir genug traut, um mir ihre Adresse zu verraten.

Emory wohnt in einer Gegend, die ich als typisch für Arizona bezeichnen würde. Hier sind die Häuser mit Stuck verziert und es gibt sie in allen Schattierungen von Weiß, mit rötlichen oder braunen Dächern. Hier wohnt der Mittelstand. Die Gärten sind alle gleich gestaltet und weisen hauptsächlich Wüstenpflanzen und Kakteen auf, die nicht bewässert werden müssen. Die Bürgersteige sind hübsch beleuchtet, sodass man gern abends eine Runde um den Block spazieren mag. Die Gegend hat einen Vorstadtflair, der mir nie besonders behagt hat. Sie strahlt Monogamie, Ehe und 2,7 Kinder geradezu aus. Ich bin überrascht, dass jemand wie Emory – gebildet und in einer Führungsposition – lieber hier wohnt als in der angesagten Innenstadt.

Aber ihr Haus ist nicht der Grund, warum ich sie so anziehend finde. Beim Anklopfen denke ich nicht weiter über den Kranz aus Kunstblumen mit einem Plastikkaktus nach, der an ihrer Tür hängt.

Stimmen von innen überraschen mich. Ich kann jedoch nichts verstehen. Ich sage Stimmen, denn es sind definitiv mehrere und alle weiblich.

Die Tür geht auf, und sprachlos sehe ich auf ein kleines Mädchen hinab, das mit dem Kopf im Nacken zu mir hochschaut. Sie hat das gleiche schwarze Haar und die gleichen blauen Augen wie Emory, und einen Hähnchenschlegel in der Hand.

„Felicity", sagt eine Frau im Haus und stöhnt auf.

Ich höre Schritte näher kommen. Nicht Emory, sondern eine andere Frau taucht auf. Sie trägt ihr goldblondes Haar lang und offen und seitlich gescheitelt. Ihre Augen sind braun und ihre Haut sonnengebräunt. Sie sieht aus wie ein kalifornisches Mädchen. Bestimmt hat man ihr auch schon den Spitznamen Barbie gegeben. Sie wirkt wie Anfang zwanzig und sieht Emory ähnlich. Ich erkenne die gleichen anmutigen Züge von Nase und Wangen. Die beiden sind auf jeden Fall miteinander verwandt.

Doch es gibt einen großen Unterschied. Die Frau hat brutale Narben auf der linken Gesichtshälfte, die mir sofort auffallen, als sie näher kommt. Diese beginnen über ihrem Kiefer und erstrecken sich ihren Hals hinab. Es sind keine Schnitte, sondern eher Brandnarben. Erhobene Striemen, die sowohl rosa als auch blass sind und ihre Haut zerfurchen. Sie verschwinden im Kragen ihrer Bluse, und als ich ihr in die Augen sehe, merke ich ihr an, dass meine gründlichen Blicke sie stören. Sie streicht sich die Haare über die Schulter nach vorn, um ihre Haut zu verbergen.

Sie schaut mich nicht an, legt einen Arm um das kleine Mädchen und zieht es zurück. „Ich habe dir gesagt, du sollst am Tisch sitzen bleiben."

Sie spricht amerikanisch, aber ich höre einen leichten Akzent heraus. Nicht so scharf und formell wie Emorys eindeutig britischer Akzent.

Bevor das Kind antworten kann, kommt Emory ins Wohnzimmer, den Kopf schief gelegt, während sie sich einen Ohrring ins Ohrläppchen steckt. Ihr Blick fällt auf die Frau, auf das Kind und dann auf mich. Sie wirft mir einen verlegenen, aber kurzen entschuldigenden Blick zu, wobei ich nicht weiß, wofür, und geht dann vor dem Mädchen in die Hocke. Sie legt die Hände auf deren Schultern.

„Versprich mir, bei Tante Jenna ein braves Mädchen zu sein, okay?"

„Ich verspreche es dir, Mami." Das Mädchen nickt und sieht Emory aus ihren blauen Augen ernst an.

„Ich liebe dich", sagt Emory und gibt dem Mädchen einen Kuss auf die Wange. Sie erhebt sich und sagt zu der blonden Frau: „Ich bin um neun wieder da, kein bisschen später."

Zwar sind diese Worte an die Frau gerichtet, doch eigentlich sind sie für mich bestimmt. Das bedeutet, dass unsere Zeit heute Abend ein Ablaufdatum hat.

„Iss nicht so viel Eiscreme“, sagt Emory und sieht das Mädchen streng an.

Das Mädchen, das wohl ihre Tochter ist. Eine Tatsache, die mir nicht gefällt. Nie hätte ich vermutet, dass die Frau ein Kind hat oder sogar verheiratet sein könnte.

Allerdings trägt sie keinen Ring.

Und es befindet sich kein Mann hier.

Ist sie geschieden?

Alleinerziehende Mutter?

Das sind alles potenzielle Fakten, die mich dazu bringen sollten, mich mit einer Ausrede hastig zu verabschieden und ihr zu versprechen, sie nie wieder zu belästigen. Kinder kommen für mich absolut nicht infrage.

Nicht, dass ich Kinder nicht mögen würde. Nein, ich liebe sie sogar. Solange sie anderen Leuten gehören und ich nicht die Verantwortung für ihr Wohlergehen und ihre finanzielle Absicherung habe. Wenn man eine alleinerziehende Mutter datet, besteht immer die Gefahr, dass sie einen als zweiten Elternteil einfangen will, und dazu bin ich noch nicht bereit.

Wahrscheinlich werde ich es nie sein.

Zumindest nicht, bevor meine Eishockeykarriere vorbei ist.

„Können wir jetzt gehen?“, fragt mich Emory.

Ich blinzele meine Gedanken fort und merke, dass Emory mich erwartungsvoll ansieht. Aus einem mir unbekannten Grund bin ich leicht verstimmt, weil sie mich nicht vorstellt. Zwar will ich mit dem Kind nichts zu tun haben und die andere Frau ist mir ein Rätsel, wenn auch nicht wirklich allzu faszinierend. Trotzdem kann ich nicht anders, als an Emory vorbeizugehen und der Blonden die Hand hinzuhalten. „Hallo, ich bin Jett Olsson."

Kurz wirkt sie verblüfft, schüttelt jedoch schweigend meine Hand.

Emory beeilt sich, die Vorstellungsrunde nachzuholen. „Entschuldigung", sagt sie leise, doch ich höre ihr an, dass es ihr nicht leidtut. Sie hatte definitiv nicht vor, dass ich die beiden je kennenlernen sollte.

„Das ist meine Schwester Jenna", sagt Emory schroff.

Ich lächele die Frau an, und endlich sieht sie mir in die Augen, wenn auch nur kurz. Sie erwidert mein Lächeln und zieht leicht den Kopf ein.

„Und das ist meine Tochter Felicity."

Obwohl ich es mir schon gedacht habe, zucke ich trotzdem innerlich zusammen, weil Emory nicht einfach nur eine heiße alleinstehende Frau ist, wie ich zunächst angenommen habe. Dennoch setze ich das leicht alberne, verspielte Lächeln auf, das ich bei meinen kleinen Fans einsetze, bücke mich und halte dem Kind meine Faust hin. „Hi, Felicity."

Das Mädchen runzelt ratlos die Stirn und schaut zu ihrer Mama, um eine Erklärung zu bekommen.

Ich warte nicht auf Emory. Mit meiner anderen Hand ergreife ich ihre und beuge ihre Finger zur Faust. „So geht das", sage ich und stoße mit meiner Faust gegen ihre. „So begrüßen die meisten Eishockeyspieler andere Leute."

„Mami hat gesagt, dass du für die Vengeance spielst", antwortet sie schüchtern.

Fuck. Sie hat denselben britischen Akzent wie ihre Mutter. Und das ist verdammt niedlich.

„Das stimmt", antworte ich und erhebe mich wieder zur vollen Größe. „Und deine Mami und ich besprechen jetzt alles, sodass sie ihren Job leichter machen kann und ich meinen."

Das ist der Kleinen viel zu hoch, um es zu verstehen, doch damit habe ich verkündet, dass dieser Abend rein geschäftlich ist. Denn ich habe keine Absicht, mich mit einer Frau einzulassen, die ein Kind hat.

***

Ich führe Emory in ein Steakhaus aus, das ich sehr mag. Ich würde es nicht romantisch nennen, aber die Tische stehen weiter auseinander als in normalen Restaurants und das Licht ist gedämpft, was jedem Tisch eine gewisse Privatsphäre gewährt. Meiner Meinung nach gibt es hier die besten Steaks in ganz Phoenix. Außerdem servieren sie auch vegetarische Gerichte und Meeresfrüchte, um für jeden Geschmack etwas zu bieten.

Soeben haben wir beim Kellner bestellt, und ich schaue zu, wie Emory ihr Handy checkt. Auf der Fahrt hat sie mir erklärt, dass sie als Mutter ständig nachschaut, ob zu Hause alles in Ordnung ist. Ich habe nichts dagegen. Wegen der geänderten Umstände betrachte ich das Dinner sowieso nur noch rein geschäftlich.

Auf der Fahrt kam Emory auch direkt zum Thema und erklärte mir, dass ich meine Art, auf Instagram zu posten, ändern müsse. Ich hörte genau zu, denn wenn ich das nicht getan hätte, wäre ich tief in der Enttäuschung versunken, dass Emory ein Kind hat.

Jedoch inzwischen, nachdem uns der Kellner die Getränke servierte und die Bestellung aufgenommen hat, bin ich eher neugierig als enttäuscht, dass sie eine Mutter ist.

„Wohnt Jenna bei dir?“, frage ich Emory.

Kurz schaut sie vom Handy hoch. „Ja“, sagt sie und tippt etwas ins Handy ein. Wahrscheinlich eine Chatnachricht. „Sie besitzt kein Auto, was der Grund ist, warum du mich abholen solltest.“ Schön, dass sie die förmliche Anrede aufgegeben hat. „Und sie möchte gern mit Felicity ein Eis essen fahren.“

„Ich habe vermutet, dass du und deine Schwester verwandt seid, aber nicht so eng“, merke ich an.

Emory hebt den Blick und runzelt die Stirn. „Ach nein? Wegen ihrer Narben?“, schießt sie aggressiv zurück.

Ihr ätzender Ton trifft mich, sodass ich auch nicht viel höflicher antworte und sarkastisch klinge. „Vielleicht eher deswegen, weil du schwarze Haare, blaue Augen und einen recht blassen Teint hast, während deine Schwester blond ist, braune Augen hat und sonnengebräunt ist."

Emory sackt leicht zusammen, atmet tief aus und sieht mich dann verbittert an. „Es tut mir leid. Ich hätte diesen fiesen voreiligen Schluss nicht ziehen sollen. Jenna hat es schwer damit, und das macht mich übersensibel für das Thema. Es ist offensichtlich, dass du es nicht so gemeint hast."

„Ihr habt allerdings doch ähnliche Gesichtszüge", sage ich, denn das ist mir aufgefallen.

Emory bringt tatsächlich ein liebevolles Lächeln zustande. „Wir sind Halbgeschwister und haben denselben Vater."

„Ach so." Effektvoll erstaunt lehne ich mich auf dem Stuhl zurück und nehme mein Glas in die Hand. Darin befindet sich lediglich Mineralwasser mit Zitrone, da wir geschäftlich hier sind. „Erzähl mir von deiner Familie und besonders, woher du den britischen Akzent hast, während deine Schwester eher amerikanisch klingt."

Sie nickt verständnisvoll, als wäre ich nicht der Einzige, dem die Unterschiede zwischen den Geschwistern aufgefallen ist. „Das ist ganz einfach. Dad wurde in London geboren. Meine Mutter starb bei meiner Geburt. Als ich zwei war, lernte er Jennas Mom kennen und heiratete sie. Ein Jahr später wurde Jenna geboren. Ich sehe unserem Vater ähnlich und sie ihrer Mutter."

„Und warum der Akzent?"

„Wir haben in London gelebt, bis ich fünfzehn war und Jenna zwölf. Dann sind wir in die Heimat meiner Stiefmutter, nach Los Angeles, gezogen. Jenna hatte sich in England zwar einen britischen Akzent angewöhnt, aber aus irgendeinem Grund ihre Aussprache schnell amerikanisiert. Ich hingegen habe meinen Akzent immer noch."

„Vielleicht ist das genetisch bedingt", sinniere ich. Faszinierend. Aber natürlich sind Akzente vom Umfeld abhängig. Mein schwedischer Akzent ist sehr viel weniger geworden, seit ich vor sechs Jahren nach Amerika kam.

Emory zuckt mit den Schultern und spricht weiter über ihre Familie. Ich merke schnell, dass sie aus wohlhabenden Verhältnissen kommt, auch wenn sie das nicht direkt ausspricht. Ihr Vater ist ein Hotelier und hat seine Firma auf Franchise-Basis in die Staaten ausgedehnt. Deshalb ist die Familie nach L.A. gezogen. Ihre Mutter ist die Leiterin der Marketingabteilung seiner Firma. Ihre Eltern haben sich kennengelernt, als sie nach London zog und bei ihm eingestellt wurde.

„Und du?", fragt Emory und trinkt von ihrer zuckerfreien Cola.

„Ich bin in Stockholm geboren, hatte Talent fürs Eishockeyspielen und war beim Färjestad Bollklubb in Karlstad."

„Und was genau ist das?"

„Ein Team in der schwedischen Eishockeyliga. Eigentlich bin ich von Toronto gedraftet worden, aber die verliehen mich sofort zurück zum Färjestad Bollklubb, wo ich spielte, bis ich zwanzig war. Dann zog ich nach Toronto und spielte vier Jahre dort, bis ich ins Vengeance Expansion Draft Team kam."

Das löst bei Emory eine Menge Fragen aus. Einige aus Neugier und einige aus beruflicher Sicht. Ich merke, dass sie versucht, meinen internationalen Hintergrund in die Social-Media-Strategie des Teams einfließen zu lassen. Sie sagt nämlich: „Wir sind nicht nur an den amerikanischen Fans interessiert."

Ich erkläre ihr, dass der Färjestad Bollklubb das erfolgreichste Team Schwedens ist und ich sogar in die Nationalmannschaft kam, weil ich dort so erfolgreich war. Ich erkläre ihr die verschiedenen Spielstile und dass die Größe der internationalen Eisflächen verglichen mit den nordamerikanischen mehr Wertlegung auf Puckführung und Abwehr zur Folge hat.

Ich merke, dass Emory noch dabei ist, alles über Eishockey zu lernen, denn das Unwissen war eine ihrer Schwächen, als sie sich bei den Vengeance beworben hat. Sie ist eher dem europäischen Fußball zugeneigt. Daher beeindruckt mich schwer, dass sie sich die Eishockeyliga und die ganzen Teams genau angesehen hat, bevor sie zum Bewerbungsgespräch ging, inklusive einer gründlichen Recherche der Beiträge in den sozialen Medien. So hatte sie bereits Ideen in der Tasche, wie man den Vengeance marketingmäßig weiterhelfen könnte. Sicherlich hat sie sich damit Dominiks Respekt und die Anstellung verdient.

Das führt uns zu ihren Vorstellungen für das Team und dass sie möchte, dass ich da mitziehe. Das fällt mir nicht schwer. Erst nach dem Essen stelle ich die Frage aller Fragen.

„Du bist also eine alleinerziehende Mutter, ja?"

Emory lächelt und in ihren Augen funkelt Stolz. „Felicity ist jetzt sieben und das Beste, was ich je im Leben geleistet habe."

Genau diese Aussage ist der Grund, warum ich mich von Frauen mit Kindern fernhalte. Sie setzen die Kinder immer an erste Stelle, wie es auch sein sollte. Auch in meinem Leben gibt es Prioritäten, hauptsächlich meine berufliche Karriere, sodass diese beiden Welten nicht gut zusammenpassen. Dennoch berührt mich etwas an ihrem Tonfall, was die Rolle einer alleinerziehenden Mutter betrifft. Das ist ziemlich mutig.

„Ihr Vater ist von der Bildfläche verschwunden?", bohre ich vorsichtig nach, ohne ungebührlich neugierig erscheinen zu wollen. Sie nickt, geht aber nicht näher darauf ein. Ihrem Gesichtsausdruck entnehme ich, dass dies ein heikles Thema ist, also lasse ich es fallen.

„Dass Jenna bei uns eingezogen ist, hat mir sozusagen das Leben gerettet. Sie arbeitet von zu Hause aus, sodass sie da ist, wenn Felicity aus der

Schule kommt. Das erspart mir die Kosten für eine Nachmittagsbetreuung."

„Was macht Jenna beruflich?"

„Sie ist freie Lektorin für Zeitungen." Sie legt die Finger um den Rand ihres Glases. „Sie hat gerade einen festen Job bei der Phoenix Tribune bekommen. Aber ich frage mich, wie lange das noch gehen kann, da die Printmedien eine aussterbende Branche sind."

Ich nicke. Ich weiß gar nicht mehr, wann ich das letzte Mal jemanden eine Zeitung habe lesen sehen. Heutzutage existiert alles online auf den Handys. „Es ist schön, wenn man eine Familie hat, auf die man sich verlassen kann."

Dahingehend habe ich persönliche Erfahrungen. Meine Mutter leidet unter Muskelschwund und meine ältere Schwester wohnt in ihrer Nähe in Stockholm und kann sich um sie kümmern. Hätte ich meine Schwester nicht, wüsste ich nicht, welche Entscheidungen ich ansonsten getroffen hätte, damit Mom gut versorgt ist.

Emory nimmt ihr Handy vom Tisch, wirft einen Blick darauf und sieht dann mich an. „Es wird langsam spät. Willst du noch etwas zu deinem Instagram-Account besprechen, während wir auf die Rechnung warten?"

„Gern", antworte ich sofort. Obwohl es kein Date war, hat es mir gut gefallen. Emory ist eine faszinierende Frau, und ich erfahre gern mehr über sie, auch wenn alles dagegen spricht, sie noch einmal auf ein Date einzuladen.

Sie winkt jemandem hinter mir zu. Wahrscheinlich dem Kellner, der sofort erscheint und die Rechnung in der Hand hat. Emory will sie ihm abnehmen, doch ich bin schneller und schnappe sie mir. „Ich übernehme das."

„Aber ich wollte die Rechnung übernehmen. Das war so abgesprochen", sagt sie mit einem bohrenden Blick.

„Ich bin derjenige, der dich eingeladen hat." Ich erwidere ihren bohrenden Blick. „Außerdem weißt du, wie reich ich bin. Ich muss mich nicht zum Essen einladen lassen."

Emory neigt den Kopf zurück und lacht.

Enttäuscht betrachte ich, wie schön sie in diesem Moment aussieht.

Denn zwischen uns kann nie etwas sein.

Kapitel 5

Emory

„Du weißt aber schon, dass er eine Olympiamedaille gewonnen hat?“, fragt Jenna, als sie mich zum Stadion fährt. Eigentlich ist es mein Auto, sie fährt jedoch, weil sie mich dort absetzt.

Bei dem Gedanken an Jett kribbelt meine Haut erregt, genau wie bei Jennas „rein zufälliger“ Erwähnung von ihm.

Ich lasse sie nicht wissen, dass das durchaus ein interessantes Detail ist. Stattdessen deute ich hinter mich, wo Felicity sitzt. „Psst … neugierige Kinderohren lauschen.“

Jenna schnaubt und wirft einen liebevollen Blick in den Rückspiegel auf ihre Nichte. „Ich weiß nicht, was an einer Olympiamedaille unanständig sein soll, aber sie hört sowieso nichts. Sie ist ganz vertieft in *Elena von Avalor*.“

Ich schaue nach hinten. Es stimmt. Felicity hat mein Tablet auf dem Schoß, Kopfhörer auf, den Blick auf den Bildschirm und auf ihre Lieblingsprinzessin geheftet, die den fliegenden Jaquins reitet und gegen eine böse Zauberin kämpft. Sie bekommt gar nichts von uns mit.

Dennoch möchte ich mit meiner Schwester nicht über Jett reden.

Gestern Abend habe ich Jenna in Felicitys Bett schlafend vorgefunden, als ich nach Hause gekommen bin. Offenbar sind sie beide beim Vorlesen von Captain Underpants eingeschlafen, denn das Buch lag auf Jennas Brust und Felicitys Beine auf Jenna. Ich habe beschlossen, sie nicht aufzuwecken, denn irgendwann würde Jenna sowieso aufwachen und in ihr eigenes Bett gehen.

Ich konnte nur sehr schwer einschlafen. Unser Date – das eigentlich ein Geschäftsessen war – stellte sich als … sehr nett heraus. Jett ist ein lockerer Mensch. Ich hatte erwartet, dass er mich ins Bett drängt und auf jeden Fall auf ein zweites Date besteht. Oder auf ein Geschäftsessen, wie ich es lieber nenne.

Aber nichts davon hat er getan.

Er brachte mich nur an die Treppe vor meinem Haus. Im schwachen Licht konnte ich dennoch sein lockeres Lächeln erkennen.

„Vielen Dank für die Social-Media-Schulung, Emory“, sagte er mit seinem schwachen schwedischen Akzent, den ich an dem leicht rollenden „R“ in meinem Namen ausmachen konnte.

„Jederzeit wieder“, antwortete ich und bin nicht sicher, ob ich das rein geschäftlich gemeint habe.

Ich habe die Zeit mit ihm genossen. Er ist angenehm, witzig und überraschend bescheiden. Alles Eigenschaften, die ich bei ihm nie vermutet hätte, was mir aber egal ist, denn ich habe generell nicht die Absicht, mich mit jemandem einzulassen.

Habe ich wirklich nicht.

Ich habe nicht vor, mit jemandem zusammenzukommen.

Gegenwartsform.

„Findest du das gar nicht unglaublich cool?“, fragt Jenna.

Verwirrt blinzele ich. „Was denn?“

„Dass Jett eine Olympiamedaille gewonnen hat.“ Ihr Grinsen zeigt, dass sie mich herausfordern will. „Das war bei den Winterspielen in Schweden und er bekam Silber.“

Jett hat erwähnt, an den Olympischen Spielen teilgenommen zu haben, aber nicht damit geprahlt. Das bestätigt nur seine bescheidene Art. Hinzu kommt sein aufrichtiger Charme, den er ganz unbewusst ausstrahlt, und dass er wahrscheinlich der heißeste Mann ist, den ich je gesehen habe, sodass ich viel zu oft an ihn denke. Sorry, aber sein kurzes dunkelblondes Haar, die kristallblauen Augen und der Dreitagebart … all das gibt mir den Rest. Eigentlich wollte ich heute früh aufwachen und auf alles andere konzentriert sein als auf Jett Olsson.

„Gehst du noch mal mit ihm aus?“, fragt Jenna.

Ich sehe sie an. „Das war kein Date.“

Sie schnaubt, was bedeutet, dass sie mir kein Wort glaubt. Wahrscheinlich, weil ich mich so strikt weigere, es ein Date zu nennen.

„Hat er nach mir gefragt?“

Die Frage erstaunt mich und ich runzele die Stirn. „Er wollte nur wissen, was du beruflich machst.“

„Nichts wegen meiner Narben?", fragt sie leise, fast unverständlich.

Es schmerzt, dass sie sich über so etwas überhaupt Gedanken machen muss. „Nein. Warum sollte er auch?"

„Weil sie widerlich sind und ich deshalb ein seltsamer Freak bin", sagt sie lauter, aber nur, weil sie ihre Unsicherheit verteidigt.

„Du bist ja auch seltsam", sage ich. „Aber nicht wegen der Narben, die übrigens gar nicht widerlich sind."

„Sagt die Frau mit der makellosen Haut", erwidert sie verbittert.

Bei ihrem Ton zucke ich zusammen, denn der passt nicht zu ihr. Und bevor ich etwas sagen kann, entschuldigt sie sich schon.

„Es tut mir leid." Kurz sieht sie mich an und dann wieder nach vorn auf die Straße. „Ich weiß nicht, warum ich das eben gesagt habe."

„Schon gut", antworte ich sanft, lege eine Hand auf ihre Schulter und drücke sie kurz. Ich schaue nach hinten und sehe, dass Felicity uns immer noch nicht beachtet.

„Ich glaube, der neue Job macht mich nervös", murmelt sie. „Auch wenn ich im Homeoffice arbeite, muss ich manchmal zu einem Meeting erscheinen."

Jenna versucht, wieder in die Arbeitswelt einzusteigen. Eigentlich ist sie Journalistin. Nach dem College wollte sie Chefredakteurin bei einer großen Zeitung werden, obwohl die Printmedien

Schwierigkeiten haben. Sie war auf dem besten Weg, die Erfolgsleiter hochzuklettern, als das Feuer ausbrach und die lange Heilungszeit sie berufsmäßig an den Anfang zurückwarf. Und als alles verheilt war und sie wieder die Energie zum Arbeiten aufbrachte, hatte sie keinen Antrieb mehr, eine solche Karriere anzustreben. Eigentlich wollte sie wegen der Narben gar nicht mehr das Haus verlassen.

Natürlich habe ich leicht reden, wenn ich sage, dass sie nicht so schlimm sind. Auf den ersten Blick kann man nur die sehen, die am Kiefer und den Hals hinab verlaufen. Niemand sieht, dass die Rückseite ihrer Beine bis hoch zum unteren Rücken ebenfalls wie geschmolzene Haut aussieht. Deshalb trägt sie nie Shorts oder Kleider. Jenna will niemandem den Schaden zeigen, der zurückgeblieben ist.

„Weißt du", beginne ich zögerlich, „du musst lernen, dich mehr zu öffnen. Besonders wenn du mit mir in Phoenix bleiben willst. Ich finde, diesen Job anzunehmen, ist ein mutiger Schritt. Ich bin froh, dass du manchmal zu Meetings musst, auch wenn es dir Angst macht."

„Wie meinst du das mit dem Öffnen?", fragt sie interessiert nach.

Sie weiß, dass sie sich mit mir nicht darüber streiten muss, dass sie öfter aus dem Haus gehen sollte. Darüber haben wir schon oft diskutiert und bis zu einem gewissen Grad macht sie das auch ganz gut.

Sie bringt Felicity überall hin, wo das Kind hin will, und das ist schon mal der richtige Weg.

Ich sehe das Stadion in der Ferne. „Dominik Carlson führt das Team wie eine Familie. Er veranstaltet viele Events, um alle zusammenzubringen. Und ich will, dass du mit mir und Felicity mitkommst, weil du zu meiner Familie gehörst und deswegen auch zur Vengeance-Familie. Ich will nicht, dass du dich vor allen Leuten versteckst."

„Ich verstecke mich gar nicht vor allen Leuten", murmelt sie, doch ich höre ihr das schlechte Gewissen an.

Ich werfe ihr grinsend einen Blick zu, den sie nicht sieht, weil sie auf die Straße achtet, langsamer wird und auf den Mitarbeiterparkplatz einbiegt.

Ich streite nicht mit ihr, denn durch Felicity hat sie wirklich mutig begonnen, öfter aus dem Haus zu gehen. Wahrscheinlich muss sie noch üben, sich zu integrieren, denn in den vergangenen zwei Jahren hat sie sich die meiste Zeit wegen der Narben verkrochen.

Sie fährt auf den Parkplatz, der an einem Sonntag fast leer ist, und parkt an der Bordsteinkante vor dem Mitarbeitereingang. Der befindet sich direkt neben dem Spielerparkplatz und -eingang, von dem aus eine Treppe hinab in die Spielerkabine führt. Durch den Mitarbeitereingang gelangt man zu einem Aufzug, der einen zur obersten Etage bringt, in der die Geschäftsführung sitzt und wo sich das hochmoderne Fitnessstudio befindet. In der Spielerkabine stehen den Spielern die wichtigsten Geräte zum Aufwärmen wie Trainingsfahrräder und Dehnbänder zur Verfügung, aber wenn sie die gesamte Bandbreite aller erdenklichen motorisierten und manuellen Geräte nutzen wollen, kann man von dort unten mit dem Aufzug direkt ins Studio fahren.

Man sollte meinen, dass Dominik, dem ein Teil des Gebäudes gehört, den Fitnessraum in die Nähe der Spielerkabine gebaut hätte. Aber Dominik wollte diesen Bereich lieber ganz oben haben, wo er von bodentiefen Fensterscheiben umrahmt wird und man eine wunderbare Aussicht über Phoenix und auf die Berge hinter den gläsernen Hochhäusern in der Ferne hat. Das Studio ist für alle Mitarbeiter sowie deren Familienmitgliedern offen.

Deswegen bin ich an einem Sonntag hier. Um zu trainieren sowie ein paar Stunden am Schreibtisch zu arbeiten. Zwar könnte ich genauso gut zu Hause arbeiten, aber das Stadion motiviert mich viel mehr. Außerdem habe ich im Büro zwei Computerbildschirme, was wirklich einen Unterschied macht.

Bevor ich aussteige, wende ich mich Jenna zu. „Ich liebe dich."

Überrascht blinzelt sie. Obwohl wir uns unglaublich nahestehen, was schon immer so war, sprechen wir eigentlich nicht über unsere Gefühle füreinander. „Ich dich auch", sagt sie zögerlich.

Beinahe misstrauisch.

Ich grinse sie an. „Und ich möchte, dass du dich selbst genauso liebst, okay?“

Sie errötet, als sie die Botschaft versteht. Kurz senkt sie den Blick und nickt dann. „Ja, ich weiß.“

Ich steige aus und nehme meine Tasche mit, die zu meinen Füßen gelegen hat. Nachdem ich die Tür geschlossen habe, öffne ich Felicitys. Sie ist immer noch in Elena vertieft. Ich küsse sie auf den Kopf. Sie lächelt mich kurz an und ist sofort wieder im Fantasieland.

Gott, wie sehr ich mein Kind liebe. Sie kann unglaublich auf mich angewiesen sein und an mir kleben wie eine Klette, doch auch unfassbar eigenständig, sodass sie mich gar nicht braucht. Ich liebe beides an ihr.

Ich schließe die Tür und winke Jenna zu, die mich in drei Stunden wieder abholen wird. Dann betrete ich das Stadion und ruckzuck ist der Aufzug oben. Anstatt rechts zu den Büros zu gehen, halte ich mich links und gehe ins Studio. Als ich eintrete, scheint es heute ruhig zu sein, aber ein paar Spieler und Familienmitglieder sind an den Geräten. Das Studio ist riesig. Ich gehe zum Aufwärmen an ein Rudergerät. Meine Trainingssachen habe ich bereits an und in meiner Tasche befindet sich frische Kleidung für nach dem Duschen.

Niemand sonst ist an den Kardiogeräten, also wähle ich das erstbeste Rudergerät und beginne schön langsam. Schnell genug, um meinen Puls zu erhöhen, jedoch ohne mich umzubringen.

Danach nehme ich mein Handtuch aus der Tasche, wische mir das Gesicht ab und gehe an die Wand mit den Gewichten. Ich fasse ein Power Rack ins Auge, an dem ich Squats machen will. Mein Blick fällt auf das Rack daneben und ich sehe Jett.

Er stemmt im Liegen Gewichte nach oben. Ich rechne die Gewichte nach. Mit Leichtigkeit hebt er um die hundertvierzig Kilo. Er weiß nicht, dass ich ihn beobachte, während er acht Wiederholungen macht.

Als er fertig ist und die Gewichte einhängt, spreche ich ihn an. „Du solltest einen Trainingspartner zur Sicherheit dabeihaben."

Er zuckt zusammen, erhebt sich von der Bank und sieht mich an. Dann verzieht er einen Mundwinkel zu einem Grinsen. „Wegen dem Fliegengewicht? Das hätte ich einhändig stemmen können."

Ich schnaube und sehe ihn trotzdem kritisierend an.

Er setzt sich mit der Bank zwischen den Beinen hin und sieht mich eine Weile an. „Willst du mitmachen? Wir können uns gegenseitig spotten."

Ohne zu zögern und sogar mit einem Hauch Aufregung stimme ich zu. „Gern."

Kapitel 6

Jett

Stirnrunzelnd schaue ich auf meine Uhr. Viel Zeit bleibt mir nicht, um ins Team-Meeting vor dem Spiel zu gelangen. Heute spielen wir gegen die San Diego Renegades, die überraschend stark in der Liga geworden sind. Das bedeutet, der Coach wird sich Zeit für Videos nehmen, was das Meeting ausdehnen wird.

Doch ein Lächeln von Emory ist es wert, ein paar Minuten zu spät zu kommen und strafende Blicke vom Coach zu erhalten.

Ich gehe am Empfang der Geschäftsleitung vorbei, und mit ein paar flirtenden Worten zu der Dame hinter dem Tresen umgehe ich, dass sie mein Hiersein ankündigt. Ich gehe durch das Labyrinth der Flure, bis ich bei Emorys Büro ankomme. Die Tür ist nur angelehnt. Ich klopfe leicht dagegen, öffne sie und finde Emory hinter ihrem Schreibtisch vor. Sie hebt den Kopf. Sofort fühle ich mich an den Anfang zurückversetzt, als ich sie das erste Mal gesehen und mit dieser schwarz gerahmten Brille auf der Nase verdammt sexy gefunden habe.

Sie trägt die Brille nicht ständig. Bisher nur im Büro. Bei unserem Dinner ist mir aufgefallen, dass sie keine Brille trug, und gestern im Studio auch nicht. Also fragte ich sie danach, und sie erklärte, dass sie mit Brille im Geschäftsleben von den Männern ernster genommen wird. Als hätte sie tatsächlich ein Gehirn, weil sie diese Lehrerinnenbrille trägt. Ich bezweifele nicht, dass sie solche Erfahrungen bereits gemacht hat, versicherte ihr jedoch, dass Dominik nicht so klischeehaft denkt. Aber davon muss sie sich letztendlich selbst überzeugen.

Ein großer Unterschied zu unserer ersten Begegnung, als ich mit ihr flirtete und sie mich eiskalt abblitzen ließ, ist heute ihr strahlendes Lächeln, das sie mir soeben gönnt.

Ich halte die Tüte hoch, die ich in der Hand habe.

Emory weitet die Augen, als sie das Logo darauf erkennt. „Ist das etwa, wofür ich es halte?“, fragt sie erstaunt und erhebt sich.

„Eine doppelte Lachs-Bowl mit Vollkornreis, Kohl, Rettich, rote Bete, Fischsoße und einer Extraportion Ingwer dazu.“

Ihre Augen weiten sich noch mehr, als sie hört, dass ich mich an alles erinnere, doch ich weiß noch jede Kleinigkeit, über die wir gestern gesprochen haben. Dass sie diese Bowls liebt und was am liebsten drin sein soll, ist eine von Dutzenden Informationen, die ich von ihr erfahren habe. Unser gemeinsames Training hätte höchstens eine Dreiviertelstunde gedauert, aber wir haben es auf über zwei Stunden ausgedehnt, weil wir mehr geplaudert haben als Gewichte gestemmt.

Warum, weiß ich nicht.

Und sie wahrscheinlich auch nicht.

Während wir uns mit den Gewichten abwechselten, floss das Gespräch irgendwie locker dahin. Manchmal so intensiv, dass wir nur dastanden und redeten. Über nichts Tiefgründiges. Wir tauschten keine Geheimnisse aus oder so. Aber jetzt weiß ich, welche Bowls sie am liebsten isst, dass sie auf Honig allergisch ist und dass sie mit acht Jahren von zu Hause weglaufen wollte, aber vor der Haustür stoppte, weil sie Angst hatte, noch weiter zu gehen. Sie verbrachte die ganze Nacht auf der Fußmatte und weigerte sich, wieder hineinzugehen, obwohl ihr Dad und ihre Stiefmutter sie immer wieder darum baten. Sie akzeptierte ein Kissen und eine Decke sowie ein Sandwich, blieb aber stur und hatte das Gefühl, etwas klargestellt zu haben.

Am Ende des Work-outs war die Dynamik zwischen uns eine andere. Wir haben uns in dieser Zeit angefreundet und festgestellt, dass wir viel gemeinsam haben und gern zusammen sind.

Über weitere Dates haben wir natürlich nicht geredet, und das ist auch gut so. Ich möchte die Komplikationen nicht, die ein Kind mit sich bringt, und sie will sich nicht mit einem Arbeitskollegen einlassen.

Also läuft es auf eine reine Freundschaft hinaus, was ja nicht ungewöhnlich ist. Ich hatte schon viele weibliche Bekannte, die nur Freundinnen waren.

Abgesehen davon, dass ich keiner von denen je ihr Lieblingsessen in der Mittagspause bringen würde, oder? Aber vielleicht bedeutet das nur, dass ich Emory einfach besser leiden kann als alle anderen. Jedenfalls habe ich beschlossen, nicht darauf zu achten, wie wunderbar sie ist, und Überlegungen, dass da vielleicht noch mehr zwischen uns sein könnte, zu verdrängen.

Nein, wir sind nur Freunde.

Da bin ich ganz sicher.

Eventuell.

Ich beuge mich über ihren Schreibtisch und reiche ihr die Tüte.

Erfreut nimmt sie das Essen entgegen, setzt sich wieder auf ihren Bürostuhl und deutet auf den Besuchersessel neben mir. „Setz dich und wir teilen."

„Würde ich sehr gern", sage ich und stütze mich mit einer Hand auf der Lehne des Sessels auf. „Aber in zehn Minuten muss ich im Konferenzraum sein."

„Team-Meeting vor dem Spiel?", rät sie und nimmt die durchsichtige Plastikschale und die Essstäbchen aus der Tüte. Sie wartet nicht auf meine Antwort, sondern zeigt ihr Wissen über das Team. „Das wird heute ein schweres Spiel gegen San Diego."

Ich lächele, was sie nicht sieht, denn sie ist damit beschäftigt, mit den Stäbchen die Bowl umzurühren. Gestern hat sie mir viele Fragen über Eishockey gestellt. Sie möchte mehr darüber wissen als das, was sie bereits recherchiert hat. Ich habe ihr einiges über meine Teamkameraden erzählt, damit sie unseren Zusammenhalt auf dem Eis versteht, der über Coaching und Talent hinausgeht.

Dieser hat genauso viel mit der persönlichen Bindung der Spieler zu tun.

Wir plaudern eine Weile über die Stärken und Schwächen des gegnerischen Teams, was zu einem Gespräch über den Gegner am folgenden Tag führt, den Spades in Vegas, und dass wir noch am selben Abend wieder nach Phoenix zurückfliegen werden.

Emory wischt sich den Mund mit einer Serviette ab und steckt die Stäbchen in die Bowl. „Hast du besondere Pläne für Thanksgiving? Da du ja kein Amerikaner bist und so."

Lachend schüttele ich den Kopf. „Sagt die Britin."

Sie kichert und nimmt profihaft Reis, rote Bete und Lachs zwischen die Stäbchen. „Wir feiern diesen Tag ganz sicher nicht."

„Merkwürdig. Schließlich ist deine Stiefmutter Amerikanerin."

„Ja, nicht wahr? Aber aus irgendeinem Grund hat ihr dieser Feiertag nichts bedeutet. Mein Dad hasst Truthahnbraten, sodass wir in den fünfzehn Jahren, in denen sie mit Dad in London lebte, nie diesen Feiertag begangen haben."

„Ich bin von Jim eingeladen worden. Seine Frau kocht ein Festmenü. Außerdem hat der Coach allen Singles des Teams angeboten, zu ihm zum Essen zu kommen."

„Und wo wirst du hingehen?", fragt sie mit leuchtenden Augen hinter der Brille und mit ihrem britischen Akzent.

Ich zucke mit den Schultern. Darüber habe ich noch gar nicht nachgedacht. Wahrscheinlich bestelle ich mir eine Pizza und trinke ein Bier in meiner Wohnung. „Das muss ich mir noch überlegen."

Sie sieht mich prüfend an und lächelt dann leicht schüchtern, was sexy wirkt. „Oder du kommst am Donnerstag zu uns. Es gibt perfekt langweiliges Essen. Irgendetwas absolut Unamerikanisches wie Steak-und-Nieren-Pastete."

„Klingt köstlich." Das mag geflunkert sein, denn bei der Nierenpastete bin ich mir nicht so sicher.

„Dann solltest du zum Essen zu uns kommen", bietet sie mir an.

Ich versuche, das aufgeregte Kribbeln auf meinem Rücken zu verdrängen. Schließlich sind wir nur Freunde. Und ich habe sehr nette andere Einladungen von Leuten, die mir viel näherstehen. Aber von allen Möglichkeiten, inklusive der Pizza in meiner Wohnung, ist die Einladung von Emory bei Weitem die verlockendste. Obwohl ich weiß, dass ihre Schwester und ihre Tochter auch da sein werden.

Seltsam.

„Soll ich etwas typisch Schwedisches mitbringen?", frage ich und stimme damit der Einladung zu.

Sie lächelt und neigt leicht den Kopf zur Seite. „Zum Beispiel?"

Ich überlege kurz. „Keine Ahnung. Ich bin ein schlechter Koch, aber ich kann zu Hause anrufen und nach einem guten Rezept fragen."

„Wirklich?", fragt sie erfreut und die Stäbchen in ihrer Hand sind vergessen.

„Klar. Aber ich kann nicht garantieren, dass es auch schmeckt."

„Auf den guten Willen kommt es an", sagt sie in einem Mary-Poppins-Ton, was sie auf abgefahrene Weise noch erotischer macht.

„Soll ich noch irgendetwas anderes mitbringen?", frage ich. Die Aussicht, Emory bald im privaten Umfeld wiederzusehen, ist echt aufregend.

Was mir sagt, dass ich sie nicht ausschließlich in die Friendzone verbannt habe, wie ich es mir immer wieder eingeredet habe. Nicht einmal, dass sie ein Kind hat, erzeugt Panikgefühle oder Enttäuschung.

Das ist einfach … merkwürdig.

„Du kannst mitbringen, was du möchtest, aber es wird jede Menge Essen da sein", versichert sie mir.

Ich schaue auf meine Uhr. Ich habe nur noch zwei Minuten, um in den Konferenzraum zu gelangen. Wenn der Aufzug auch nur ein bisschen lahm ist, bekomme ich vom Coach etwas zu hören. „Ich muss jetzt leider los." An der Tür drehe ich mich zu ihr um. „Kommst du heute Abend zum Spiel?"

Sie schüttelt den Kopf. „Ich muss noch etwas arbeiten, aber ich werde es im Fernsehen verfolgen und dich anfeuern."

Ich lächele breit, und fast plustere ich mich stolz auf, angetan von dieser Aussage und dass sie mich anfeuern will. Nicht das ganze Team. Obwohl sie zweifellos auch für alle jubeln wird. „Dann bis Donnerstag", sage ich und zwinkere ihr zu.

Sie grinst und konzentriert sich wieder auf ihre Bowl.

Ich merke mir, meine Schwester und Mom nach einem traditionellen Gericht zu fragen, das ich mitbringen könnte. Im Flur entscheide ich mich, den Aufzug nicht zu benutzen. Stattdessen riskiere ich ein gebrochenes Bein und rase die Treppen nach unten. Drei Sekunden vor dem Coach schaffe ich es in den Konferenzraum. Er gibt einen knurrenden Laut von sich, der aussagt, dass ich seinem Zorn nur knapp entkommen bin. Ich eile zu meinen Kameraden in die dritte Sitzreihe.

„Das war knapp", murmelt Jim, als ich an ihm vorbeigehe und mich neben Kane setze.

„Sorry", flüstere ich, wobei ich mich ihm zuwende, damit er mich besser hören kann. „Wurde aufgehalten."

„Hoffentlich war es die Sache wert, Perrons Zorn zu riskieren", sagt Jim aus dem Mundwinkel heraus.

„Total", antworte ich und grinse in mich hinein. Der Coach geht aufs Podium, und von der Decke wird ein Bildschirm herabgelassen. Ich beuge mich noch näher zu Jim und spreche so leise, wie ich kann. „Und danke für die Thanksgivingeinladung, aber ich werde zu Emory gehen."

Jim zuckt zusammen und ihm klappt erstaunt der Mund auf. Meine Kameraden wissen, dass Emorys Kind meinen Wunsch, sie zu umgarnen, geändert hat. Kane, Steel, Bain, Riggs und ich sind zusammen in einer Chatgruppe. Riggs beteiligt sich allerdings nur selten. Normalerweise verabreden wir uns dort für Treffen und Work-outs. Oder leiten geschmacklose Witze weiter. Die Bande war ganz scharf darauf, zu lesen, wie sehr Emory mich bei unserem Dinner, das kein Date war, hat abblitzen lassen.

Ich schrieb ihnen, dass es kein Abblitzen war, sondern mehr eine Änderung meiner Gefühle, weil sie eine alleinerziehende Mutter ist. Das musste ich nicht weiter erklären. Sie wissen, dass ich nicht bereit bin, mich mit einer Frau mit schreiendem Kind zusammenzutun. Nicht einmal meine Freunde mit eigenen Kindern, wie Jim mit seiner Tochter oder Riggs mit seiner Schwester, werfen mir das vor. Ihnen ist die Verantwortung bewusst, die damit einhergeht, und sie wissen, dass ich das nicht will.

„Und warum grinst du dann so dämlich?“, flüstert Jim, während der Coach einen Aktenordner nimmt und durch die Seiten blättert. „Ich dachte, ihr seid nur Freunde.“

„Wenn ich das nur wüsste“, gebe ich zu, denn ich blicke bei meinen Gefühlen selbst nicht mehr durch.

Ich fühle mich zu Emory hingezogen.

Richtig ernsthaft und viel mehr als je zu einer anderen Frau.

Ich mag sie. Also, ich mag sie als Mensch, und um das festzustellen, hat es nur ein Dinner und ein langes Work-out gebraucht. Und das Beste ist, dass sie mich auch mag.

Aber es gibt einen Konflikt. Wegen des Kindes will ich nichts Ernstes mit ihr. Und sie will nichts mit Arbeitskollegen anfangen, weil das meistens zu Komplikationen führt.

Meiner Meinung nach bleibt deshalb nichts außer Freundschaft übrig.

Wenn da nur nicht diese starke gegenseitige Anziehung wäre. Ich mag nicht der Klügste auf der Welt sein, aber ich erkenne weibliches Interesse an mir.

Vielleicht existiert ja ein Mittelweg zwischen einer ernsten Beziehung und reiner Freundschaft. Manche nennen das „Freunde mit gewissen Vorzügen", aber ich bin nicht so sicher, dass Emory so etwas mitmachen würde.

Mit einem Räuspern deutet der Coach an, dass er jetzt anfangen wird. Ich richte meine volle Aufmerksamkeit auf ihn, denn ich bin in den Spielmodus übergegangen. Das heutige Spiel muss gewonnen werden.

Die Sache mit Emory lasse ich einfach auf mich zukommen.

Kapitel 7

Jett

Mit dem Plastikbehälter voll Kroppkakor in der Hand klopfe ich an Emorys Haustür. Letztes Mal habe ich mir vorgenommen, ihr eine neue Klingelanlage mit Kamera vorzuschlagen und ihr anzubieten, diese für sie zu installieren. In meiner eigenen Wohnung war mir das nicht schwergefallen.

Ich verdränge das kurze Empfinden von Frust, dass ich an so etwas überhaupt denke. Das schreit doch geradezu nach einer festen Beziehung. Nach Sorge um ihre, Jennas und Felicitys Sicherheit. Es bedeutet, dass ich bereits in diese kleine Familie involviert bin, was wiederum bedeutet, dass sich etwas verändert hat. Ehrlich gesagt weiß ich nicht so genau, ob mir das gefällt, weil es ein beengendes Gefühl ist. Aber um wirklich ehrlich zu sein, wird das ungute Gefühl davon übertroffen, dass ich Emory sehr mag. Und da mich so leicht nichts erschreckt und ich dafür bekannt bin, mich kaum überwindbaren Hindernissen zu stellen, werde ich mit der Freundschaft weitermachen und den Plan verfolgen, dass ich eigentlich auf mehr aus bin.

Die Tür geht auf und Emory empfängt mich persönlich. Sie trägt Jeans, flauschige Socken und einen einfachen V-Ausschnittpulli mit hochgeschobenen Ärmeln. Ich nehme an, dass sie in der Küche beschäftigt gewesen ist. Die schwarzen Haare hat sie zum Pferdeschwanz gebunden und ihr Gesicht weist kein Make-up auf. Ihre Augen sind spektakulär und nicht von der Brille umrahmt.

Sie wirkt frisch, bodenständig und ist völlig entspannt, mich als Gast zu haben.

„Frohes Thanksgivingfest, das wir nicht feiern", witzelt sie und beugt sich verschwörerisch zu mir. „Allerdings feiern wir doch etwas. Felicity meinte, dass wir unser amerikanisches Erbe annehmen sollten. Und dass wir bisher nicht der Tradition gefolgt sind, heißt ja nicht, dass wir nicht heute damit anfangen können."

„Da hat sie recht", antworte ich leise. Über ihre Schulter hinweg kann ich durch die Küche ins Wohnzimmer blicken. Jenna und Felicity decken den Tisch. Ich schaue Emory wieder an. „Und was ist euer traditionelles Menü?"

„Cheeseburger", sagt sie entschlossen, sodass kein Widerspruch erlaubt ist.

„Cheeseburger?"

Emory tritt zurück und bedeutet mir mit der Hand, weiter hereinzukommen. „Sieht so aus, als ob Felicity keine traditionelle Traditionistin ist. Zwar möchte sie unsere amerikanische Herkunft feiern, aber auch die Tradition geringfügig ändern. Nach ihrer Theorie sind Cheeseburger genauso ein Teil der amerikanischen Kultur wie Truthahn mit klassischen Beilagen."

„Ich bin aber ziemlich sicher, dass die Siedler damals den Indianern keine Cheeseburger serviert haben", scherze ich.

„Sie nimmt sich die Freiheit, etwas zu wählen, das sie liebt, und Cheeseburger sind ihr Lieblingsessen."

„Mir gefällt ihre Einstellung. Ehrlich gesagt fürchte ich mich ein bisschen vor Steak-und-Nieren-Pastete. Cheeseburger klingen also super."

„Du wirst Steak-und-Nieren-Pastete lieben", versichert sie mir und deutet auf die Plastikdose in meiner Hand. „Was hast du mitgebracht?"

„Kroppkakor", antworte ich und öffne den Deckel, damit sie hineinsehen kann. „Das sind mit Schweinefleisch gefüllte Kartoffelklöße mit Preiselbeersoße."

Emory öffnet erstaunt den Mund. „Ich bin beeindruckt."

„Nicht nötig", sage ich und zwinkere. „Ich habe jemanden aus Schweden gefunden, der sie mir gemacht hat."

„Nicht dein Ernst", sagt sie. Nicht entsetzt, dass ich mir nicht die Zeit genommen habe, selbst zu kochen, sondern erstaunt, dass ich so kurzfristig jemanden auftreiben konnte, trotz des Auswärtsspiels in Vegas.

„Doch", versichere ich ihr und nicke Richtung Küche. „Ich erzähle es dir später beim Essen."

„Okay." Sie dreht sich um und ich folge ihr in die Küche.

Jenna hebt den Kopf und ich bekomme ein schüchternes Lächeln. Sie trägt die Haare offen und über die eine Schulter, was sicherlich eine Angewohnheit ist, um die Narben zu verbergen.

Felicity bemerkt mich zunächst nicht. Sie ist damit beschäftigt, das Besteck in der korrekten Reihenfolge auf den Servietten zu platzieren.

„Jenna, Felicity … ihr erinnert euch noch an Jett?“, fragt Emory und stellt mich ganz formell vor, da die Vorstellung beim letzten Mal nicht so warm und einladend gewesen ist.

„Hi“, sagt Jenna, geht um den Tisch herum und kommt auf mich zu. „Ich nehme dir den Behälter ab.“

„Danke.“ Ich reiche ihr die Klöße. „Das kann man leicht in der Mikrowelle wärmen.“

„Felicity“, sagt Emory in einem Ton, der die Konzentration ihrer Tochter durchbricht. „Begrüßt du bitte Mr. Olsson?“

Das Mädchen schaut hoch und richtet ihre blauen Augen auf mich. „Hi, Mr. Olsson. Ich hoffe, du magst Cheeseburger an Thanksgiving.“

„Nenn mich Jett“, antworte ich automatisch, wie immer, wenn mich jemand Mr. Olsson nennt. Das ist mir viel zu steif.

Sie grinst mich an, antwortet jedoch nichts und macht mit dem Besteck weiter.

Emory hält mir eine Flasche Wein und einen Korkenzieher hin. „Bist du gut im Flaschenöffnen?“

„Ziemlich gut.“ Ich nehme ihr die Flasche ab und mache mich an die Arbeit.

„Weingläser sind im Schrank links neben dem Kühlschrank“, sagt sie und geht an den Herd.

Ich sehe ein paar Töpfe und mit Alufolie bedeckte Auflaufformen. Auf der anderen Seite der Arbeitsfläche steht ein Cobbler als Dessert bereit und eine Glasschüssel mit einem Trifle. Ich bin ein unglaubliches Süßmaul und würde am liebsten auf Cheeseburger, Steak-und-Nieren-Pastete verzichten und mich sofort über beide Nachtische hermachen. Doch ich reiße mich von dem Anblick los, hole die Weingläser aus dem Schrank und schenke uns Wein ein.

„Habt ihr Saft da?“, frage ich an niemanden im Besonderen gerichtet.

„Apfelsaft ist im Kühlschrank“, antwortet Jenna.

„Magst du Apfelsaft, Felicity?“, frage ich.

Sie hebt den Blick und nickt. „Ja, aber Traubensaft mag ich am liebsten.“

„Ich mag auch lieber Traubensaft“, erwidere ich, und das ist die Wahrheit.

Ich schenke Felicity ein großes Glas Apfelsaft ein. Als ich den Saft wieder in den Kühlschrank stellen will, muss ich an Emory vorbei, die mit einem Topf in der Hand zum Tisch geht. Ihr Lächeln zeigt, dass sie gerührt ist, weil ich Felicity mit einbeziehe.

In den folgenden fünf Minuten herrscht Chaos, bis alles auf dem Tisch steht, inklusive der Hamburger vom Grill. Jenna legt Servierlöffel neben jedes Gericht, und auf Emorys Anordnung hin stelle ich Gläser mit Wasser zu unserem Wein.

Als jeder Zentimeter des Tisches mit herzhaftem Essen zugestellt ist, nehmen alle Platz. Es ist ein Tisch für sechs Personen. Felicity hat Tischkärtchen auf jeden Teller gelegt. Ich soll neben ihr sitzen, gegenüber ihrer Mom, die neben Jenna sitzt. Die Kopfenden des Tisches bleiben leer.

Emory hebt ihr Glas Rotwein und Jenna und ich tun es ihr gleich. Ich stoße Felicity sanft mit dem Arm an und sie nimmt schnell ihr Glas Apfelsaft mit beiden Händen hoch.

„Dies ist keine traditionelle Thanksgivingfeier, aber das bedeutet nicht, dass wir nicht dankbar sind für alles Gute in unserem Leben. Halten wir also unsere Familie und Freunde in Ehren, essen wir die Gerichte, die unsere Herkunft symbolisieren, und schämen wir uns nicht, falls wir den Knopf unserer Hosen öffnen müssen, weil wir zu viel essen. Prost!", sagt Emory in die Runde.

„Prost!", stimmen wir alle mit ein.

Ich versuche, nicht an Emorys offenen Jeansknopf zu denken, denn in meiner Vorstellung bedeutet das etwas anderes als in ihrer.

Ich trinke einen Schluck Wein und stelle das Glas ab. Alle Schüsseln befinden sich in der Mitte des Tisches, wo nur die Erwachsenen herankommen.

Emory sieht Felicity an. „Gib mir deinen Teller, Pip."

„Pip?" Ich schaue zwischen den beiden hin und her.

„Das ist die Kurzform von Pipsqueak“, erklärt Emory lächelnd. „Das ist von ihrem Spitznamen, als sie noch kleiner war, übrig geblieben.“

Es bedeutet so viel wie Winzling.

„Jett kann meinen Teller füllen“, sagt Felicity und sieht mich erwartungsvoll an.

Ich habe kein Problem damit, der kleinen Lady zu helfen, also nehme ich ihren Teller in die Hand. „Was hättest du denn gern?“

„Cheeseburger.“

Natürlich.

Mit der Zange, die neben der Platte liegt, greife ich nach einem bereits zusammengesetzten Cheeseburger und lade ihn auf ihren Teller. Beim Tischdecken hat man mir gesagt, dass Felicity ihren Cheeseburger pur mag, daher stehen keine Gewürzsoßen dabei. Ich werde die Steak-und-Nieren-Pastete probieren.

„Noch etwas?“, frage ich.

„Nein, danke“, antwortet sie grinsend. „Ich mag kein Gemüse.“

„Aber das macht groß und stark“, entgegne ich.

„Es macht mir nichts aus, klein zu sein“, witzelt sie und nimmt mir ihren Teller aus der Hand.

Ich werfe einen Blick auf Emory. Sie sieht uns zwar nicht an, aber ich bin sicher, dass sie uns zuhört, während sie sich selbst Essen auftut, denn sie lächelt. Wahrscheinlich ist sie gleichsam amüsiert und frustriert über ihre wählerische Tochter.

„Und du magst gar kein Gemüse?“, frage ich das Mädchen.

„Nur Pommes." Sie nimmt ihren Cheeseburger in die Hand.

„Aha. Eine Kartoffelliebhaberin also. Zufälligerweise ist das Gericht, das ich mitgebracht habe, aus Kartoffeln gemacht."

Mit zweifelndem Blick hält sie inne.

„Kroppkakor bestehen aus Kartoffelbrei und sind mit gebratenem Schweinefleisch gefüllt. Und die Soße dazu ist lecker. Magst du mal probieren?"

Sie ist nicht überzeugt. Das erkenne ich an ihrer gerümpften Nase. Als sie den Mund öffnet, um etwas zu sagen, wird sie von Emory unterbrochen.

„Wie lautet noch gleich unsere Regel?", fragt sie ihre Tochter.

Ich schaue von der Mutter zur Tochter, die theatralisch seufzt und einen übertrieben genervten Laut von sich gibt. „Etwas Neues zumindest ein Mal probieren. Wenn ich es nicht mag, muss ich es nicht essen."

„Ganz genau", sagt Emory und nickt mir zu. „Gib ihr einen von diesen Kroppy-Dingern."

Lachend korrigiere ich sie. „Kroppkakor."

Nach einem Bissen erachtet Felicity den Kloß als einem Cheeseburger nicht ebenbürtig und weigert sich, ihn aufzuessen.

Überraschenderweise schmeckt mir die Steak-und-Nieren-Pastete wunderbar, genau wie die Kroppkakor, und ich habe mir vom Dessert einen Nachschlag genommen. Es gab noch andere Beilagen, die ich alle probiert habe, außer den

Cheeseburgern. Die kann man an jedem gewöhnlichen Tag haben.

Gemeinsam räumen wir die Küche auf, verstauen die Reste in Behältern und ich bekomme eine Schüssel voll mit nach Hause. Danach bin ich innerlich bereit, mich zu verabschieden und mich für das köstliche Essen und die nette Gesellschaft zu bedanken.

Doch zu meiner Überraschung fragt Emory: „Magst du noch ein Glas Wein?"

Beim Essen hatte ich nur eins.

Noch mehr überrascht mich, als Jenna eine Hand auf Felicitys Schulter legt und mit ihr ins Wohnzimmer geht. „Schauen wir mal, ob wir einen schönen Film finden, Kleines."

„Wir setzen uns auf die Terrasse", verkündet Emory. „Ich habe einen dieser schicken Gasfeuertische."

Ich bin vollkommen bereit für einen weiteren Drink mit Emory, ohne Jenna und Felicity und mit einem gemütlichen Feuer. Meine Sehnsucht, mit ihr allein zu sein, widerspricht allerdings der Bezeichnung Friendzone, die ich uns eigentlich aufdrücken will.

Die überdachte Terrasse ist nichts weiter als eine viereckige Betonfläche, umgeben von Sukkulenten in steinigen Beeten. Aber Emory hat es geschafft, eine Oase daraus zu machen. An den beiden Pfosten der Überdachung stehen große Töpfe mit Kletterpflanzen, die an den Pfosten hochwachsen und dort oben verschwinden. Wahrscheinlich bedecken sie das ganze Dach. Die kleinen weißen Blüten daran fallen ins Auge und ihr süßer Duft weht mir um die Nase. Emory hat eine L-förmige Korbcouch mit quadratischen Kissen und davor einen Tisch, der mit bunten Steinen gefüllt ist. Unzählige Blumenkübel und Töpfe auf unterschiedlich hohen Ständern zieren die Terrasse. Alles ist grün und blühend. Ein krasser Kontrast zu der ansonsten kargen Wüstenlandschaft aus braunen und beigen Farben. Fast wirkt es hier tropisch.

Emory füllt drinnen unsere Gläser, kommt dann heraus und schaltet das Gasfeuer im Tisch ein. Es spendet warmes Licht und ist nicht zum Heizen gedacht, was gut ist, denn die Nacht ist knapp unter zwanzig Grad mild.

Ich setze mich auf die kurze Seite der Couch und damit Emory gegenüber. Nahe genug, dass sich unsere Knie berühren würden, wenn wir die Beine etwas weiter auseinanderstellen würden, aber weit genug entfernt für das, was bei reiner Freundschaft angebracht ist.

Emory zieht ihre Beine hoch und die Füße unter sich. Sie wendet sich mir zu und legt einen Arm auf die Rücklehne der Couch. Sie sieht mich an und hält mit der anderen Hand das Glas vor ihrer Brust fest.

„Also, wie hast du nun dieses unglaublich authentische schwedische Gericht hinbekommen?“, fragt sie.

Lachend tue ich es ihr gleich, lege einen Arm auf die Lehne und wende mich ihr zu. „Meine Mom hat eine Freundin, die eine Freundin hat, die auch eine Freundin hat, die jemanden kennt, die in Scottsdale wohnt."

Emory hebt eine Augenbraue. „Das ist aber eine dünne Beziehung."

„Sagen wir es mal so: Geld macht die Dinge einfacher. Immerhin war es eine sehr kurzfristige Bitte."

„Wie viel hast du denn bezahlt?"

„Ich musste nur mit zwei Eintrittskarten zum nächsten Heimspiel winken", antworte ich mit Stolz. „Anscheinend ist mein Spiel eine genauso gute Währung wie der Dollar."

Sie lacht erneut. Zwar sind ihre Worte oft kühl und effizient, aber ihr Humor wirkt locker und entspannt. „Du bist echt gar nicht so, wie ich mir dich vorgestellt habe."

Jetzt hebe ich eine Braue und stelle mein Glas auf den Kamintisch. Eigentlich bin ich mehr der Biertrinker. „Wie hast du dir mich denn vorgestellt?"

„Nun ja, die Gerüchte sagen, dass du ein Playboy bist."

Ich schnaube. „Das kann man von fast jedem Sportler behaupten."

„Stimmt." Sie nickt und nippt an ihrem Wein.

Ich möchte nicht über meinen Ruf als Playboy reden, denn da hat sie nicht unrecht. Zwar bin ich nicht darauf aus, so viele Frauen wie möglich zu erobern, aber ich bin dafür bekannt, nicht auf der Suche nach etwas Festem zu sein. Und das Gegenteil von einer ernsten Beziehung bedeutet meistens, One-Night-Stands zu haben, sofern sie in den Terminkalender passen.

Irgendwie will ich nicht, dass Emory das weiß, also wechsele ich das Thema. „Woher kommt wohl Felicitys Wunsch, plötzlich Thanksgiving feiern zu wollen? Wurde sie hier geboren?“

„Ja“, antwortet Emory, ohne zu zögern, doch ich höre Anspannung in ihrer Stimme. „Ihr Vater ist Amerikaner, hat sich aber nichts aus Feiertagen gemacht, und genau wie in meiner Kindheit haben wir die meisten amerikanischen nicht gefeiert. Ich glaube, Felicity wollte einfach Cheeseburger haben, ehrlich gesagt.“

Ich lache und stelle fest, dass ich eine neue Einstellung dem Kind gegenüber entwickelt habe. Ihre Art, die Erwachsenen zu manipulieren, ist echt süß.

Emory hat eine Tür geöffnet, sodass ich jetzt furchtbar neugierig bin und eine ernste Frage stellen muss. „Und warum hat sich ihr Dad nichts aus Feiertagen gemacht?“

Kurz senkt Emory den Blick auf ihr Glas. Doch anstatt einen ermutigenden Schluck zu nehmen, den sie gerade zu brauchen scheint, sieht sie mich an. „Er kommt aus reichem Hause. Wo Internate und Familienfeiertage keine große Sache sind.“

Die nächste Frage kann ich mir nicht verkneifen. „Und er ist nicht mehr bei euch?“

Sie schüttelt den Kopf, ohne wegzuschauen. „Er … also, er kämpft mit seinen eigenen Dämonen und ist schon lange von der Bildfläche verschwunden."

„Das tut mir leid. Das muss schwer sein." Dabei denke ich mehr an Felicity als an Emory.

Als ob sie versteht, dass ich ihre Tochter meine, nickt sie. „Felicity kann nicht verstehen, warum er nicht mehr da ist, aber sie kommt recht gut damit klar."

Ich bohre nicht weiter nach, obwohl ich eine Million Fragen habe. Zum Beispiel, ob Emory mit Felicitys Vater verheiratet ist. Oder geschieden. Hat er sie verlassen? Felicity vernachlässigt? Eine andere Frau kennengelernt?

Egal. Ich weiß jedenfalls, dass Emory aus Los Angeles hierhergezogen ist, um den Job anzunehmen, und dass sie mit Jenna und Felicity allein ist.

Dieses persönliche Thema kann ich fallen lassen und mich daran erfreuen, dass sie mir überhaupt so viel anvertraut hat, aber dennoch bin ich direkt. „Ich würde dich gern wiedersehen. Dich zu einem Date ausführen."

Emory ist von meiner Bitte nicht überrascht. Sie weitet nicht die Augen oder hebt das Kinn, als wäre die Idee absurd. Sie lächelt nur traurig. „Mein Leben ist gerade kompliziert."

„Meins nicht", antworte ich fröhlich. „Deshalb habe ich darin Platz für *kompliziert*."

Kurz wundere ich mich, dass mich die Vorstellung einer festen Beziehung nicht total abstößt. Das hier habe ich nicht geplant, es ist völlig spontan, doch es fühlt sich richtig an.

Anstatt mürrisch zu reagieren, lächelt Emory. „Aber du magst keine Kinder, Jett. Das habe ich dir sofort angesehen, als du mich letztes Wochenende zum Dinner abgeholt hast."

Ich hebe einen Finger und schüttele den Kopf. „Das ist nicht wahr. Ich liebe Kinder. Ich wollte mich nur mit keiner Frau einlassen, die Kinder hat. Also war ich zunächst enttäuscht. Aber du hast bestimmt gesehen, dass ich gut mit ihnen umgehen kann. Felicity und ich sind jetzt schon beste Freunde."

Ich weiß genau, dass ihr dies aufgefallen ist. Die meiste Zeit über habe ich mit Felicity geredet, und sie hat mir Fragen gestellt über Eishockey, Schweden und den Leguan, den ich als Kind als Haustier hatte und den sie sich auch schon gewünscht hat.

„Ja, du hast meine Tochter um den kleinen Finger gewickelt", gibt sie zögerlich zu.

„Sieh es doch mal so", sage ich und hoffe, mir damit nicht selbst ins Knie zu schießen. „Dein Leben ist kompliziert und du suchst nicht nach einer ernsten Beziehung. Ich will mich auch noch nicht festlegen und suche daher auch nichts Dauerhaftes. Wir beide hatten schon wunderbare Gespräche. Ich mag dich und du magst mich auch. Warum gehen wir nicht einfach miteinander aus und warten ab, was sich entwickelt?"

Emory zieht die Augenbrauen zusammen und denkt darüber nach. „Ganz ohne Verpflichtungen?"

„Keine Verpflichtungen", stimme ich zu.

Sie neigt den Kopf leicht zur Seite. „Ist *Date* das Codewort für Sex?“

„Ich habe nichts gegen Sex“, sage ich so neutral wie möglich. „Du?“

„Ich mag Sex.“ Sie grinst.

„Aber er wäre exklusiv“, sage ich überzeugt, denn auch wenn ich mich noch nie selbst einschränken wollte, verursacht mir der Gedanke, dass sich Emory noch mit anderen Männern treffen könnte, ein enormes Gefühl des alleinigen Besitzanspruchs. Was ich aber momentan nicht analysieren will. „Wir können die Beziehung gestalten, wie wir wollen. Sie kann so einfach sein, wie du willst, sodass dein Leben nicht noch komplizierter wird.“

„Ich mag dich“, gibt sie zu. „Du bist ein umgänglicher Mensch.“

„Das stimmt“, sage ich mit einem anzüglichen Lächeln. „Du kannst mit mir machen, was du willst.“

Emory kichert und lächelt dann sanft. „Ich meine, dass deine Gesellschaft angenehm und locker ist. Mir gefällt deine unkomplizierte Art.“

„Und mir gefällt, dass du nichts Kompliziertes magst.“

„Dann passt ja alles wunderbar“, stellt sie fest.

In ihrer Stimme schwingt etwas Heiseres mit. Etwas Sinnliches.

In all meinen Fantasien mit Emory Holland, und derer gab es viele, hätte ich nie gedacht, dass sie für so etwas offen ist. Vielleicht habe ich sie zu stereotyp für unflexibel gehalten, da sie mich so kühl hat abblitzen lassen. Zwar hielt ich sie nicht für prüde, aber für eine Frau, die sich nur zögerlich auf Intimitäten einlässt.

„Dann machen wir doch gleich etwas aus", sagt sie. Der heisere Ton ist fort und ihr Akzent ist wieder kühl und scharf. Fast glaube ich, mir die Sinnlichkeit nur eingebildet zu haben. „Nur Drinks oder auch Dinner?"

„Am Fan-Tag?", schlage ich, ohne nachzudenken vor. Der ist morgen. Ich will schließlich keine Zeit verschwenden.

Letztes Jahr hat Dominik auf einem Teil des Stadiongeländes ein großes Event veranstaltet. Da dort nicht alle Fans hineinpassen, verloste er die Tickets. Die Nachfrage war so gewaltig, dass er die Größe des Festes dieses Jahr verdoppelt hat.

„Ich wollte Felicity mitnehmen", sagt sie zögerlich. „Und Jenna überreden, mitzukommen."

„Dann treffen wir uns dort." Ich will keine Ausrede gelten lassen. „Vielleicht kann Jenna Felicity später mit nach Hause nehmen, nachdem der Kleinen von Sachen wie Riesenradfahren und Zuckerwatte übel ist, und dann können wir beide noch etwas trinken gehen?"

Emorys Augen leuchten vor Dankbarkeit, dass ich ihre Tochter nicht ausschließe, und ich erkenne die Freude darin, dass wir auch etwas Zeit für uns allein haben werden.

Was auch immer ich von ihren Augen ablese – zum Beispiel die Aufregung des Neuen zwischen uns –, ist bestimmt auch in meinen sichtbar.

Ich habe keine Ahnung, worauf ich mich da einlasse, aber ich bin froh darüber.

Kapitel 8

Jett

Vengeance Town nennt man das Gelände um das Stadion. Es befindet sich am Rand der Stadt und ist so groß wie drei Häuserblocks. Das Stadion steht in der Mitte und hat 375 Millionen Dollar gekostet. Investoren steckten weitere 100 Millionen in ein Einkaufszentrum, das entlang der Grundstücksgrenzen entstand, von Parkplätzen und Tiefgaragen unterbrochen.

Das Fest findet zwischen den Einkaufsläden und dem Stadion statt und ist ein echtes Spektakel. Sämtliche Fahrgeschäfte, die man sich nur vorstellen kann, sind vorhanden. Von einfachen Kinderkarussells bis zum Riesenrad. Dutzende Spielstände für Kinder sind aufgestellt worden, an denen die Kleinen Stofftiere gewinnen können. Viele Imbissstände sind überall verteilt, an denen man alles von gegrillten Truthahnschenkeln bis zu frittierten Snickers bekommen kann. Schon allein beim Vorbeigehen spüre ich, wie meine Adern verstopfen.

Bemüht, unsere Verabredung locker und unkompliziert zu gestalten, hat mir Emory die Nachricht geschrieben, dass sie zwischen zwei und vier Uhr hier sein wird. Meine Antwort war genauso entspannt. *„Ich werde dich finden."*

Natürlich bin ich schon den ganzen Tag hier, denn die Veranstaltung ist für die Fans gedacht. Jetzt ist es weit nach zwei Uhr und seit vierzig Minuten halte ich schon Ausschau nach Emorys rabenschwarzen Haaren.

Ich bin allerdings nicht der totale Stalker, sondern habe bereits einige Spieler mit ihren Familien getroffen, Wettbewerbe an Spielbuden mitgemacht und mit Dominik ein Bier getrunken. Willow und sein baldiger Adoptivsohn Dillon waren auch dabei. Obwohl ich kein bisschen das Bedürfnis verspüre, ebenfalls so eine Familieneinheit zu bilden, rührt mich doch, wie glücklich die drei sind. Besonders Dillon, der aus einem Kinderheim in eine bodenständige Familie gekommen ist, die Himmel und Hölle in Bewegung setzen wird, um ihn glücklich zu machen.

„Hi, Jett", sagt eine männliche Stimme.

Jim Steele, mein Left Winger. Er steht mit Tochter Lucy und Frau Ella an einer Spielbude, wo die beiden „Schlag den Maulwurf" spielen, wobei sie auf Maulwürfe einschlagen, die abwechselnd aus Löchern spähen. Jim lehnt an der Bude und hat die Arme vor der Brust verschränkt. Er nickt zu seinen Frauen hinüber.

„Das machen sie schon seit zehn Minuten. Ich hätte gedacht, dass es sie inzwischen langweilt."

„Ich höre nicht auf, bevor Mom aufgibt", verkündet Lucy.

Ella lacht gehässig. „Ich gebe nie auf."

Amüsiert schüttelt Jim den Kopf. „Die beiden sind ehrgeiziger als ich, und das will etwas heißen."

Bevor ich etwas antworten kann, sieht Jim etwas hinter mir und sein Blick zeigt freudiges Erkennen. Ich drehe mich um und sehe erstaunt, dass Riggs auf uns zukommt. Neben ihm geht ein junges Mädchen, das seine siebzehnjährige Schwester sein muss. Sie sieht ihm kaum ähnlich. Riggs hat dunkelbraune Haare und noch dunklere Augen, während ihre Haare hellblond sind und ihr bis auf die Schultern reichen. Ihre Augen sind blau oder grün, das kann ich noch nicht genau erkennen. Doch die beiden haben dieselbe Mundform. Auch sie scheint genervt die Lippen zu verziehen, was Riggs Dauermimik ist. Sie wirkt nicht, als wäre sie freiwillig hier, lässt die Schultern hängen und hat die Hände in den Jeanstaschen.

Riggs überblickt unser Grüppchen kurz. Jim und ich heben die Hand zum Gruß und Jim winkt ihm. Wir wollten Riggs schon lange besser kennenlernen, und heute ist eine gute Gelegenheit, da er zum ersten Mal seine Schwester zu einem Team-Event mitgebracht hat.

Riggs schaut sich um, als ob er nach jemandem Ausschau hält, der ihn vor dem Geselligsein mit uns rettet. Mit einem Seufzen flüstert er seiner Schwester etwas zu. Mit dem Kinn deutet er auf uns. Seine Schwester richtet ihren Blick in unsere Richtung. Ihr Ausdruck bleibt gleich, aber sie folgt ihrem Bruder zu uns herüber.

„Lucy“, sagt Jim leise. „Ich möchte dir jemanden vorstellen.“

„Gleich“, antwortet sie.

Ella wendet den Kopf und sieht Riggs kommen. Sie legt eine Hand auf Lucys Schulter. Mehr braucht sie nicht zu tun, um die Aufmerksamkeit ihrer Tochter zu bekommen. Beide legen ihren Hammer ab.

„Hey, was geht?“, frage ich Riggs und reiche ihm die Hand.

Er drückt sie und nickt Jim zu.

In dem Wissen, dass er nicht davonkommt, ohne seine Schwester vorzustellen, legt er kurz seine riesige Hand auf ihre Schulter. „Das ist meine Schwester Janelle.“

Alle lächeln sie an, doch Ella tritt vor. Ganz in ihrer Mutterrolle spreizt sie die Flügel über dem Mädchen, dem das offensichtlich sehr unangenehm ist. „Janelle, wir freuen uns sehr, dich endlich kennenzulernen. Das ist meine Tochter Lucy.“

Lucy strahlt die potenzielle neue Freundin an, obwohl sie ein paar Jahre jünger ist.

Janelle bringt ein kleines Lächeln zustande.

„Magst du mit mir Schlag den Maulwurf spielen?“, fragt Lucy und wirft einen Blick auf das Spiel.

„Das habe ich noch nie gespielt“, antwortet Janelle.

„Keine Sorge.“ Lucy winkt sie zu sich. Ella geht aus dem Weg und Lucy drückt Janelle einen Hammer in die Hand. „Du musst nur dem Maulwurf eins überziehen, wenn er den Kopf herausstreckt. Das ist sehr therapeutisch."

Ella, Jim und ich lachen, aber Riggs und Janelle nicht.

Jim gibt dem Spielleiter etwas Kleingeld und dieser startet das Spiel neu. Janelle folgt Lucys Anweisungen.

Wir sehen eine Weile zu, und es dauert nicht lange, bis Janelle von der Begeisterung sämtlicher Teenager an der Bude mitgerissen wird, die Maulwürfe zu treffen. Kurze Zeit später lacht Janelle mit Lucy gemeinsam.

Ich schaue zu Riggs und zum ersten Mal sehe ich ihn aufrichtig lächeln. Er wirkt erleichtert, und in seinem Blick liegt so etwas wie Dankbarkeit, während er seiner Schwester zusieht.

Ich schaue an Riggs vorbei und spüre eine prickelnde Aufregung. An einer anderen Bude stehen Emory, Felicity und Jenna und spielen Ringewerfen. Emory zeigt Felicity gerade, wie man den Ring am besten wirft. Ich freue mich, dass sich Jenna aus dem Haus getraut hat. Sie macht Fotos von den beiden mit dem Handy. Kurz verinnerliche ich, wie hübsch diese kleine Familie ist. Etwas in mir kann sich vorstellen, ein Teil davon zu sein.

Aber Emory und ich sind uns einig.

Keine Verpflichtungen.

Zwanglos bleiben.

Das kann ich.

Ich klopfe Jim auf die Schulter und nicke Riggs zu. „Bis später, Männer. Ich habe jetzt ein Date."

Jim blinzelt überrascht und Riggs' Ausdruck bleibt neutral. Ohne einen Blick zurück, gehe ich zu den Frauen hinüber. Als ich noch ungefähr zehn Meter entfernt bin, dreht Emory den Kopf und unsere Blicke treffen sich. Ein Windstoß wirbelt ihre Haare durcheinander. Sie schiebt sich die Strähne hinters Ohr, lächelt mich erfreut an und schaut wieder zu ihrer Tochter.

Als ich ankomme, sagt Jenna Hallo, und ich freue mich, dass sie weder den Blick senkt noch versucht, mit den Haaren ihre Narben zu verdecken. Gestern beim Kein-Thanksgivingdinner hatten wir viel Spaß, und es ist schön, dass sie sich mir gegenüber entspannt hat.

„Ich sehe noch gar keine gewonnenen Plüschtiere", merke ich an.

Emory legt ihre Hand auf Felicitys Rücken, die sich auf den nächsten Wurf vorbereitet. „Wir haben eben erst angefangen. Erst haben wir die Fahrgeschäfte abgeklappert."

Felicity wirft. Der Ring landet vor dem Ziel auf dem Spieltisch. Immer noch zuversichtlich sieht sie mich an und deutet auf ein Regal. „Ich werde das große pinkfarbene Einhorn gewinnen."

Ich lehne mich an den Pfosten der Bude. „Na, dann mal los."

Entschlossen macht sie ein ernstes Gesicht. Sie nimmt einen Ring und versucht, ihn so zu werfen, wie Emory es ihr gezeigt hat. Der Ring trifft auf einen der Stöcke am Rand und prallt ab.

Sie versucht es noch dreimal und dann greife ich ein. Ich gebe dem Spielleiter einen Zwanziger und er reicht mir eine Handvoll Ringe. Zwar bin ich ein Profi-Eishockeyspieler und generell recht sportlich, aber ich verbrauche fast alle Ringe, bis ich das Einhorn für Felicity gewonnen habe.

Ihr Lächeln ist ansteckend, als ich ihr das Stofftier übergebe. Sie strahlt. „Vielen Dank, Jett."

„Gern geschehen." Das waren die am besten investierten zwanzig Kröten, die ich je ausgegeben habe. Für so viel Freude.

„Was wollen wir als Nächstes spielen?", frage ich sie.

„Warte mal", sagt Emory, wirft einen Blick zu Jenna und diese nickt. Sie beugt sich zu Felicity hinab. „Tante Jenna spielt noch ein paar Spiele mit dir, bevor ihr nach Hause fahrt, und ich gehe so lange mit Jett etwas trinken."

Felicity runzelt die Stirn und deutet auf den Stand neben der Spielbude. „Dort gibt es Getränke."

„Äh, das stimmt", stammelt Emory und sieht mich hilflos an.

Ich zucke mit den Schultern, denn ich habe keine Ahnung, wie viel Wahrheit eine Siebenjährige verkraften kann. Ich weiß nicht einmal, wann Emory die Beziehung mit Felicitys Vater beendet hat und ob sie dem Kind schon erklärt hat, was „daten" bedeutet.

Amüsiert lächelt Emory die kleine Version ihrer selbst an. „Jett und ich gehen in ein Lokal, das nur Erwachsene bedient."

„Aber warum?", fragt Felicity neugierig.

„Weil … weil …"

„Oh", sagt Felicity, als ob sie es jetzt verstanden hätte. „Damit du mit ihm über seinen Instagram-Account reden kannst."

Emory lacht und sieht mich verschwörerisch an. „Ganz genau. Darüber werden wir reden."

Von wegen. Doch ich nicke lediglich.

Man umarmt sich, und Emory drückt Jenna Geld in die Hand und bittet sie, Felicity nicht zu viel ungesundes Zeug zu kaufen. „Ich weiß noch nicht, wann ich nach Hause komme, aber ich werde dir nachher eine Nachricht schicken."

Das kann man auffassen, wie man will. In meiner Fantasie bedeutet es, dass sie vielleicht mit mir nach Hause kommt und über Nacht bleibt. Wir sind uns einig, dass alles aufs Bett hinausläuft, aber wenn es nicht heute passiert, ist es auch okay. Vor allem möchte ich Emory besser kennenlernen. Dies bei einem Drink zu tun, klingt nach einer guten Idee.

Wir verabschieden uns und gehen durch das Fest zum Parkplatz, auf dem mein Urus steht. Ein paar Fans halten mich an und ich posiere für Fotos und signiere Trikots. Schließlich ist heute Fan-Tag. Es überrascht mich nicht, dass Emory Fotos von mir mit den Fans macht. Wahrscheinlich könnte ich eins davon auf der Vengeance-Instagramseite sehen, noch bevor wir in der Bar angekommen sind.

Galant öffne ich Emory die Autotür. Nichts deutet darauf hin, dass sie weiß, dass dieses Auto über zweihunderttausend Dollar kostet. In diesem Moment bin ich froh darüber, denn plötzlich kommt es mir wie eine arrogante Geldverschwendung vor.

Ich starte den Motor. „Ein paar Blocks weiter gibt es eine coole kleine Bar."

„Eigentlich ...", sagt Emory und ihre Stimme ist nicht so fest wie sonst. Sie hüstelt und sieht mich direkt an. „Deine Wohnung ist in der Innenstadt, oder? Können wir nicht einfach zu dir gehen, um etwas zu trinken?"

In all den Jahren habe ich eine Menge solcher Angebote von Frauen bekommen und bin immer stolz darauf gewesen, die Kontrolle zu behalten und auf weltmännische Art zu flirten. Doch Emorys Frage macht mich zunächst sprachlos.

„Zu mir?", frage ich schließlich, denn ich muss mich verhört haben. Zwar werden wir früher oder später im Bett landen, aber ich hätte nicht gedacht, dass es so schnell gehen wird.

„Auf einen Drink", sagt sie bedeutungsvoll. „Beginnen wir mit einem Drink und schauen mal, wohin das führt. Vielleicht bleibt es ja dabei. Oder es entwickelt sich mehr daraus. Haben wir nicht vereinbart, dass wir ganz locker rangehen und daraus machen können, was wir wollen?"

„Doch, haben wir." Ich grinse sie entschuldigend an. „Aber ich habe nur Bier da."

„Gut, dass ich ab und zu gern eins trinke", antwortet sie lachend.

„Okay, dann zu mir." Ich lege den Rückwärtsgang ein und versuche, mein hämmerndes Herz zu ignorieren.

Kapitel 9

Emory

Jetts Auto ist echt schön, aber ich habe keine Ahnung, von welcher Marke es ist. Auf Autos habe ich noch nie geachtet. Jett verdient Millionen und kann sich alles leisten, was er haben möchte. In der kurzen Zeit, seit ich ihn kenne, kam das Thema seines Wohlstands nie auf.

Doch momentan fahren wir in seinem sündhaft teuren Wagen zu seiner Eigentumswohnung in der Innenstadt, die garantiert luxuriös und für Phoenix' Elite bestimmt ist. Ich frage mich, worauf ich mich da eingelassen habe.

Sex, Emory. Das ist es, worauf du dich einlässt.

Mir entkommt ein leises Kichern, denn ich bin nervös und alles ist irgendwie peinlich.

„Was ist so witzig?", fragt Jett neugierig und locker, während er mir einen kurzen Blick zuwirft.

Ich gackere erst leise und dann einfach drauflos.

Er runzelt die Stirn. Wahrscheinlich fragt er sich, ob ich in den zwei Minuten Fahrzeit plötzlich den Verstand verloren habe. „Emory?", fragt er zögerlich nach und achtet sofort wieder auf die Straße.

Ich wühle in meiner Handtasche auf dem Schoß, hole eine kleine Schachtel Kondome heraus und halte sie für ihn hoch.

Er sieht die Schachtel und hebt die Augenbrauen fast bis zur Stirn. „Du bist ja gut vorbereitet“, sagt er.

Lachend stecke ich die Kondome wieder in meine Tasche. Ich reiße mich zusammen, höre mit dem albernen Gackern auf und muss dann husten. „Sorry“, sage ich kopfschüttelnd. Ein weiteres Gackern entkommt mir. Ich halte mir mit der Hand den Mund zu.

Jett grinst amüsiert. „Nervös?“

„Und wie“, antworte ich, nachdem ich die Hand vom Mund genommen habe. Angespannt plappere ich los. „In der Highschool habe ich meine Jungfräulichkeit verloren. Daran kann ich mich kaum erinnern, weil es so unspektakulär war. Darauf folgten die üblichen Studentenpartys und One-Night-Stands auf dem College. Und dann traf ich Felicitys Vater und mehr war nicht. Nur er.“

Jett schaut nach vorn, macht aber einen verständnisvollen Gesichtsausdruck. „Dann ist es wohl schon eine Weile her für dich?“

Nickend gebe ich zu: „Sehr lange. Sehr, sehr lange.“

„Du wirst ja nicht dafür benotet. Außerdem müssen wir nichts weiter tun, als etwas trinken.“

Ich seufze. So will mich mein Körper dazu bringen, mich zu entspannen. „Ich weiß. Aber …“

Die Stille lastet schwer auf uns, als ich plötzlich schüchtern werde.

„Aber, was?“, hakt Jett nach.

„Es ist schwer zu erklären. Als Elternteil setzt man sich immer an die letzte Stelle. Alles geht den eigenen Wünschen und Bedürfnissen vor. Endlich mache ich einmal etwas nur für mich, und das ist gut so. Ich habe es verdient. Aber gleichzeitig bin ich unsicher über das, was ich mir ausgesucht habe …"

„Mich?", fragt er grinsend.

Ich nicke und kichere erneut. „Ein zwangloses Techtelmechtel. Es fühlt sich unangenehm an. Ich tue etwas, was völlig aus meiner Wohlfühlzone fällt, und ich bin aus der Übung, und was ist, wenn ich es nicht gut mache …"

Jett nimmt meine Hand und drückt sie. Das kommt so plötzlich, dass ich verstumme. „Das verlernt man nicht. Genau wie Fahrradfahren. Und wenn du aus der Übung bist, gebe ich dir jede Menge Übungsgelegenheiten. Und das wäre keine Bürde für mich."

Ich schnaube wieder, was schrecklich nach Grunzen klingt, aber ich spüre auch, wie damit die Anspannung weniger wird.

Er drückt meine Hand erneut und lässt sie dann los. „Alles wird gut."

Er biegt in die Tiefgarage eines Gebäudes ab, das ungefähr zehn Stockwerke hat. Ich nehme an, dort befindet sich seine Wohnung. An der Fassade sind Balkone.

Jett parkt neben dem Aufzug auf einem reservierten Platz. Sicherlich hat er dafür zusätzlich bezahlen müssen. Er macht den Motor aus, schnallt sich ab und öffnet seine Tür. Ich weiß, dass er auf meine Seite kommen wird, um mir die Tür zu öffnen, und schon werde ich wieder nervös.

Er ist ausgestiegen. Es ist totenstill im Auto. Meine Handflächen schwitzen, während Jett das Auto umrundet. Ich öffne meinen Gurt und Jett öffnet meine Tür. Er reicht mir die Hand. Ich halte meine Handtasche fest und ergreife mit der anderen Hand Jetts.

Jett hilft mir, mich auszubalancieren, als ich die Füße auf den Boden setze und innerlich eine Entscheidung treffe. Ich lasse die Handtasche fallen, greife nach Jetts Hemd und ziehe ihn näher, um seine ungeteilte Aufmerksamkeit zu bekommen.

Es funktioniert.

Er sieht mich laserscharf an, seine Hand bedeckt meine und er scheint die Luft anzuhalten.

„Ich möchte gern wissen, ob ich noch weiß, wie man küsst", wispere ich. Ich muss all meine Zweifel über diesen Abend verscheuchen. Ein Kuss wird helfen, festzustellen, ob meine Gefühle echt sind und ob ich wirklich diese körperliche Anziehung empfinde.

Vor allem muss ich wissen, ob er dasselbe für mich fühlt.

Die Zeit steht still, sein Blick hält meinen. Leider kann ich von seinem Gesicht überhaupt nichts ablesen. Vielleicht ist mein direktes Vorgehen ein Abtörner. Ich will lieber zurückweichen, doch Jett legt eine Hand in meinen Nacken und hält mich an Ort und Stelle. So hat mich noch kein Mann festgehalten. Hart, aber schmerzlos und mit klarer Botschaft. Ich werde nirgendwo hingehen, es sei denn, er erlaubt es mir.

Ein Kribbeln läuft mir den Rücken hinunter. Und definitiv nicht vor Angst. Sondern vor Erregung. Ich schaue Jett in die Augen. Wie kann dieses kühle Blau nur so warm und intensiv wirken? Mit leichtem Druck auf meinen Nacken zieht er mich näher zu sich. Widerstandslos gehe ich auf die Zehenspitzen, denn zwar habe ich eine durchschnittliche Größe für eine Frau, aber Jett ist sehr viel größer als ich.

Etwas blitzt in Jetts Augen auf. Es ist nicht Triumph, doch so etwas wie Zufriedenheit. Er presst mich an die Autotür und drückt seine Lippen auf meine. Er umfasst mein Gesicht mit beiden Händen, und die Kraft und Hitze seines Körpers gehen auf mich über. Ohne zu zögern, dringt er mit der Zunge in meinen Mund und findet meine.

Ein rauer und fast qualvoller Laut entkommt mir. Ein Ausdruck animalischen Verlangens, das ich so noch nie gefühlt habe. Jett reagiert darauf mit einem eigenen Knurren in meinen Mund. Er legt einen Arm um mich und presst meinen Unterleib an seinen.

Oh, wow.

Seine harte Länge an mir bringt meine Beine zum Erzittern. Hitze sammelt sich in meinem Schritt. Ich unterbreche den Kuss und weiß jetzt ganz genau, was ich von ihm will. Und es ist kein Drink, um in Stimmung zu kommen.

Ich will Jett.

Sofort.

Er scheint es zu wissen, denn er sagt heiser: „Gehen wir."

Er hebt meine Tasche vom Boden auf, nimmt meine Hand und zieht mich zum Aufzug. Gott sei Dank steht dieser schnell zur Verfügung. Eilig steigen wir ein und Jett drückt den Knopf für die Etage. Die oberste.

Ich rechne damit, dass er mich wieder küsst, bin jedoch seltsam gerührt, als er einen Arm um meine Taille legt und mich an seine Seite zieht. Die Aufzugtür öffnet sich. Jett führt mich hinaus, geht nach links, bis zum Ende des Flurs und an Türen auf beiden Seiten vorbei, bis zu einer Eckwohnung. Statt die Tür zu öffnen, wirbelt Jett mich herum und küsst mich. Ich stöhne, als er mich an den Hüften festhält und seine Erektion an mich presst. Er kreist leicht mit dem Becken. Die Reibung ist fast zu viel für mich, weil es schon so lange her ist und ich vergessen habe, wie es ist, wenn ein Mann mich will. Lust durchfährt mich. Ich muss ihm zeigen, dass ich ihn genauso sehr will.

Ich schaffe es, eine Hand zwischen uns zu bekommen, und bedecke seine Erektion, drücke sie durch die Jeans. Jett stöhnt in meinen Mund, presst seinen Schritt gegen meine Hand und fordert so, dass ich es noch einmal mache. Ich gehorche, packe fester zu und streichele ihn durch den Stoff hindurch. Jett küsst meinen Hals entlang. Kratzt mich leicht mit den Zähnen. Ich erbebe, als er an meinem Ohr angekommen ist.

„Hast du die Kondome griffbereit?"

Ich bringe einen bestätigenden Laut zustande.

„Gut." Er knabbert an meinem Ohrläppchen. „Ich weiß nicht, ob wir es bis zum Bett schaffen."

Bei dem Gedanken wird mir ganz schwummerig.

Sex im öffentlichen Hausflur?

Tief in mir weiß ich, dass ich widersprechen sollte, aber ich würde das sehr gern einmal machen. Doch diese superversaute Fantasie wird unterbrochen, als Jett meine Hand von seinem Schritt löst, in seine Hosentasche greift und den Schlüssel herausholt. Schnell öffnet er die Tür, zieht mich hinein und tippt einen Code in die Alarmanlage ein, damit sie aufhört zu piepen.

Ich habe fast genug Zeit, um etwas abzukühlen, doch schon legt Jett die Arme um mich und legt mich auf einen flauschigen weißen Teppich nieder. Im Augenwinkel sehe ich einen Couchtisch links von mir und eine L-förmige Couch. Aber er schafft es nicht, die paar Schritte bis dorthin zu warten, und so befinde ich mich auf dem Fußboden und Jett schwebt über mir.

Mit seinen blauen Augen sieht er mich kurz an, bevor er seine Lippen auf meine legt, als ob er erst überlegen müsste, wo er beginnen will. Er muss sich für meinen Mund entschieden haben, denn er küsst mich wieder, und mir wird klar, dass er mich in der Tiefgarage noch gar nicht richtig geküsst hat. Jetzt verschlingt er mich geradezu mit Lippen und Zunge. Nur am Rande nehme ich wahr, dass er meine Beine auseinander drückt und sich dazwischen legt. Ich spreize die Schenkel weit und komme mir dabei schamlos vor. Hinter seinem Rücken verschränke ich die Beine.

Was dann geschieht, ist schwer zu beschreiben. Alles passiert gleichzeitig. Während er nicht aufhört, mich auf besitzergreifende Weise zu küssen, reibt er seine Mitte an mir und seine Hände beginnen rasend schnell, unsere Kleidung von uns zu reißen.

Mit den Händen gleite ich unter sein Shirt und den Rücken hinauf. Ohne den Kuss zu unterbrechen, öffnet Jett einhändig meinen Jeansknopf.

Sehr beeindruckend.

Noch beeindruckender ist, wie selbstverständlich seine Hand in mein Höschen gleitet und er mit der Fingerspitze meine Klit umkreist. Ich zucke zusammen, hebe ruckartig die Hüften an und stöhne in Jetts Mund. Meine Klit ist die Berührung von meinen eigenen Fingern und meinem Vibrator gewohnt, doch bei all den Empfindungen und dem Tempo, das wir vorlegen, wird es nicht lange dauern, bis ich komme.

„Ich will dich nackt", stöhnt er an meinen Lippen.

Mir geht es genauso, doch ich will Jett nicht loslassen, aber es muss wohl sein, denn die Kleidung ist uns im Weg. Unter Küssen und Fummeln zerren wir uns gegenseitig die restlichen Sachen vom Leib. Ungehemmt und hektisch. Ich höre Nähte reißen, aber wir sind viel zu wild beschäftigt, um darauf zu achten.

Irgendwie bin am Ende nur ich splitternackt und Jett ist nur sein Shirt losgeworden. Ich überlege, wie ich das am besten ändere, um einen Gleichstand zu erreichen, aber mein Denken wird von seiner Hand zwischen meinen Beinen behindert. Die Hitze seiner Handfläche scheint an mir zu pulsieren. Er übt leichten Druck aus, sanft, intim. Eine krasse Änderung des begierigen Tempos von eben. Bevor ich mich auf das langsamere Vorgehen einstellen kann, schiebt Jett einen Finger in mich.

Ich stöhne lauthals. O Gott, so furchtbar laut.

Er bewegt den Finger vor und zurück. Ich nehme die Beine herunter und stemme die Fersen auf den Teppich, sodass ich das Becken heben kann, seiner Hand entgegen, in dem Versuch, mehr zu bekommen.

Bei meiner Ungeduld lacht Jett dicht an meinem Hals in sich hinein.

Doch was er kann, kann ich auch. Mit beiden Händen greife ich an seinen Gürtel. Jett erhebt sich leicht seitlich, damit ich besser herankomme. Gleichzeitig führt er noch einen Finger in mich ein und meine Finger verlieren ihre zielgerichteten Bewegungen. Meine Sicht verschwimmt. Ich atme tief ein und versuche, mich zu konzentrieren.

Ich schaffe es, den Gürtel zu öffnen, während Jett meinen Hals küsst und seine Finger zwischen meinen Beinen aktiv sind. Ein Zittern durchläuft mich und meine Hüften kommen seinen Händen automatisch entgegen.

Jett kratzt mit den Zähnen an meinem Hals entlang. Ich erbebe. Gleichzeitig schaffe ich es endlich, seine Jeans zu öffnen. Hektisch schiebe ich sie von seinen Hüften und endlich habe ich seinen harten Schaft in der Hand. Ich drücke zu, reibe ihn, ziehe an ihm, verstreiche die Nässe seiner Spitze auf ihr und genieße es, dass er beginnt, in meine Hand zu stoßen. Beide winden wir uns lustvoll, während wir uns gegenseitig auf perfekte Weise berühren.

Ich brauche mehr.

Mein Verlangen ist fast schmerzhaft.

Jett kann meine Gefühle lesen oder ihm geht es genauso, denn er erhebt sich und greift nach meiner Handtasche, die neben uns liegt. Ohne um Erlaubnis zu fragen, öffnet er sie und holt die Kondome heraus.

Ich nutze den Moment, um den Mann zu bewundern. Dieses schöne Gesicht, dem man die Begierde ansieht und die Konzentration beim Öffnen des Kondoms. Diese breite Brust, deren ansehnliche Muskeln, die ich bereits ertasten konnte und nun zu sehen genieße, wie in Stein gemeißelt wirken. Und sein Schwanz steht hart und bereit ab.

Er rollt das Kondom über seine Länge und sieht mich an. Ein Schauer rieselt über meinen Rücken. Jett lässt sich sozusagen auf mich fallen und hebt dabei eins meiner Beine mit seiner Armbeuge hoch. Ich verdrehe die Augen, als er mit seinem

Schwanz durch meine Nässe gleitet und dann die Spitze an meinen Eingang presst.

Er sieht mir in die Augen, und ich glaube, dass er mich gleich wieder küssen wird. Ich lecke mir über die Lippen, bin bereit für ihn, doch er sieht mich nur weiterhin an und stößt dann mit einer einzigen Bewegung in mich.

„Jett!", rufe ich aus. Es fühlt sich so lustvoll an, dass ich den Orgasmus nahen spüre.

Er gibt ein Stöhnen von sich. „Sorry, ich konnte nicht mehr warten."

„Muss dir nicht leidtun, ganz und gar nicht", stottere ich.

Er stößt erneut zu.

O Gott.

Jeder Zentimeter von ihm, der mich dehnt, berührt etwas in mir, von dessen Existenz ich nichts gewusst habe. Jett umarmt mich fest. Sein Gesicht taucht neben meinem Hals ab und sein Becken stößt immer wieder zu. Mir bleibt nichts anderes übrig, als die Arme um ihn zu schlingen und mich festzuhalten. Er treibt mich höher und höher, und ich weiß, dass der Abstieg köstlich sein wird.

Jett hebt den Kopf und hält inne. Sein Ausdruck ist bei Weitem der bisher erotischste. Sein Blick sagt, dass er mich am liebsten verschlingen möchte und dass dieses Unterfangen Stunden oder Tage dauern wird, wenn er es auf seine Weise tut.

Langsam gleitet er in mir zurück, um sofort wieder zuzustoßen. Diesmal gemächlich, sodass ich jeden lustvollen Zentimeter spüre.

Anstatt mich vollständig in seinen Armen zu halten, stützt sich Jett auf einen Ellbogen auf. Sein Blick hält meinen, während er mich fickt. Noch ein paar langsame Stöße, dann erhöht er das Tempo. Angespannt zieht er die Augenbrauen zusammen. Ich nehme an, dass er genauso kurz davor ist wie ich. Verdammt kurz. Und ich will es.

Aber auch wieder nicht. Denn ich möchte nicht, dass es je aufhört. Doch das wird es. Die Lust wird immer stärker. Mit jedem Stoß bringt er mich ein bisschen näher an den Höhepunkt. Ich beiße mir auf die Lippe und versuche, ihn zurückzuhalten.

Jett stößt härter zu und tiefer. Dabei schiebt er mich auf dem Teppich immer weiter. Er legt seine Stirn an meine und stöhnt bei jedem Stoß.

„Jett", sage ich nach Luft schnappend. Meine inneren Muskeln ziehen sich um seinen Schwanz zusammen. Er spürt es auch, denn er stöhnt auf. Ich komme und bäume mich auf, als mich die Welle packt, durch mich rast und mich am Ende zwischen den Beinen heftig zum Pulsieren bringt.

Verdammt. Das könnte das Schönste sein, was ich je gefühlt habe. Es will gar nicht enden. Jett stößt weiterhin in mich, was die Lust zu verlängern scheint.

Er nimmt mich wieder in die Arme, lässt mehr von seinem Gewicht auf mich sinken, spannt seine Muskeln an, dringt tief in mich und stöhnt, als er kommt.

Ich lockere meinen Griff um seinen Nacken. Jett hebt den Kopf und sieht mich mit glasigem Blick an.

„Himmel“, murmelt er. „Das war …“

„Ja, das war es“, stimme ich zu und fühle mich knochenlos und lethargisch.

„Etwas, was wir unbedingt wiederholen müssen“, spricht er zu Ende.

Allerdings haben wir beide etwas anderes gedacht.

„Ja“, sage ich. „Sobald ich meinen Körper wieder spüre.“

Jett lacht, gibt mir einen Kuss auf die Wange, legt sich neben mich und zieht mich mit. Er drückt mich eng an sich, und als er die Arme um mich schlingt, fühlt es sich an, als wäre es mehr als nur zwanglos. Dennoch gut und richtig.

„Kannst du eventuell über Nacht bleiben?“, fragt Jett.

Kurz überrollt mich ein Angstgefühl. Wenn das hier zwanglos sein soll, muss ich ihn dann nicht bitten, mich nach Hause zu bringen?

Aber verdammt noch mal, ich will nicht gehen.

Ich will hierbleiben.

Ich will mehr von diesem Sex. Ein Mal will ich etwas für mich selbst. Und ich darf es haben und diese Beziehung trotzdem zwanglos lassen.

Da bin ich ganz sicher.

„Ja, ich kann bleiben“, wispere ich und kuschele mich an seine Brust. „Ich muss nur Jenna anrufen.“

Kapitel 10

Emory

Blinzelnd öffne ich die Augen und erinnere mich sofort daran, dass ich in Jetts Bett bin. Wo ich die ganze Nacht verbracht habe.

Natürlich hatte Jenna nichts dagegen. Im Gegenteil. Sie freute sich für mich, dass ich endlich einmal Sex hatte, nachdem ich so lange abstinent gewesen bin.

Felicity habe ich nicht gesagt, dass ich bei Jett übernachte, sondern nur, dass ich nicht rechtzeitig zu Hause sein werde, um ihr Gute Nacht zu sagen.

„Das ist okay, Mami. Tante Jenna macht das super", antwortete sie.

Ich war erleichtert, dass sie nicht traurig war, denn beim geringsten Anzeichen, dass es meiner Tochter damit nicht gut gehen würde, hätte ich mich von Jett nach Hause fahren lassen. Doch so sagte ich nur: „Ich liebe dich. Dann bis morgen."

Ich hoffe innig, dass sie mich nicht ins Kreuzverhör nehmen wird, doch falls sie Fragen stellt, muss ich aufpassen, was ich ihr altersgemäß zumuten kann. Sie ist noch lange nicht alt genug, um die körperlichen Bedürfnisse von Mann und Frau zu verstehen. Davon hat sie glücklicherweise auch noch nichts mitbekommen, weil ich seit der Scheidung von ihrem Vater vor über einem Jahr mit niemandem ausgegangen bin. Nun habe ich sozusagen grünes Licht bekommen und Jett und ich haben das gründlich ausgenutzt.

Ich weiß nicht, wie spät es ist, aber das bläuliche Licht im Zimmer lässt vermuten, dass es erst kurz nach Sonnenaufgang sein muss. Mit der Decke über den Brüsten stütze ich mich auf den Ellbogen auf und sehe mich im Schlafzimmer um. Gestern Abend und in der Nacht habe ich nicht auf meine Umgebung geachtet. Wir sind vom Wohnzimmerfußboden hierher umgezogen und praktisch nicht mehr aus diesem Raum gekommen. Das Abendessen bestand aus einer gelieferten Pizza. Jett zog sich eine Jogginghose über, doch danach blieben wir nackt und verließen die Matratze kaum noch.

Ich habe absolut nichts zu bereuen. Die Nacht war wundervoll, und ich bin so froh, dass wir uns für eine zwanglose Beziehung entschieden haben. Zumindest mein Körper, der sich heute an bestimmten Stellen etwas wund anfühlt, ist sehr damit einverstanden.

Auf dem anderen Nachttisch steht ein Radiowecker.

Zwanzig nach sechs.

Es ist Samstag und ich muss nicht zur Arbeit, allerdings werde ich heute noch von zu Hause aus etwas arbeiten. Jett muss allerdings arbeiten. Das Teamflugzeug geht heute auf eine längere Auswärtsspielreise. Ich weiß nur nicht genau, um welche Zeit. Jett ist nicht mehr im Bett, also ist er vielleicht schon weg. Falls dem so ist, hat er mir bestimmt eine Nachricht hinterlassen.

Neben dem Schrank liegt ein Handgepäckkoffer und gefaltete Kleidung daneben. An der Schranktür hängt ein Kleidersack mit Reißverschluss. Zwar habe ich gestern auf nichts geachtet, aber diese Sachen waren in der Nacht noch nicht da. Hat er gepackt, während ich geschlafen habe? Dann muss er besonders leise gewesen sein, um mich nicht zu wecken. Was bedeutet, dass Jett noch da sein muss.

Die Tür zum angrenzenden Bad ist offen und dort ist er eindeutig nicht. Das erinnert mich daran, dass ich zur Toilette muss. Ich stehe auf und gehe auf dem dicken Teppichboden in das weiße Badezimmer. Ein großer Whirlpool steht darin, und Jett hat versprochen, dass wir ihn nutzen werden, aber dazu sind wir nicht gekommen. Nach dem Toilettengang wasche ich mir die Hände. Ein Blick in den Spiegel zeigt, dass meine Haare eine Katastrophe sind, doch Jett hat bestimmt schon Schlimmeres gesehen. Als ich aus dem Bad gehe, fällt mir ein, dass Jett wohl schon eine Weile auf sein muss. Was, wenn er sich bereits die Zähne geputzt hat und mich küssen will und ich Morgenatem habe?

Das Überdenken der Situation bewegt mich dazu, nach seiner Zahnpasta zu greifen. Ich bin nicht frech genug, seine Zahnbürste zu benutzen, und erledige das Zähneputzen mit meinem Zeigefinger. Ich schrubbe meine Zähne, so gut es geht, und gurgele gründlich. Wenn wir uns jetzt küssen, wird er zumindest nicht ohnmächtig werden.

Mit frischem Pfefferminzatem und leerer Blase betrete ich Jetts begehbaren Kleiderschrank. Normalerweise bin ich nicht zu schüchtern, um nackt herumzulaufen, und Jett hat inzwischen jeden Zentimeter von mir gesehen. Doch jetzt splitternackt aus seinem Schlafzimmer zu kommen, finde ich unpassend. Meine Klamotten müssten noch auf dem Wohnzimmerboden liegen, wo Jett mich gestern ausgezogen hat.

Gut, dass Jett eine Reihe T-Shirts im Schrank hängen hat. Ich ziehe eins davon über. Es reicht mir bis zur Schenkelmitte. Damit kann ich selbstbewusst aus dem Raum gehen und mich der Situation „am Morgen danach“ stellen.

Jedoch mache ich mir keine Sorgen darüber, wie er reagieren wird oder dass unser Gespräch peinlich sein wird. Alles wird okay sein, weil wir uns ja darauf geeinigt haben, zwanglos zu bleiben, und weil keiner von uns Erwartungen hat, die enttäuscht werden könnten.

Ich öffne die Tür und weiß momentan nicht, wo die Küche ist, da ich noch nicht dort war. Denn wir waren ja die ganze Zeit nur im Schlafzimmer. Manchmal haben wir nur herumgemacht. Manchmal hatten wir unglaublichen Sex. Manchmal machten wir ein Nickerchen. Manchmal machten wir sogar den Fernseher an. Aber alles geschah im Schlafzimmer.

Die Küche müsste sich links vom Wohnzimmer befinden. Ich gehe aus dem Raum und in diese

Richtung. Bevor ich Jett sehen kann, rieche ich schon etwas zu essen.

Gebratenen Frühstücksspeck. Mein Magen knurrt laut. Die Pizza gestern war lecker, aber ich habe definitiv mehr Kalorien verbrannt als zu mir genommen. Ich gehe durch einen kurzen Flur in die Küche, die moderne schwarze Schränke hat und eine weiße Arbeitsplatte aus Marmor.

Jett steht am Herd und dreht den Bacon in der Pfanne um. Man merkt, dass er kein geübter Koch ist. Der Speck hüpft in der Pfanne, Fett spritzt auf Jetts Hand und er tritt hastig und fluchend einen Schritt zurück.

„Lass mich das machen“, sage ich.

Jett schaut zu mir. „Ich kann das“, antwortet er. „Nur nicht besonders gut.“

Lachend stelle ich mich neben ihn, nehme ihm die Gabel aus der Hand und schubse ihn mit der Hüfte aus dem Weg. Statt sich bereitwillig wegschieben zu lassen, legt er einen Arm um meinen Nacken, ergreift mit der anderen Hand mein Kinn, zwingt mich, ihn anzusehen, und küsst mich atemlos.

Als er sich zurückzieht, grinst er. „Guten Morgen.“

„Guten Morgen“, antworte ich und bin froh, den Zahnputz-Hack angewendet zu haben.

„Eigentlich wollte ich dir das Frühstück ans Bett bringen.“ Er gibt theatralisch vor, enttäuscht zu sein.

Ich versuche, ihn nicht anzusehen und den Blick auf den Bacon zu konzentrieren, denn bei seinem

Anblick, als ich in die Küche kam, ist mir ganz heiß geworden. Er trägt nur die Jogginghose, die er gestern für den Pizzalieferanten angezogen hat. Sie sitzt tief auf seinen Hüften, sodass ich einen viel zu guten Blick auf seine wunderbaren Bauchmuskeln über dem Hosenbund werfen konnte. An seinem linken Oberarm befindet sich ein breites Tattoo, das ich mir gern ansehe. Am meisten lenkt mich jedoch seine Männlichkeit ab, weil die lockere Hose seine Stattlichkeit nicht verbirgt, die in ihr frei schwingen kann. Er hat keine Erektion, ist aber gut genug bestückt, dass sich die Umrisse deutlich abzeichnen und ich nur noch an Sex denken kann.

Schon wieder.

Ich räuspere mich. „Du musst also heute abreisen, oder?"

Jett lehnt sich rechts von mir an die Arbeitsplatte. „Um zwölf Uhr mittags muss ich am Flughafen sein. Mittwochnachmittag kommen wir zurück."

Ich drehe den Bacon um und schalte die Hitze ab. „Sind Rühreier okay?"

„Perfekt."

Bevor er es mir anbieten kann, gehe ich selbst zum Kühlschrank, um die Eier zu holen. Während ich die Eier einzeln entnehme, holt Jett aus dem Schrank über seiner linken Schulter eine Rührschüssel aus Edelstahl und reicht sie mir.

„Magst du eine Tasse Kaffee?", fragt er.

„Ich nehme an, es ist zu viel verlangt, nach Tee zu fragen."

Er verzieht entschuldigend das Gesicht. „Sorry. Ich habe nicht damit gerechnet, dass mal eine Britin über Nacht bleibt."

„Du hast wohl oft Übernachtungsgäste, was?", frage ich neckend. Ich schlage die Eier auf und ignoriere innerlich, wie wichtig mir seine Antwort auf diese Frage ist. „Kaffee ist okay. Schwarz."

„Eigentlich lasse ich nie jemanden hier übernachten", antwortet er locker, nimmt eine Tasse aus dem Schrank und stellt sie unter den Kaffeevollautomaten.

Abrupt sehe ich ihn an. „Wirklich nie?"

Jett wird leicht rot im Gesicht. „Sagen wir es mal so: Bisher habe ich noch keiner so weit vertraut, um sie mit nach Hause zu nehmen."

Die tiefere Bedeutung ist klar. Er ist ein Playboy, wie wir alle wissen. Er hat oft One-Night-Stands. Und es ergibt Sinn, denn mich kennt er aus der Vengeance-Organisation, und ich bin keine potenzielle Irre, die er in einer Bar aufgegabelt hat. Er war zum Feiertagsessen bei mir zu Hause. Daher weiß ich nicht, ob ich mich jetzt geschmeichelt fühlen soll oder nicht. Also lasse ich das Thema fallen.

Ich stelle Jett Fragen zu den kommenden Auswärtsspielen und bereite das Frühstück zu Ende. Er erklärt mir, was jeder Sieg oder das Verlieren der einzelnen Spiele bedeuten würde und wie wichtig es ist, in dieser Saison konstante Leistungen zu erbringen.

Wir setzen uns mit unseren Tellern und Tassen an den Esstisch. Jett futtert fünf Eier und sechs

Streifen Bacon, während ich von allem nur zwei nehme.

Als wir fertig sind, schiebt er den Teller von sich und sieht mich an. „Ich hoffe, das war nicht die letzte Nacht, die du bei mir geblieben bist."

„Ich bin dem nicht abgeneigt", sage ich neckend. „Solange es unkompliziert bleibt."

„Total, aber wir werden Wiederholungstäter sein", sagt er grinsend.

„So kann man es auch sagen. Und monogam, oder? Ich kann zwar locker sein, aber ich teile ungern."

„Ich auch." Er lacht und wird schnell wieder ernst. „Ich muss dich aber etwas fragen."

„Gern", antworte ich entspannt und trinke einen Schluck Kaffee. „Was willst du wissen?"

„Bist du verheiratet? Ich spreche von Felicitys Vater. Wir wollen beide keine Komplikationen, und ich muss wissen, ob er eine ist."

Diese Frage bringt mich aus dem Konzept, doch ich lasse es mir nicht anmerken. Jett hat das Recht, meinen Status zu kennen. „Wir sind seit über einem Jahr geschieden. Und davor haben wir über ein Jahr getrennt gelebt." Simple Fakten. Mehr nicht.

Jett runzelt die Stirn. „Hat er noch einen Platz in deinem Leben? Genauer gesagt, ist er noch Teil von Felicitys Leben?"

Zu wissen, ob ich verheiratet bin, ist eine Sache, aber ob mein Ex noch in unserem Leben eingeschlossen ist, eine andere. Das übersteigt die

Dinge, die eine zwanglose Affäre wissen müsste. Dennoch gönne ich ihm eine Antwort. „Er ist nicht mehr Teil unseres Lebens."

Ich erwarte, dass Jett erfreut lächelt, weil er es nicht mit einem Ex zu tun bekommt, doch er sieht mich mitfühlend an.

„Für dich ist das sicher okay, aber Felicity tut mir leid. Für sie muss es schwer sein."

Damit trifft er meine emotionale Seite. Dieser selbst ernannte Vermeider von Kinderkomplikationen kommt direkt auf den Punkt, der mir die meisten Sorgen macht, wenn es um meine Tochter geht. Dass ihr Vater sich weigert, Teil ihres Lebens zu bleiben. Jetts Eltern sind noch immer zusammen. Das ist mir bekannt, weil wir nicht ausschließlich gevögelt, sondern auch mal geredet haben. Daher kann sich Jett vorstellen, welche Auswirkungen ein solches Verhalten auf ein Kind haben muss.

Vor allem aber zeigt es, wie sehr ihn in dieser kurzen Zeit bereits Felicitys Schicksal berührt. Und das berührt mich wiederum mehr, als ich zugeben möchte.

„Tja", sage ich und lächele ihn beruhigend an. „Inzwischen haben wir uns an die Tatsachen gewöhnt." Ich erzähle ihm nicht, dass sie manchmal nachts nach ihrem Dad weint, obwohl sie nicht einmal weiß, warum, denn nach zwei Jahren Abwesenheit kann sie sich kaum noch an ihn erinnern. Und ich erzähle ihm nicht, dass ich mir Sorgen mache, weil sie kein männliches Vorbild in ihrem Leben hat, seit wir aus Los Angeles fortgezogen sind. Dort war mein Vater für sie da, und jetzt hat sie nur noch Jenna und mich. Und ich erzähle ihm nicht, dass die Abwesenheit ihres Vaters nicht bedeutet, dass dies für immer so bleiben wird. Er könnte sich irgendwann wieder für seine Tochter interessieren. Aber das geht meiner Meinung nach weit über unsere zwanglose Beziehung hinaus. Also wechsele ich das Thema. „Danke für das Frühstück."

Er zuckt mit den Schultern. „Du hast es zubereitet."

„Aber du hast alles dafür gekauft", antworte ich lachend.

Jett scheint mein abrupter Themenwechsel nicht zu stören. „Musst du jetzt sofort weg?"

„Nicht wirklich." Ich frage mich, was er vorhat.

Er steht auf, stellt die Teller auf die Kücheninsel und als Nächstes die Kaffeetassen. Dann kommt er zu mir, und ehe ich mich versehe, hat er mich auf den Tisch gehoben. Es ist ein solider, stabiler Tisch, der unter mir kein bisschen wackelt.

Bevor ich ihn fragen kann, was er da tut, zieht er mir sein T-Shirt aus und presst seinen Mund auf meinen. Während er mich küsst, legt er mich auf den Rücken.

Langsam küsst er sich von meinem Hals entlang nach unten, zu meinen Brüsten. Ich schnappe nach Luft, lege eine Hand an seinen Hinterkopf und schäme mich kein bisschen, als ich immer erregter werde und nach nur wenigen Berührungen schon bereit für ihn bin.

Das Frühstück war gut, aber das hier ist eine noch schönere Art, den Tag zu beginnen.

Kapitel 11

Jett

Die Stimmung in der Spielerkabine ist aufgeheizt, nachdem wir 3:2 gegen die zweimaligen Titelverteidiger Cold Fury gewonnen haben. Das Team, das wir in der vorherigen Saison im Finale um den Stanley Cup geschlagen haben.

Wir haben das Team nicht einfach nur besiegt. Sondern das ganze Spiel über bekamen wir den Arsch versohlt und im dritten Drittel stand es dann 0:2. Die Cold Fury wollten uns mit einer Niederlage nach Hause schicken, doch weniger als vier Minuten vor Ende der Spielzeit waren wir in der Unterzahl und Bishop schaffte es, einen schlecht gespielten Pass abzufangen. Völlig allein sprintete er übers Eis, überlistete den gegnerischen Goalie und schoss ein Tor.

Ein Tor trotz Unterzahl hat definitiv die Motivation des Teams gesteigert. Die Fans drehten durch und ihre Anfeuerungsrufe ließen bis zum Schluss nicht nach. Aufgrund dieser Energie erzielten wir noch ein Tor. Diesmal durch einen Pass von Kane zu Jim, der einen schnellen Schuss aus dem Handgelenk abgab. Und plötzlich waren wir wieder im Spiel und es stand unentschieden.

Die letzten drei Minuten waren ein einziges hektisches Hin und Her mit mehr Angriffen auf die

Tore als im gesamten Spiel. Als wir nur noch vierzig Sekunden hatten, schaffte Bishop es erneut, einen ungenau gespielten Pass zu ergattern. Diesmal raste er nicht allein auf das Tor zu, sondern Dax übernahm den Defenseman der Cold Fury, der heftig versuchte, das Tor zu verteidigen. Doch es half alles nichts. Dax schoss den Puck direkt über die rechte Schulter des Goalies ins Tor.

Bei keinem der Playoff-Spiele um den Cup in diesem Stadion habe ich je die Zuschauer derartig abgehen sehen. Es war ein Spiel, das in die Sportgeschichte eingehen wird. Von einem 0:2-Rückstand zum Sieg in letzter Minute.

Natürlich hat sich der Coach die Sache anders vorgestellt und uns zwar gelobt, aber auch für die Fehler kritisiert, die diese Aufholjagd nötig gemacht haben.

Aber was den Abend wirklich monumental gemacht und uns die benötigte Energie gegeben hat, doch noch zu siegen, war Badens Anwesenheit im Stadion. Seit er wieder Gefühl in den Beinen hat und immer mehr herumspaziert, um das Laufen zu trainieren, ist er wieder selbstsicherer geworden. Dominik hatte ihn heute eingeladen und Baden nahm gern einen Platz in der Besitzerloge ein, wollte aber keine Staatsaffäre aus seiner Anwesenheit machen und sich von den Fans fernhalten. Doch zu wissen, dass er da ist und uns zuschaut, machte dieses Spiel irgendwie persönlicher, und alle wollten ihr Bestes geben. Am Ende schafften wir es für ihn, auch wenn es eine Weile gedauert hat, in die Gänge zu kommen.

Es ist definitiv ein denkwürdiger Abend und man kann uns das aufgeregte Kribbeln nicht nehmen, obwohl wir gerade das zermürbendste Spiel von allen gespielt haben.

Nach dem Duschen und Taschepacken reden wir über die unglaublich guten letzten Minuten des Spiels. Eigentlich sind wir alle schon zum Gehen fertig, aber niemand will aufhören, darüber zu reden.

„Leute“, unterbricht Bain das Geplauder. „Gehen wir ins Sneaky Saguaro und quatschen dort bei Bier und Fajitas weiter!“

Riggs steht von der Bank auf, wo er sich die Schuhe zugebunden hat, und schwingt seine Sporttasche über seine Schulter. „Bis morgen beim Training, ich bin dann mal weg.“

Das ist Riggs' Art, uns mitzuteilen, dass er immer noch kein Interesse daran hat, nach einem Spiel mit uns abzuhängen. Typisch für ihn. Niemand wirft es ihm jedoch vor und alle verabschieden sich von ihm.

Bain spricht Jim an. „Und du, alter Mann? Kommst du mit uns jungen Hüpfern mit?“ Er kichert wie ein Zwölfjähriger.

Jim nimmt ihm das Necken nicht übel. Er ist einer unserer älteren Spieler, doch damit geht auch eine gewisse Weisheit einher und ein scharfer Verstand, erworben durch jahrelanges Ertragen von neunmalklugen Teamkameraden. „Ich verzichte lieber. Auf mich wartet zu Hause meine wunderschöne Frau, während dir nur deine eigene Hand bleibt, Bain."

Alle lachen über die Bemerkung und Bain ist ihm nicht böse. Er sieht Kane an.

Dieser schüttelt den Kopf. „Sorry, aber Mollie fühlt sich nicht gut. Ich gehe nach Hause und kümmere mich um sie."

„Du meinst, um über Hochzeitsblumen zu reden", antwortet Bain. „Du machst echt einen auf Martha Stewart in letzter Zeit."

Alle lachen noch mehr, denn das stimmt. Es macht uns Spaß, ihn wegen der Hochzeitsplanung aufzuziehen.

Nur ich bin jetzt noch übrig.

Bain dreht sich zu mir um. „Sieht so aus, als ob nur noch wir beide übrig wären."

Entschuldigend sehe ich ihn an. „Eher nur du allein."

„Ach, hör doch auf", knurrt Bain enttäuscht. „Du kannst mich doch nicht hängen lassen. Du bist meine letzte Hoffnung, Mann."

„Nicht heute." Ich schließe den Reißverschluss meiner Sporttasche und bin bereit zu gehen. Ich habe andere Pläne, die nichts mit Bier, dem Sneaky Saguaro und Bain zu tun haben.

„Echt jetzt, Jett! Was ist los mit dir? Wir gehen immer nach einem Heimsieg einen trinken. Wie kannst du das nach diesem umwerfenden Sieg nicht wollen?"

Dazu fällt mir momentan nichts ein. Die Wahrheit kann ich ihm schlecht sagen, weil Emory keine Komplikationen mag, und das bedeutet, dass wir es für uns behalten. Die Jungs wissen nur, dass ich versucht habe, bei ihr zu landen, und mehrfach abgeblitzt bin. Zwar haben sie mich bestimmt auf dem Fest mit Emory, Jenna und Felicity an den Spielbuden gesehen, aber das sagt ja nichts weiter, als dass man sich freundschaftlich getroffen hat.

Ich habe nicht vor, ihnen zu erzählen, dass es zwischen Miss Holland und mir sehr schnell sehr heiß geworden ist.

Stattdessen bewege ich theatralisch meinen linken Arm. „Meine Schulter tut weh nach dem Schlag, den ich an der Bande abbekommen habe. Ich werde sie mit Eis kühlen und mich ausruhen."

„Ein Bier kannst du auch mit der anderen Hand heben", merkt er nüchtern an.

Da hat er nicht unrecht. Und ich bin ein knallharter Eishockeyspieler, verdammt noch mal. Ich könnte den Puck mit den Zähnen auffangen und danach trotzdem ein Bier trinken gehen.

„Hast du ein Date?", fragt Bain sogleich misstrauisch.

Alle starren mich an. Kane, Jim und Bain warten darauf, dass ich das verneine.

Bevor ich die Gelegenheit habe, zu lügen, lacht Jim und schüttelt den Kopf. „Auf keinen Fall. Jett hat keine Dates. Er gabelt Frauen auf, legt sie flach und verlässt sie wieder. Er muss keine Dates ausmachen, denn er ist ein Frauenmagnet."

Da hat er recht. In diesem Moment gefällt mir mein Ruf nicht. Emory wird solche Details sicher nicht mögen, sollte sie davon hören, und das wird bestimmt geschehen, wenn sie lange genug hier arbeitet.

Mir fällt absolut keine geistreiche Erwiderung ein. Ich habe das Bedürfnis, mich zu verteidigen und zu sagen, dass ich durchaus zu tieferen Beziehungen als One-Night-Stands fähig bin, wenn ich will. Aber damit würde ich mir selbst eingestehen, bei Emory an mehr interessiert zu sein. Noch habe ich nicht herausgefunden, was genau das mit ihr ist, doch sie gehört definitiv nicht in die Kategorie „Rein, raus, danke schön", wie die Frauen, die ich sonst so aufgabele.

„O shit, du hast wirklich ein Date", sagt Bain bewundernd, weil mein Schweigen die ultimative Verdammnis bedeutet.

Ich verweigere die Aussage. Ich habe Emory versprochen, es geheim zu halten. Sie hat etwas gegen Affären mit Arbeitskollegen und außerdem sind wir schließlich ganz zwanglos zusammen.

Keine Verpflichtungen.

Wir sind kein Paar, also warum Leuten davon erzählen?

Ich werfe mir die Sporttasche über die Schulter. Über die, die mir angeblich wehtut, aber das hat mir sowieso keiner abgekauft. „Bis morgen dann, Männer."

„Mit wem gehst du aus?", ruft Bain mir hinterher.

„Mit Emory?", stichelt Kane.

Ich gehe weiter, ohne mich umzudrehen.

„Es ist Emory, da bin ich ganz sicher“, ruft Jim.

Genau.

Sie wissen es, aber ich bestätige es trotzdem nicht. Grinsend gehe ich zum Parkplatz.

Meine Wohnung ist nur fünf Minuten entfernt. In der Tiefgarage muss ich lächeln, als ich Emorys grauen Camry auf meinem zweiten Parkplatz stehen sehe. Ich habe ihr heute den Sicherheitscode für die Garage gegeben, als wir verabredeten, uns nach dem Spiel zu treffen. Seit ich sie an dem Morgen auf dem Tisch gefickt habe, bevor ich zum Flughafen musste, haben wir uns nicht mehr gesehen. Gestern bin ich zurückgekommen, aber wir hatten uns nicht verabredet.

Das gehört zu der „Keine-Beziehung-Vereinbarung“. Es würde viel zu sehr nach dem Gegenteil aussehen, wenn wir uns beeilen würden, sofort wieder zusammen ins Bett zu steigen. Obwohl es genau das ist, was wir heute Abend tun werden.

Auch wenn wir uns vier Tage nicht persönlich gesehen haben, haben wir dennoch miteinander kommuniziert. Zwar nur schriftlich per Handy und nicht tiefgründig, aber das übliche „Wie war dein Tag?“ oder „Gestern hast du echt gut gespielt“ kam vor. Ich habe mehr Persönliches über Emory erfahren. Zum Beispiel, aus wie vielen Richtungen an einer alleinerziehenden Mutter gezerrt wird, die gleichzeitig eine berufliche Führungsposition hat. Ich bewundere aufrichtig, wie sie das alles unter einen Hut bekommt. Wir tauschten jeweils ein paar Zeilen aus über das, womit wir gerade beschäftigt waren, und dann arbeiteten wir auch schon weiter.

Kurz gesagt, wir haben uns Mühe gegeben, möglichst locker rüberzukommen.

Außer gestern Nacht.

Da drehte sich unser Gespräch um etwas anderes. Wir haben nicht mehr getextet. Wir haben *gesextet*, und ich muss sagen, Emory Holland hat es voll drauf. Ich habe entdeckt, dass die Frau mit dem steifen britischen Akzent und der schwarzen Brille prüde wirken mag, doch im Bett ist sie genauso versaut wie ich. Sie ist direkt und hemmungslos, abenteuerlich und draufgängerisch. Ich hatte den Eindruck, dass einiges, was wir bereits miteinander getan haben, schon lange überfällig war. Ihre Leidenschaft ist zügellos. So sind auch ihre Sexting-Nachrichten gewesen. Sie hat mir Dinge versprochen, die meinen Schwanz hart gemacht haben beim Lesen, was schließlich dazu geführt hat, dass ich unweigerlich meine Erektion bearbeitet habe. Daraufhin habe ich darauf bestanden, dass wir uns nach dem Spiel treffen. Emory hat dem nicht widersprochen.

Aus dem Aufzug gehe ich nach links und sehe, dass Emory an meiner Tür lehnt. Sie trägt einen grauen Regenmantel mit Gürtel und schwarze High Heels. Sie hat die Hände in den Manteltaschen versteckt und die Füße verschränkt. Mein Puls beschleunigt sich, als sie mir ein Lächeln schenkt, das gleichzeitig verspielt und vielsprechend wirkt. Als ich direkt vor ihr stehe, legt sie den Kopf in den Nacken und sieht mir in die Augen. Ich ziehe an ihrem Gürtel. „Ein Regenmantel? Draußen ist es knochentrocken."

„Ich mag es, geheimnisvoll zu wirken", antwortet sie. In ihren Augen schimmert ein Wissen, das sie sicher bald mit mir teilen wird.

Hoffentlich bald.

Sie schiebt meine Hand fort und knotet den Gürtel des Mantels selbst auf. Die Enden fallen an den Seiten herunter, während Emorys elegante Finger sich an den großen Knöpfen zu schaffen machen. Dann klappt sie den Mantel auf. Ich bin nicht dazu in der Lage, den Blick abzuwenden, und mir fallen fast die Augen aus dem Kopf. Sie trägt einen roten Spitzenbody, der so durchsichtig ist, dass ich sofort sehe, dass sie keinen Slip trägt. Sofort bin ich hart vor Verlangen nach ihr.

Mein Beschützerinstinkt meldet sich, und ich sehe mich um, um mich zu vergewissern, ob wir wirklich allein sind. Dann fummele ich hektisch mit meinen Schlüsseln herum, um die Tür zu öffnen.

Ich schiebe Emory in die Wohnung und sage, bevor ich ihren Mund erobere: „Ich glaube, wir schaffen es wieder nicht bis ins Schlafzimmer."

***

Wir schaffen es nicht ins Bett, aber bis auf die Couch. Praktischerweise habe ich ein Kondom im

Geldbeutel, und da wir beim letzten Mal viel Zeit damit verbracht haben, den Körper des anderen kennenzulernen, brauchen wir diese Zeit jetzt nicht mehr. Beide kennen wir die erogenen Zonen des anderen und nutzen das schamlos aus.

Es ist schneller, wilder und hemmungsloser Sex, der viel zu schnell vorbei ist. Und dennoch war es vielleicht das befriedigendste Erlebnis, das ich je mit einer Frau erfahren habe. Ich habe es nicht einmal geschafft, ihr das Dessous auszuziehen, und meine Hose kam nur bis auf meine Oberschenkel hinunter, da versenkte ich mich schon in Emory. Mein Herz rast noch immer, als Emory mit ihrer Hand an meinem Hals entlangfährt. „Du hast heute fantastisch gespielt."

Ich kann nicht anders, als zu grinsen. Ich bin immer noch in ihr und nach dem Orgasmus sind das ihre ersten Worte? „Du hast es dir angesehen, ja?"

„Na ja, ich bin die Chefin der Marketingabteilung. Ich muss mir die Spiele ansehen."

„Aber du hast nur Augen für mich gehabt, gib es zu."

„Vielleicht", sagt sie vage.

„Kannst du über Nacht bleiben?", frage ich, denn ich kann mich nicht zurückhalten. Eigentlich wollte ich den Abend so auf mich zukommen lassen, wie sie ihn geplant hat, um zu erleben, was sie noch alles Cooles vorhat, doch hier bin ich nun … absolut uncool.

Emorys Ausdruck verdüstert sich. „Ich wünschte, ich könnte, aber es geht nicht. Morgen ist ein Schultag, und ich möchte zu Hause sein, wenn Felicity aufsteht."

Das verstehe ich. Wirklich. Trotzdem versetzt es mir einen kleinen Stich, denn genau aus diesem Grund bin ich nie mit Frauen ausgegangen, die Kinder haben. Doch so schnell der Ärger in mir hochkam, so schnell ist er auch wieder verschwunden, löst sich auf wie Rauch im Wind. Ist fort, bevor ich ihn näher untersuchen kann. An seine Stelle tritt Respekt und Bewunderung dafür, wie Emory ihr Leben managt. Als alleinerziehende Mutter trägt sie die alleinige Verantwortung für ihr Kind. Auf der Prioritätenliste folgt direkt dahinter ihre berufliche Karriere, denn damit versorgt sie ihr Kind. Und ihr gesellschaftliches Leben steht wahrscheinlich auf der Liste viel weiter unten.

Seltsamerweise komme ich damit gut klar. Ich möchte, dass Emory spürt, dass sie bei mir sein kann und trotzdem eine gute Mutter und Geschäftsfrau ist. Ich schwöre mir, dass ich bei diesem Thema niemals Druck auf sie ausüben werde.

Ich gebe ihr einen Kuss. „Kannst du zumindest noch ein bisschen länger bleiben?"

Ihr Lächeln ist warm, aufrichtig und erleichtert, dass ich mich mit weniger zufriedengebe. „Das würde mir gefallen."

„Mir auch", antworte ich und küsse sie erneut.

Kapitel 12

Emory

Im Badezimmer starre ich mein Spiegelbild an und frage mich zum zigsten Mal, ob ich einen Fehler mache. Bis ich davon überzeugt bin, dass es definitiv ein Fehler ist, habe ich es mit Dutzenden Ausreden versucht, warum es kein Fehler ist.

Aber ich will unbedingt hingehen, und nur eine leise Stimme in mir warnt, dass es Wahnsinn wäre. Doch offen gesagt … Jett Olsson ist einfach viel zu verführerisch.

Dabei denke ich nicht nur an den Sex, obwohl der viel mit meiner Sehnsucht nach Jett zu tun hat. Der Sex ist der Beste, den ich je gehabt habe. Nicht, dass ich dahingehend sehr erfahren wäre. Nachdem ich in der Highschool meine Unschuld an meinen Schulschwarm verloren und ein paar betrunkene One-Night-Stands im College gehabt hatte, ist meine einzige Langzeitbeziehung mein Ex-Ehemann gewesen. Ich dachte, mit ihm hätte ich guten Sex, denn er geschah in Liebe und Hingabe.

Heute weiß ich, dass ich damals keine Ahnung hatte.

Aber ich schweife ab.

Ich habe Jetts Einladung angenommen, heute nach dem Spiel mit ihm ins Sneaky Saguaro zu gehen. Er hat betont, dass es sich um kein Date handelt, denn noch weiß niemand in der Organisation, dass wir miteinander ins Bett gehen. Jett möchte lediglich, dass ich mich öfter sehen lasse und auf persönlichere Weise Teil des Teams werde. Er versicherte mir, dass auch andere Büromitarbeiter nach den Spielen zum Team stoßen und dass ich dasselbe tun sollte. Natürlich hat er der Einladung hinzugefügt, dass ich nach dem geselligen Beisammensein mit ihm nach Hause kommen soll.

Und das war keine Frage.

Es war ein Befehl.

Und verdammt noch mal, ich habe mich dem voll unterworfen.

Also geht es heute in erster Linie um ein paar Drinks und Spaß mit dem Team. Jett und ich werden die netten Arbeitskollegen spielen und sonst nichts.

Danach gehe ich mit in seine Wohnung und bleibe über Nacht.

Ich seufze und befehle mir selbst, dass ich es einfach tun und die Zweifel vergessen werde. Mein Lieblingslippenstift vervollständigt mein Outfit. Zwar freue ich mich auf das Sneaky Saguaro, aber eigentlich gehe ich nur wegen Jett hin. Ich hatte zwei Möglichkeiten, mich für diesen Freitagabend freizumachen. Entweder, mich auf Jenna verlassen, die bei Felicity bleiben könnte. Oder einen Babysitter finden und Jenna überreden, mitzukommen. Dass sie auf das Fest der Organisation mitgekommen ist, war ein großer Schritt für sie und sie war erst ängstlich. Aber am Ende gab sie zu, dass es sehr schön für sie war.

Doch dann ließ Jims Frau Ella verlauten, dass ihre dreizehnjährige Tochter Lucy gern Babysittererfahrungen sammeln würde. Ella wäre zunächst dabei. Es war schwer, Jenna zu überreden, mitzukommen, aber nach Betteln und Flehen stimmte sie zögerlich zu.

Also rief ich Ella an und wir verabredeten alles miteinander. Ella stimmte zu, mit Lucy zu kommen und auch hierzubleiben, da es für Lucy das erste Mal sein wird und sie doch etwas nervös ist. Doch dann luden sie Felicity lieber zu einer Pyjamaparty mit Lucy ein, damit sich die beiden auf spaßige Weise besser kennenlernen. Felicity, die gesellig und abenteuerlustig ist, war restlos begeistert, zu einer Pyjamaparty gehen zu dürfen.

„Jenna!", rufe ich aus dem Hauptbadezimmer in den Flur. Das Gästebad ist nicht weit entfernt. Vorhin habe ich gesehen, dass sich Jenna mit einem Lockenstab die Haare eindrehte. „Bist du fertig?"

Keine Antwort. Ich rufe nicht noch einmal nach ihr. Ich überprüfe noch mal mein Make-up und den Lippenstift und benutze ein paar Spritzer meines Lieblingsparfüms. Jenna und ich waren nicht beim Spiel, haben es aber im Fernsehen verfolgt, bis es Zeit wurde, uns zurechtzumachen. Zwar hätte ich Jett gern im Stadion spielen sehen, aber ich muss sparsam sein und die Spiele gezielt auswählen, die ich sehen will. Als alleinerziehende

Mutter kann ich mir die teuren Tickets nicht jedes Mal leisten, auch nicht mit dem Mitarbeiterrabatt. Sosehr ich das Team auch mag, heute Abend geht es mir hauptsächlich darum, mit Jett und seinen Kameraden in deren Stammkneipe zusammen zu sein und mich in die Spielerfamilie einzugliedern, die der Besitzer so unterstützt.

Ich schalte das Licht im Bad aus, nehme die Handtasche von der Kommode und gehe aus meinem Zimmer. Wie erwartet, finde ich Jenna im Gästebad. Sie starrt ihr Spiegelbild an, so wie ich vorhin meins. Nur habe ich dabei nicht so ein Gesicht gemacht. Voller Zweifel und Befürchtungen.

„O nein, kommt gar nicht infrage", sage ich, lege einen Arm um sie und schaue sie im Spiegel an. „Du fängst jetzt nicht an, an dir zu zweifeln."

„Ich zweifle nicht an mir", murmelt sie. „Sondern an der Menschlichkeit der anderen."

Bei dem Leid in ihrer Stimme krampft sich mein Magen zusammen. Zu all dem Schmerz und den Qualen, die sie durch die Brandverletzungen durchmachen musste, muss sie auch noch mitleidige und oft angewiderte Blicke ertragen. Menschen tuscheln bei ihrem Anblick, meiden den Blickkontakt oder ignorieren sie einfach.

Wenn jemand Grund hat, misstrauisch zu sein, dann Jenna. Aber sie muss sich dem Schwierigen stellen, um das Gute zu sehen. Ich glaube, es gibt sehr viel mehr Menschen da draußen, die sie einfach so akzeptieren, mit den Narben und allem, als welche, die es nicht tun. Das muss sie selbst erkennen, und deshalb dränge ich sie immer wieder.

„Heute kommst du mit, und ich will keine Widerrede hören", sage ich fest.

„Warum denn?" In ihren Augen flackert ein Funke Kampfgeist auf.

„Weil du dich der Welt öffnen musst", erkläre ich und drücke ermutigend ihre Schulter. „Du musst Chancen nutzen und Risiken eingehen. Dich nicht hinter Ängsten verstecken."

Triumphierend lächelt sie, was mir ein ungutes Gefühl gibt. „Ich soll also Risiken eingehen, aber das gilt nicht genauso für dich?"

Hitze bringt meine Wangen zum Glühen. „Das ist nicht dasselbe."

Jenna kichert. „Doch, es ist dasselbe." Sie lacht mich aus, aber nicht auf gemeine Weise. „Du willst, dass ich nach draußen gehe? Okay. Dann musst du dich aber auch auf Jett einlassen."

„Es ist nichts schlecht daran, nur zwanglos zusammen zu sein."

„Das stimmt." Sie wendet sich mir zu. „Außer, dass du ihn viel mehr magst als nur für den Sex."

„Und woher willst du das wissen?", frage ich misstrauisch.

Jenna rollt mit den Augen. „Es gibt ungefähr hundert Anzeichen dafür, aber hauptsächlich merkt man es daran, wie du von ihm sprichst. Wie deine Augen funkeln, wie du ungeduldig auf die Uhr schaust und mit welcher Energie du mich überredest hast, heute mitzukommen, weil du zu viel

Angst hast, mit ihm in der Öffentlichkeit allein dazustehen." Bevor ich gegen ihre Theorien Einspruch erheben kann, redet sie weiter. „Außerdem wärst du nicht einverstanden gewesen, ins Sneaky Saguaro zu gehen, wenn es nur um Sex ginge. Dann wärst du später einfach direkt zu seiner Wohnung gefahren."

Hm. Da hat sie nicht unrecht.

Aber auch nicht wirklich recht.

Trotzdem betrachte ich dies als eine Gelegenheit für Jenna, und egal, was sie sagt, ich werde hingehen, mit oder ohne sie, weil ich Jetts Einladung angenommen habe. Ich bin mir auch nicht zu schade, weiterhin Druck auf Jenna auszuüben.

„Okay." Mein Verstand arbeitet fieberhaft an der berechnenden Idee. „Wenn du heute mitkommst, um neue Freunde zu finden, werde ich mich der Möglichkeit öffnen …"

Jenna grinst und ihre Augen leuchten zufrieden.

„Ich sagte der *Möglichkeit*, dass es mit Jett mehr werden könnte als nur zwangloser Sex."

„Abgemacht!", antwortet sie etwas zu schnell für meinen Geschmack.

Ich komme mir vor, als wäre ich ihr auf den Leim gegangen. Aber das stört mich nicht wirklich. Mich Jett mehr zu öffnen, ist eine rein subjektive Sache. Ich muss nichts mit ihm tun, womit ich mich nicht wohlfühle.

Doch ich werde mich auch nicht selbst belügen. Mehr mit Jett anzufangen, klingt aufregend, denn mit jedem Tag mit oder ohne Sex und nur miteinander reden, mag ich ihn immer mehr.

***

Ich wohne seit über einem Monat in Phoenix und es gibt so vieles zu entdecken oder auszuprobieren. Das Sneaky Saguaro ist mir allerdings nicht unbekannt. Schon bevor ich wusste, dass es die Stammkneipe der Arizona Vengeance ist, war ich mit Jenna und Felicity dort zum Mittagessen. Das Restaurant mit Bar hat eine nette Atmosphäre und in der Mitte wächst ein echter Saguaro-Kaktus bis in den nächsten Stock hoch.

Heute Abend herrscht jedoch eine andere Stimmung. Fort sind die Familien und Kinder, die Platten voller Tacos und Bowls mit Käse genießen. Jetzt sind nur Erwachsene da, fast alles Vengeance-Fans in deren Trikots in den Farben Grün, Blau und Silber. Es sind Pärchen anwesend, die ihrem Lieblingsteam zujubeln, und Rowdys, trunken vom Sport und dem Sieg. Und Puck-Häschen. Diese Bezeichnung habe ich von Jett gehört, als wir uns nach dem Sex über Eishockey unterhalten haben. Leicht bekleidete Frauen, die auf der Suche nach einem Spieler sind oder nach einem anderen gut aussehenden Typen, der Fan dieser Sportart ist.

Es ist festlich und die Stimmung energetisch. Damit war zu rechnen, denn die Vengeance haben heute gegen die New York Phantoms gewonnen.

Jett ist genau dort, wo er mich treffen will. Oben auf der Galerie, links von der Treppe. Der Bereich wurde für das Team abgesperrt. Sieben Tische sind für die Spieler und deren Gäste reserviert. Nicht immer kommen alle Spieler zum Feiern mit, doch alle sieben Tische sind besetzt, und noch mehr Leute stehen, lachen und unterhalten sich. Außerhalb des Absperrseils warten Fans auf Spieler, um Fotos zu machen und Autogramme zu bekommen. Hat man als Puck-Häschen Glück und erhascht den Blick eines interessierten Spielers, der noch Single ist, schafft man es hinter das Seil und darf für den Abend mit dem Team mitfeiern.

Das finde ich einerseits amüsant, andererseits tun mir diese Frauen leid. Wahrscheinlich nur, weil ich es nicht verstehe. Meine eigene wilde Zeit auf dem College dauerte höchstens ein Jahr, bevor ich ruhiger wurde, und ich kann mir nicht vorstellen, hautenge Kleider zu einem Eishockeyspiel zu tragen und anschließend zu versuchen, mit einem der Spieler zu schlafen.

Jett ist uns entgegengekommen, als wir die Treppe hochstiegen, und hat uns in den inneren Kreis geführt. Natürlich kenne ich die Spieler alle. Ich führte Gespräche über ihre Accounts in den sozialen Medien mit ihnen oder traf den einen oder anderen im Fitnessstudio oder im Büro. Auf dem Fest habe ich auch ein paar Familienangehörige kennengelernt, doch heute sind noch mehr da, und Jett stellt Jenna und mich vor.

Dann versammeln wir uns um einen Stehtisch mit Jetts Kameraden seiner Second Line außer Riggs. Er ist ein schwieriger Typ, und ich diskutiere oft mit ihm über seine Unsichtbarkeit im Internet, an dem er kein Interesse hat. Ich bohre ständig nach, und wahrscheinlich hasst er mich, aber von Jett weiß ich, dass er allen gegenüber eigenbrötlerisch ist.

Kane und seine Verlobte Mollie sind da. Jim ist solo hier, weil Ella und Lucy zusammen auf Felicity aufpassen. Bain ist genauso Single wie Jett und beobachtet momentan die Puck-Häschen auf der anderen Seite der Absperrung.

Ganz in unserer Nähe stehen Bishop und seine Frau Brooke. Sie ist nicht nur die Tochter von Coach Perron, sondern wurde außerdem zur Leiterin der Abteilung Team Services befördert, sodass wir uns während der Arbeit öfter begegnen.

Ich lerne Wyldes Freundin Clarke kennen, und Tacker ist mit seiner Frau Nora da.

Nach der Vorstellungsrunde versammeln sich die Frauen, aber Jenna und ich kennen diese kaum. Jett lässt uns außerdem nicht aus den Augen und er hat mich schließlich eingeladen. Und ich habe Jenna eingeladen, worüber er sich sehr gefreut hat. Er bleibt an unserer Seite, bestellt ständig Drinks nach und wir lernen durch ihn noch mehr Spieler und deren Anhang näher kennen.

Jenna und ich sind mit einem Uber hergekommen. Später wird sie so auch wieder nach Hause fahren, während ich mit Jett gehe, der mich morgen nach Hause bringen wird. Da wir nicht selbst fahren müssen, lassen wir uns gehen und achten nicht sehr auf unseren Alkoholpegel. Als das dritte Bier bestellt wird, lachen wir mit Jett und den anderen und amüsieren uns prächtig. Wahrscheinlich liegt es am Alkohol, dass Jenna nicht so schüchtern wirkt und aufgehört hat, sich die Haare über die Narben zu legen. Bisher hat niemand diese offenkundig zur Kenntnis genommen, obwohl sie leicht ins Auge fallen. Alle sind höflich und machen keine große Sache daraus, und Jenna bekommt auch keine angewiderten Blicke, die sie so gefürchtet hat. Alle hier sind gesprächig und schließen uns mit ein. Langsam verstehe ich, was mit dem Familiengeist gemeint ist, der in diesem Team herrscht.

Jett bleibt dicht bei mir, erlaubt sich jedoch keine öffentlichen Zärtlichkeiten. Dafür bin ich dankbar, muss aber zugeben, dass ich ihn gern an meiner Seite habe, besonders, weil seine Aufmerksamkeit fast ausschließlich mir gilt und meine ihm.

Jenna unterhält sich mit Nora, die zu uns gekommen ist.

Jett flüstert mir zu: „Was meinst du, wann wir gehen können?“

Ohne ihn direkt anzusehen, antworte ich aus dem Mundwinkel heraus: „Von mir aus bald. Wir haben ja heute nicht viel Zeit zusammen.“ Denn morgen früh muss ich nach Hause und jetzt ist es schon fast Mitternacht.

„Okay, dann nach diesem Bier“, sagt er. Die Kellnerin hat soeben eine neue Runde gebracht. „Wir warten, bis Jenna in einem Uber sitzt und gehen dann.“

Ich lächele ihn unverbindlich an, falls wir beobachtet werden. Doch ich halte ihm mein Bierglas hin und wir stoßen an, womit der Plan wortlos besiegelt ist.

Jenna tritt wieder näher an uns heran.

„Gefällt es dir?“, fragt Jett sie.

„O ja“, antwortet sie fröhlich. Das Funkeln in ihren Augen stammt vom Alkohol, aber das ist mir egal. Spaßhaben ist Spaßhaben, egal wie. „Danke für die Einladung.“

„Ihr zwei seid immer eingeladen. Und beim Nachmittagsspiel nächstes Wochenende könnt ihr auch Felicity mitbringen. Bei solchen Spielen geht es viel familienfreundlicher zu und es sind jede Menge Kinder da.“

Jenna grinst und wirft mir einen wissenden Blick zu, der aussagt: *Er ist an mehr als Freundschaft interessiert. Warum bist du es nicht auch?*

Schnell wechsele ich das Thema und frage Jett nach weiteren guten Restaurants in der Gegend, da wir hier neu sind und uns nicht auskennen. Da ich aus eigener Erfahrung weiß, dass Jett kein geübter Koch ist, wundert mich nicht, als er eine lange Liste mit Lokalen herunterrattert, angefangen bei Fast Food bis hin zu edlen Restaurants.

„In Vengeance Town vor dem Stadion gibt es einen Laden mit Namen Golby’s. Die haben die besten Sandwiches. Die verkaufen sogar Pakete für Wanderer. Man kann also einen ganzen Tag wandern gehen und hat alles dabei. Sandwiches, Chips, Getränke und ein kleines Kühlpäckchen mit Strohhalm."

„Das klingt super", sagt Jenna und sieht dann mich an. „Das sollten wir einmal alle zusammen machen. Du, Jett, Felicity und ich gehen wandern!"

„Ich bin dabei", antwortet Jett unverbindlich freundlich, falls jemand in der Nähe zuhört.

Er hat keine Ahnung, dass Jenna uns zu mehr verleiten will als bedeutungslosem Sex. Doch ich kenne ihre Tricks und falle nicht darauf herein. Jenna hat anscheinend nicht vergessen, dass ich mich bereit erklärt habe, mich ihm gegenüber mehr zu öffnen, wenn sie heute mitkommt. Deshalb durchbohrt sie mich mit ihrem Blick und zwingt mich dazu, etwas zu sagen. „Ja, das klingt lustig."

Es entwickelt sich ein Gespräch mit Jett über seine Wanderungen hier in der Gegend. Das ist interessant, denn Jenna und ich sind in Kalifornien oft gewandert. Das haben wir also alle gemeinsam, aber wenn Felicity dabei ist, müssen wir einfache Pfade aussuchen.

Irgendwann geht unser Bier zur Neige und Jett sieht mich auffordernd an. Er möchte gehen und unseren Abend zu zweit beginnen. Ich bin ebenfalls bereit.

Jenna und ich verabschieden uns bei den neuen Bekanntschaften und den Leuten, die wir schon kannten. Wir versprechen, bald wieder mit dem Team wegzugehen. Clarke lädt uns ein, in ihren Buchladen zu kommen, worauf ich mich jetzt schon freue.

Jett sagt allen, dass er mit uns hinausgeht, damit wir sicher in ein Uber kommen. Natürlich hat er nicht vor, wieder zurückzugehen. Seine Kameraden werden es sich denken können. Ich bezweifle sowieso, dass unsere Affäre lange ein Geheimnis bleiben wird, aber beeile mich deswegen nicht, uns selbst zu outen.

Jett bedeutet Jenna, die Stufen nach unten zu gehen, dann mir, und er folgt uns. Wir winken den Gästen zu, die trotz der späten Stunde noch Schulter an Schulter gedrängt sind. Schon fast am Ausgang angekommen, gehen wir an zwei Männern und einer Frau vorbei, die dort stehen und Bier trinken. Sie sind noch jung, höchstens Anfang zwanzig, und tragen die Trikots der Vengeance. Da Jenna vor mir her geht, kommt sie als Erste an der Gruppe vorbei.

„O Gott, hast du diese Narben gesehen?"

Der Tonfall entspricht genau dem, den Jenna hasst. In mir spannt sich jeder Muskel an.

Der Mann antwortet: „Echt widerlich. Wie kann man damit nur in die Öffentlichkeit gehen?"

Ich weiß nicht, ob Jenna irgendetwas davon gehört hat, denn sie ist schon weiter vorn. Da sie entspannt weitergeht, eher nicht. Ich sollte auch weitergehen und die Sache vergessen, doch die Wut, die in mir pulsiert, bringt mich zu einem abrupten Halt. Langsam wende ich mich diesen Leuten zu.

Eine huschende Bewegung neben mir und Jett ist nicht mehr hinter mir, sondern steht direkt dem Kerl gegenüber. Er legt seine große Hand um dessen Hals und drückt so fest zu, dass der Typ feuerrot wird.

Ich sehe mich nach Jenna um, aber sie ist schon rausgegangen. Mir ist klar, dass ich Jett zurückhalten sollte, damit er keine Schwierigkeiten bekommt, aber ich habe kein Interesse daran, den Kerl zu retten.

Mit der Kraft seines Griffs um den Hals des Mannes zerrt er diesen näher. „Du verdammtes Arschloch. Gib mir nur einen Grund, warum ich dich nicht in den Boden rammen sollte."

Eine der Frauen, von der ich nicht weiß, ob sie die mit der ersten Bemerkung ist, greift nach Jetts Arm und will ihn von dem Kerl losreißen. Aber Jett ist wie ein Felsen und rührt sich keinen Millimeter. Er wendet lediglich den Kopf und sieht die beiden Frauen an.

„Ihr seid jämmerliche Entschuldigungen für menschliche Wesen."

Ich bin sprachlos. Nicht, weil er Jenna verteidigt hat. Denn so ist Jett nun mal. Sondern, weil er sich dermaßen über die ekelhafte Unfreundlichkeit dieser Leute ärgert.

Abrupt nimmt er die Hand von dem Kerl, der sich an den Hals fasst und um Luft ringt.

„Ab heute will ich euch drei nie wieder hier sehen“, sagt Jett.

Dann dreht er sich um, nimmt meine Hand und führt mich zur Tür.

Ich bremse ihn ab und ziehe an seinem Arm, bis er mich ansieht. Ohne an Konsequenzen zu denken oder daran, dass ich gegen meine eigene Regel verstoße, unsere Beziehung geheim zu halten, schlinge ich die Arme um seinen Nacken und küsse ihn fest auf den Mund. Das war einfach das Erotischste, Heißeste und zugleich Süßeste, was ich je gesehen habe. Ich beende den Kuss, bevor Jett ihn erwidern kann, aber ich erfreue mich an seinem überraschten Ausdruck.

Ich drehe mich auf dem Absatz um und eile zur Tür. Draußen treffen wir auf Jenna, die auf ihr Handy sieht, um den Uber zu bestellen.

Lächelnd blickt sie auf. „Ich habe mich schon gewundert, wo ihr bleibt.“

Erleichtert atme ich aus. Sie hat nichts gehört. Ich bin derartig froh darüber, dass sich meine Beine wie aus Pudding anfühlen.

„Ich habe den Uber bestellt“, sagt sie fröhlich. „Ihr könnt ruhig schon gehen. Hier passiert mir schon nichts.“

„Nein, wir warten hier mit dir“, antwortet Jett und wirft einen kurzen Blick zum Eingang.

Die Botschaft ist klar. Er hat die Rolle als Jennas Beschützer übernommen und sich damit ein bisschen in mein Herz geschlichen.

Kapitel 13

Jett

Ich weiß nicht, was passiert ist, seit wir das Sneaky Saguaro verlassen haben, aber die sexuelle Spannung zwischen Emory und mir ist stärker geworden.

Nicht auf ungute Weise. Nicht auf unangenehme Art, als hätte einer von uns seine Meinung geändert, wie es heute Abend weitergehen soll. Darüber besteht kein Zweifel, das spüre ich.

Aber während Emory auf dem Weg zu meiner Wohnung fröhlich darüber plaudert, wie schön sie den Abend fand und dass sie viele Spieler persönlicher kennenlernen konnte, merke ich, dass sie in Gedanken ganz woanders ist.

Das hat bestimmt etwas mit Jenna zu tun. Als ich diese unmöglichen Leute diesen rücksichtslosen Mist habe sagen hören, wäre ich fast explodiert. Am liebsten hätte ich den Kerl verprügelt. Die Frau auch, doch weil man so etwas nicht tut, hätte ich sie gern vor dem ganzen Restaurant blamiert, indem ich ihr laut das Gesagte vorgeworfen hätte. Ich habe genug Einfluss, dass alle zugehört hätten. Leider hätte das aber die Aufmerksamkeit auf Jenna gelenkt. Ich bin sehr froh, dass sie von all dem nichts mitbekommen hat.

Ich parke den Wagen und öffne Emory die Beifahrertür. Auf dem Weg zum Aufzug riskiere ich es, ihre Hand zu nehmen. Unsere Finger verschränken sich und zaghaft halten wir uns gegenseitig fest. Mir wird bewusst, dass ich seit der Schulzeit in Schweden nicht mehr die Hand einer Frau gehalten habe. Damals hatte ich eine feste Freundin und wir hielten uns, wann immer es möglich war, an den Händen. Nachdem ich Profispieler geworden war, habe ich diese Art von Beziehung nicht mehr gewollt.

Zugegebenermaßen fühlt es sich schön an, Emorys Hand zu halten.

Vor der Wohnungstür findet kein hektisches Küssen und Suchen nach dem Schlüssel statt. Gelassen gehen wir hinein, und ich lasse ihre Hand los, um die Alarmanlage auszuschalten. Dann schließe ich die Tür und frage: „Magst du noch ein Bier?"

Überraschenderweise lächelt sie verspielt. „Weißt du was? Ja. Es ist lange her, seit ich mal loslassen und ein bisschen betrunken sein konnte."

Ich muss lachen. Zwar ist sie keine zugeknöpfte Britin, aber sie lässt sich definitiv nur selten gehen. „Na dann, besaufen wir uns", sage ich und gehe in die Küche.

„Ich weiß gar nicht, was ich dich alles mit mir tun lasse, wenn ich betrunken bin."

Kichernd legt sie ihre Handtasche auf den Tisch und lässt sich in der Ecke meiner Couch gemütlich nieder. Ich trage zwei Bierflaschen ins Wohnzimmer, reiche ihr eine davon, setze mich auf die

Kissen neben ihr, lege einen Arm auf die Lehne und neige mich Emory zu.

Wir stoßen mit den Flaschen an. „Prost“, sage ich.

Nach einem Schluck Bier frage ich Emory: „Verrätst du mir jetzt, warum du mich im Restaurant so überfallartig geküsst hast?“

Wir sind erst seit einer Woche intim miteinander – zweimal vor heute. In der Zeit haben wir uns natürlich oft geküsst, aber der Kuss heute war anders.

„Oh“, sagt sie leise und schaut lächelnd auf ihre Flasche hinunter. Dann sieht sie mir in die Augen. „Ich habe mich hinreißen lassen.“

„Ach ja?“, frage ich, unzufrieden mit der Antwort.

Emory errötet peinlich berührt. „Na gut. Ich gebe zu, leicht überwältigt gewesen zu sein. Auf gute Art. Es hat mir gefallen, wie du dich für Jenna eingesetzt hast. Da konnte ich nicht anders, als dich zu küssen.“

Ich nicke. Wusste ich es doch, und ich habe es sehr genossen. Neckend zwinkere ich ihr zu. „Ich glaube nicht, dass du dir Sorgen machen musst. Höchstwahrscheinlich hat niemand gesehen, wie du zügellos über mich hergefallen bist.“

Emory lacht und trinkt von ihrem Bier. Dann wird sie ernster. „Ich glaube, es ist mir egal geworden, ob Leute über uns Bescheid wissen.“

Ich wage es nicht, anzuerkennen, dass sich diese Aussage unglaublich gut anfühlt. Denn das widerspricht unserer Vereinbarung, eine zwanglose

Beziehung zu haben, ohne Verpflichtungen. Und einer der Gründe, die uns auf Abstand halten, ist ihr Wunsch, dass niemand von uns erfahren soll.

Ich verdränge das Thema für den Moment und nutze die Gelegenheit, dass wir uns lediglich unterhalten. „Du passt sehr gut auf Jenna auf."

„Das tust du offenbar auch." Sie hält ihre Flasche hoch und prostet mir zu.

Ich schüttele den Kopf. „Ich hasse gemeine Menschen. Das macht mich rasend, und ich kann nicht verstehen, wie man so sein kann."

„Ich habe schon lange aufgegeben, mir über die Motive anderer Leute Gedanken zu machen."

Damit meint sie hauptsächlich, wie mit ihrer Schwester umgegangen wird, aber ich spüre, dass noch mehr dahintersteckt.

„Darf ich fragen, was Jenna passiert ist?" Mir ist klar, dass dies eine neugierige Frage ist, doch ich will es nicht aus morbider Faszination wissen, sondern damit ich Emory und auch Jenna besser verstehen kann. Denn was Einfluss auf Jenna hat, trifft auch ihre Schwester.

Emory zieht sich die Schuhe aus, nimmt die Beine unter sich und trinkt noch einen Schluck Bier. Sie nimmt die Flasche auf den Schoß und sieht mich an, ihr Blick ist jedoch in die Ferne gerichtet. „Vor fast zwei Jahren hat Jenna auf Chelsea, die Tochter ihres damaligen Freundes, aufgepasst, als er arbeiten war. Es war sein Wochenende, das Kind sollte laut Sorgerecht bei ihm bleiben, aber dann musste er kurzfristig eine Nachtschicht übernehmen. Am

Morgen, bevor er wieder zu Hause war, bereitete Jenna das Frühstück zu und auf dem Gasherd brach ein Fettbrand aus. Die Küche brannte unfassbar schnell, aber Jenna dachte nur an Chelsea, die oben in ihrem Zimmer spielte, und rannte die Treppe hoch."

Emorys Stimme bricht. Mir wird klar, dass Jenna mit dem Nach-oben-Rennen anstatt zur Haustür hinaus, ihr Schicksal besiegelt hat.

„Als sie in Chelseas Zimmer angekommen war, stand das Treppenhaus hinter ihr schon in Flammen. Sie rannte ans Fenster, öffnete es und schrie um Hilfe. Die Nachbarn riefen die Feuerwehr, aber das Haus bestand nur aus trockenem Holz. Innerhalb weniger Minuten brannte auch der erste Stock. Ein Mann stellte eine Leiter an und Jenna konnte ihm Chelsea hinausreichen. Aber dann war das Feuer schon im Zimmer und Jenna brannte. Sie hing mit dem Oberkörper aus dem Fenster. Der Mann auf der Leiter holte sie raus, aber da war sie schon bewusstlos. Sie war zu schwer für ihn allein. Er tat sein Bestes, zerrte sie aus dem Raum, aber sie fiel auf den Boden."

„Fuck", murmele ich entsetzt und habe das Gefühl, Rauch zu riechen.

Emory räuspert sich und lächelt leicht. „Dieser Mann hat Chelsea und Jenna das Leben gerettet. Chelsea kam mit einer leichten Rauchvergiftung davon."

„Und Jenna?" Ich ahne, dass sie mehr erlitten hat, als die Narben zeigen.

„Sie war zwei Monate auf der Station für Brandopfer. Einen davon musste sie im künstlichen Koma bleiben. Sie hatte gebrochene Knochen von dem Fall, aber das waren ihre geringsten Sorgen."

Meine Kehle ist trocken und ich trinke einen Schluck Bier. „Warum?"

„Über fünfunddreißig Prozent ihrer Haut waren verbrannt. Die Narben an Kinnpartie und Hals ziehen sich bis über ihre Schulter. Aber auch alles von ihren Unterschenkeln bis hoch zum unteren Rücken ist schwer verbrannt. Sie hat eine Menge Hauttransplantationen hinter sich."

„Und das war in Los Angeles?"

Emory nickt. „Dad, meine Stiefmutter und ich waren die ganze Zeit abwechselnd bei ihr in der Klinik. Bei der Reha nach den Operationen. Dann hat sie eine Weile bei unseren Eltern gewohnt, wo sie sich erholen und heilen konnte."

„Und dann ist sie mit dir hierhergezogen?"

„Ja." Emory lächelt liebevoll. „Unsere Eltern sind großartig, aber Jenna hätte sich dort für immer im Haus versteckt, hätte ich nicht darauf bestanden, dass sie mit mir kommt. Meine Eltern sind besonders beschützend ihr gegenüber."

„Mehr als du?", frage ich lachend.

Mit der Flasche in der Hand zeigt sie mit dem Zeigefinger auf mich. „Ich bringe sie wenigstens dazu, manchmal aus dem Haus zu gehen. Wieder ein normales Leben anzufangen."

Ich nicke verstehend. Das ist zweifellos das Beste für Jenna. Aber etwas ergibt für mich keinen Sinn.

„Ich habe deine Schwester heute beobachtet. Erst war sie unsicher, aber dann ist sie schnell warm geworden und hat sich unter den Leuten wohlgefühlt. Sie machte den Eindruck, dass es ihr gut geht."

Emory neigt den Kopf nach links und dann nach rechts, als könnte sie dem nicht so ganz zustimmen. „Sie vertraut niemandem so schnell. Lieber verkriecht sie sich, als es darauf ankommen zu lassen, wie die Leute auf sie reagieren. Als sie gemerkt hat, dass die Leute in unserer Gruppe nett sind und sie akzeptieren, wie sie ist, ist es ihr gut gegangen. Aber es hat sie große Überwindung gekostet, mitzukommen."

„Aber warum?" Ich spüre, dass es nicht nur an ihrer äußerlichen Erscheinung liegt, dass Jenna Angst hat. Jenna ist trotz der Narben eine schöne Frau. Und so, wie sie ihre Haare trägt, sind die Narben auf den ersten Blick gar nicht sichtbar. Und abgesehen davon habe ich festgestellt, dass Jenna ansonsten ein selbstsicherer Mensch ist.

Emory verzieht das Gesicht und zupft am Label ihrer Flasche herum. „Anscheinend war die Rettung seiner Tochter nicht genug für ihren Freund, um bei ihr und ihr treu zu bleiben."

„Er hat mit ihr Schluss gemacht?", frage ich verblüfft.

Emory schnaubt verächtlich. „Dafür hätte er überhaupt mal da sein müssen. Nach dem Koma hat er sich einfach nicht mehr blicken lassen. Er lebt sein Leben weiter und hat nie wieder nach ihr gefragt."

„Was für ein Arsch", knurre ich.

„Er war nicht der Einzige", sagt Emory niedergeschlagen. „Ihr ganzer Freundeskreis hat sich zurückgezogen. Okay, sie haben länger durchgehalten als ihr Freund. Sie besuchten sie öfter, aber irgendwann haben sie ihre Leben ohne Jenna weitergeführt. Kein Einziger von ihnen blieb ihr bis zum Ende der Therapien erhalten."

Kopfschüttelnd schaue ich auf meine Flasche. „Was zum Geier ist mit den Leuten los?" Ich sehe Emory an. „Ich glaube, die Welt ist verrückt geworden. Es gibt so viele egoistische Menschen. Alle sehen nur sich selbst und leben in ihrer eigenen kleinen Welt."

„Stimmt", sagt sie leise. Dann lächelt sie mich an. „Mein Leben ist echt kompliziert. Ich ziehe meine Tochter allein groß, helfe meiner Schwester, wieder in die grausame Welt zurückzufinden, habe einen neuen Job und versuche, all das spitzenmäßig zu schaffen. Lauter gute Gründe, warum ich dich nicht hätte küssen sollen, als du Jenna verteidigt hast. Aber ich bereue es kein bisschen. Ich glaube, ich habe mich ein bisschen in dich verschossen."

Ich nehme ihr das Bier aus der Hand und stelle es mit meinem auf den Tisch. Mit den nun freien Händen ziehe ich Emory an mich, bis sie breitbeinig auf meinem Schoß sitzt.

Wobei das noch nichts Sexuelles hat.

Aber so sind wir uns ganz nah, von Angesicht zu Angesicht. Ich umfasse ihre Hüften und drücke sie leicht. „Weißt du was? Ich bin auch in dich verschossen.“

Emory stützt sich mit den Händen auf meinen Schultern ab. Sie wirkt verängstigt.

Zuversichtlich drücke ich ihre Hüften erneut. „Weiteratmen“, sage ich neckend. „Ich schwöre dir, dass ich dein Leben nicht noch komplizierter machen werde.“

Sie erwidert mein Lächeln nicht, runzelt die Stirn und wendet den Blick ab. Ich nehme ihr Kinn zwischen die Fingerspitzen und drehe ihren Kopf zu mir. „Was ist los?“

„Ich ... ähm ...“ Erneut wendet sie den Blick ab.

„Emory.“ Sie sieht mich wieder an, aber nur zögerlich. „Rede mit mir.“

Sie seufzt. Aber es ist mehr ein qualvolles Ausatmen. „Ich habe keine Angst, dass du mein Leben noch komplizierter machst. Ich weiß, dass du das nicht tun wirst.“

„Aber?“

„Aber meine letzte Beziehung mit Felicitys Vater war nicht gut. Ich brauchte lange, um da wieder rauszukommen. Und jetzt, wo ich von ihm befreit bin, von all dem Leid, das er verursacht hat, bin ich einfach übervorsichtig.“

„Du hast Probleme, wieder zu vertrauen?“ Wie ihre Schwester, möchte ich wetten. Die beiden sind sich sehr ähnlich.

Sie nickt mit schuldbewusstem Gesicht. „Das hat nichts mit dir zu tun. Du bist wunderbar und ich musste dich unbedingt küssen und bin in dich verschossen. Das lässt sich nicht rückgängig machen, aber …"

„Aber du hast Angst."

„Ja", gibt sie, ohne zu zögern zu.

Ich halte ihren Blick und denke darüber nach. Es wäre so leicht, sie einfach gehen zu lassen. Es wäre das Beste für sie und würde unser beider Leben unkomplizierter machen. Sie kann das jetzt nicht brauchen. Und ich? Ehrlich?

Ich will sie nicht gehen lassen und sage automatisch: „Ich weiß, was wir machen."

Emory neigt den Kopf leicht zur Seite. In ihrem schönen Gesicht spiegelt sich Neugier. „Und was?"

„Wir machen so weiter wie bisher. Ganz locker. Tag für Tag. Wir haben keine Erwartungen, außer eine gute Zeit miteinander zu haben. Wir bleiben monogam und warten ab, was sich entwickelt. Vielleicht passiert gar nichts. Oder auch sehr viel. Oder irgendetwas dazwischen. Ich bin noch nicht bereit, dich aufzugeben. Und wie ist es mit dir?"

Sie schweigt viel zu lange. Ich habe das Gefühl, mein Herz schlägt erst mit ihrer Antwort weiter, als sie lächelt. Erst leicht, dann strahlender. „Nein, ich will dich auch noch nicht aufgeben."

Mein Lächeln wird breiter, und mit den Händen an ihren Hüften hebe ich sie an und setze sie auf die Stelle von mir, die als Erstes von Emory begeistert war. Jetzt ist dies nicht mehr die einzige Stelle, die Emory mag, und nicht einmal die intensivste.

Nachdem wir dieses Gespräch hinter uns haben und uns einig sind, die nächste Ebene erreicht zu haben, möchte ich ihr gern zeigen, wie sehr mich diese Wendung der Ereignisse freut.

„Ich will dich nackt, okay?", wispere ich rau und verheißungsvoll.

„Okay", flüstert sie.

„Und dann will ich Sachen mit dir machen", sage ich leise und halte ihren Blick. „Mit dem Mund. Zwischen deinen Beinen."

Emory atmet zittrig aus und ihre Lider flattern kurz.

„Würde dir das gefallen?", frage ich sicherheitshalber.

„O ja." Sie nickt. „Das würde mir sehr gefallen."

Kapitel 14

Emory

„Ich kann nicht glauben, dass ich das wirklich tue“, sage ich, rühre die Spaghettisoße um und probiere sie.

„Aber du tust es“, sagt Jenna. Nicht wie eine Affirmation, damit ich es tue, sondern wie eine feste Aussage zu dem, was ich nur allzu gern absagen würde.

Ich habe Jett zum Abendessen bei uns eingeladen.

Immer wieder versuche ich, mir einzureden, dass es auch nichts anderes ist als sein Besuch zum Thanksgivingdinner, doch diesmal ist es anders. Damals war es aus reiner Freundschaft. Beziehungsweise es war eine Verabredung als Arbeitskollegen.

Aber jetzt sind wir intim miteinander.

Haben etwas miteinander.

Das ist komplizierter.

„Warum habe ich das nur getan?“, jammere ich mit Panik in der Stimme. Ich werfe Jenna einen Blick zu.

Sie rollt mit den Augen. „Weil du Jett magst und er dich, und weil ihr zusammen seid.“

„Wir sind nicht …“

„Doch, natürlich seid ihr das. Und eure Zeit ist limitiert. Bei seinem Terminkalender und den vielen Reisen und da du Mutter bist und noch dazu einen anspruchsvollen Job hast, müsst ihr nun mal jede Minute ausnutzen, die ihr zusammen sein könnt."

„Unglaublich, dass er die Einladung angenommen hat", sage ich staunend. Schließlich ist Jett ein heißer Eishockeyspieler, der jede Frau oder jedes Puck-Häschen da draußen haben könnte. Doch stattdessen hat er sich entschlossen, einen seiner seltenen freien Abende mit der Frau zu verbringen, mit der er aktuell ins Bett geht, sowie deren siebenjährigen Tochter und Schwester. Das ist so weit von sexy entfernt, wie es nur geht.

Trotzdem schien er total begeistert, als ich ihn gestern Abend eingeladen habe. Er hat mich aus dem Flugzeug angeschrieben, als er auf dem Rückweg von Dallas war. Ich habe versucht, nicht alles zu zerdenken, und eine Einladung zum Familienessen kam mir recht locker vor. Kein Druck. Wenn er annehmen wollte, wäre es okay. Wenn es ihm zu lahm wäre und er lieber etwas anderes machen wollte, wäre das auch okay.

Alles gut. Alles immer noch zwanglos. Ohne Erwartungen.

Doch trotz meiner Bedenken und Unsicherheiten hat mich seine Zusage wahnsinnig gefreut. Ich kann leugnen, so viel ich will, dass sich meine Gefühle verstärkt haben, aber Jenna zwingt mich zur Ehrlichkeit.

„Ist Jett schon da?", fragt Felicity, als sie in die Küche kommt und ein Stück lila Bastelpapier in der Hand hält. „Ich habe ihm eine Willkommenskarte gemacht."

„Noch nicht, Süße." Ich schmecke die Soße noch einmal ab. Warum, weiß ich nicht, denn sie ist aus einem Glas und schmeckt wie immer.

Das Klopfen an der Haustür sagt mir, dass meine Aussage von eben nicht mehr aktuell ist.

„Ich mache auf", ruft Felicity aufgeregt.

Als ich ihr gesagt habe, dass Jett zum Essen kommt, fragte sie mich nach dem Grund. Eine berechtigte Frage, denn ihre Mami lädt nie Männer zum Essen ein. Ich sagte ihr die Wahrheit. Dass er ein Freund ist, der mir viel bedeutet. Darüber freute sie sich sehr. Sofort ging sie in ihr Zimmer und bastelte die Karte für ihn.

„Schaust du bitte nach dem Knoblauchbrot?", bitte ich Jenna und lege den Kochlöffel auf einen Löffelhalter. Ohne auf eine Antwort zu warten, folge ich Felicity durch das Wohnzimmer zur Haustür.

Sie ist schneller als ich und öffnet die Tür, sodass ich die beiden zusammen betrachten kann. Wie immer ist Jett eine Sünde auf zwei Beinen. Er trägt eine dunkle Jeans und ein T-Shirt mit Knopfleiste, das über seinem perfekten Brustkorb eng anliegt. Die Hände hat er hinter sich.

Felicity schaut zu ihm auf. Zwar kann ich ihr Gesicht nicht sehen, aber das Lächeln in ihrer Stimme hören. „Hi, Jett. Herzlich willkommen bei uns."

Ich kann nicht anders, als über meine kleine Tochter und ihre genetisch bedingte britische

Höflichkeit zu grinsen, die gerade durchschlägt. Mein Herz klopft, als Jett ebenfalls lächelt und einen Blumenstrauß hinter seinem Rücken hervorholt. Es handelt sich nur um einen von der Sorte in Klarsichtfolie, die man im Supermarkt kaufen kann, aber es ist eine hübsche Mischung aus Frühlingsblumen.

Felicity holt überrascht Luft.

„Die sind für dich“, sagt er und reicht ihr den Strauß.

„Wirklich?“ Verwundert nimmt sie die Blumen entgegen.

Er wirft mir einen kurzen Blick zu, zwinkert und schaut wieder Felicity an. „Und was hast du da in der Hand?“

„Eine Karte. Die habe ich für dich gebastelt, als Mami gesagt hat, dass du zum Essen kommst.“

Stolz reicht sie ihm die Karte. Ich weiß nicht, was sie gemalt hat, aber Jett hebt amüsiert die Mundwinkel. Er bedankt sich, kommt herein und schließt die Tür.

„Bring die Blumen in die Küche“, sage ich zu Felicity. „Tante Jenna soll dir eine Vase geben.“

Felicity flitzt an mir vorbei und ruft: „Tante Jenna, schau mal! Ich habe Blumen bekommen!“

Lächelnd gehe ich auf Jett zu. „Das ist sehr lieb von dir.“

Er verzieht leicht das Gesicht und gesteht: „Eigentlich sind die Blumen für dich, aber sie sah so niedlich aus, wie sie da stand, und da habe ich mich schnell umentschieden.“

Lachend greife ich an seine Brust und nehme das Shirt in die Faust. Neckend ziehe ich Jett näher. „Guter Schachzug. Jetzt hast du sie offiziell um deinen kleinen Finger gewickelt."

Jett nutzt den Moment und küsst mich schnell, solange wir allein sind, und ich erwidere den Kuss genauso schnell.

Dann grinst er mich an. „Was muss ich tun, um dich um den Finger zu wickeln?"

Ein Blick über die Schulter sagt mir, dass Jenna und Felicity eine passende Vase suchen. Ich gehe nah an Jetts Ohr heran und flüstere: „Mehr Orgasmen."

Jett stöhnt theatralisch und gibt mir noch einen Kuss. Verheißungsvoll. „Das kann ich einrichten."

Wir trennen uns, denn unsere Zeit allein wird jeden Moment zu Ende sein, weil Felicity alle Aufmerksamkeit auf sich ziehen wird. In dem Alter ist das so.

„Hast du Hunger?", frage ich, während ich in die Küche gehe.

„Bin am Verhungern", sagt er und folgt mir. „Es riecht köstlich."

„Es gibt Spaghetti. Ich koche schon den ganzen Tag wie eine Sklavin."

„Wirklich?"

Ich rolle mit den Augen und kichere. „Nicht wirklich. Ich hatte kaum genug Zeit, um eine Fertigsoße in einen Topf zu kippen, als ich von der Arbeit nach Hause kam."

Jett lacht und beruhigt mich höflich. „Ich bin sicher, dass es trotzdem die besten Spaghetti sind, die ich je gegessen habe."

***

„Du zerbrichst etwas", ruft Jett vom Rand der Couch aus.

Felicity steht vor ihm auf der anderen Seite des Tisches und versucht, durch ihre Gestik zu vermitteln, welche Tätigkeit er erraten soll. Und tja, es sieht aus, als ob sie etwas zerbricht.

„Du brichst einen Stock durch", rät er weiter.

Felicity schüttelt den Kopf.

„Du zerbrichst eine Karotte", ruft er aufgeregt.

Felicity rollt mit den Augen. Sie gestikuliert, als ob sie etwas in einer Hand hält und mit der anderen etwas umrührt.

Zuversichtlich in die Hände klatschend, ruft Jett: „Du machst mit einer Bürste eine Toilette sauber!"

Ich schnaube und lache.

Felicity hält inne, stemmt die Hände auf ihre Hüften und starrt Jett an, als hätte sie noch nie etwas Dümmeres gehört.

„Die Zeit ist um!", verkündet Jenna.

Jett lässt sich auf die Couch zurückfallen und kratzt sich ratlos am Kopf.

„Ich habe Rührei gemacht", sagt Felicity rügend. „Wie kommst du bloß auf Toiletteputzen?"

Hilflos zuckt Jett mit den Schultern und sieht mich flehend an.

Ich schüttele den Kopf. „Sieh nicht mich an. Du hast sie dir als Partnerin ausgesucht. Außerdem seid ihr immer noch um zwei Punkte besser als Jenna und ich."

„Das ist korrekt", sagt Jett grinsend. Schwungvoll steht er auf und tanzt mit schwingendem Hintern herum. „Wir sind die Sieger, wir sind die Sieger …"

Felicity ahmt ihn nach und singt mit. Die beiden machen sich total lächerlich. Natürlich auf süße Weise.

„Okay, wir sind dran", sagt Jenna und nimmt sich eine Karte.

Die Kinderversion des Spiels Scharade lag seit Wochen in meinem Schrank, da man vier Spieler dazu braucht und heute die erste Gelegenheit ist, es spielen zu können. Felicity hat es hervorgeholt, um Jett zu überreden, nach dem Essen noch zu bleiben, doch er musste nicht erst überzeugt werden. Er ist selbst noch ein großes Kind und tritt gern gegen andere an.

Jenna wirft die Karte auf den Tisch und erhebt sich. Felicity nimmt ihren Platz ein und schaut zu.

Jenna sieht mich ernst an. „Bist du bereit? Wir brauchen diesen Punkt."

„Bereit", verkünde ich nickend, rutsche an die Kante der Couch vor und sehe meiner Schwester genau zu.

Jett lehnt sich mir zu. „Ihr seid schon erledigt."

Gespielt empört schlage ich ihm auf den Arm. Jett japst theatralisch auf und lässt sich wieder nach hinten fallen. Felicity findet das witzig und kichert drauflos.

„Achte nicht auf die beiden Affen", sage ich zu Jenna und nehme die Eieruhr, um sie gleich umzudrehen. „Ich bin bereit."

Jenna hebt den Arm, um mit den Gesten anzufangen, da klopft es an der Haustür. Weil sie sowieso schon steht, sagt sie: „Ich gehe schon."

Jett geht sofort zu Felicity hinüber und beugt sich zu ihr. Verschwörerisch flüstern sie miteinander und denken sich mit Sicherheit eine Strategie aus, um zu gewinnen. Ich kann nicht anders, als zu lächeln, denn nie im Leben hätte ich mir vorstellen können, dass Jett bei mir zu Hause ist und mit uns ein Gesellschaftsspiel spielt.

„Emory", sagt Jenna von der Tür aus.

Sie hat die Hand noch an der Klinke, was bedeutet, dass der Besucher noch vor der Tür steht. Jenna ist blass geworden. Mir läuft es eiskalt den Rücken hinunter.

„Da ist jemand für dich."

Jett hält inne und beweist damit, dass er gleichzeitig meiner Tochter zuhören und dennoch mitbekommen kann, was um ihn herum geschieht. Ich lächele ihn an, stehe auf und gehe zur Haustür hinüber.

Dort angekommen, flüstert mir Jenna zu: „Es ist Shane."

Das Blut in meinen Adern scheint zu gefrieren, während meine Hände schwitzen. „Scheiße." Ich schaue über meine Schulter und sehe, dass Jett Felicity beschäftigt.

Auf keinen Fall werde ich Shane reinlassen. Ich holte tief Luft. „Ich kümmere mich darum. Beschäftige du bitte die beiden, ja?“

„Okay“, flüstert sie und geht.

Ich gehe auf die vordere Terrasse hinaus. Die gelbliche Außenbeleuchtung taucht meinen Ex-Mann in ein warmes Licht. Ich ziehe die Tür zu und stecke die Hände in meine Hosentaschen. Eine Geste des Selbstschutzes. „Was machst du denn hier?“

Shane sieht verändert aus. Sogar gesünder. Er hat etwas an Gewicht zugelegt, was hauptsächlich im Gesicht auffällt, das recht ausgemergelt wirkte, als ich ihn das letzte Mal gesehen habe. Er ist frisch rasiert, die dunklen Haare sind kurz geschnitten und die braunen Augen werden von dichten Wimpern umrahmt. Er wirkt zerknirscht und unsicher. Er reibt sich den Nacken und senkt kurz den Blick, bevor er sich traut, mich wieder anzusehen.

„Ich … äh … ich wollte Felicity besuchen.“

„Dazu hast du kein Recht.“

„Stimmt“, sagt er fast entschuldigend. „Ich meine, ja, das ist mir klar. Natürlich möchte ich das nur auf legale Weise. Wie du es für das Beste hältst.“

„Zwei Jahre lang habe ich nichts von dir gehört. Und jetzt interessierst du dich plötzlich für Felicity?“ Meine Stimme bebt vor Wut.

„Sie ist schließlich meine Tochter.“

Ich trete näher und stelle fest, dass er mehr Fältchen im Gesicht hat und an den Schläfen langsam grau wird. Shane ist zehn Jahre älter als ich, aber mit achtunddreißig sollte er eigentlich noch nicht so verlebt aussehen. Das kommt von den Pillen.

„Bist du clean?", frage ich ihn.

„Ja", antwortet er stolz. „Seit vier Monaten."

Das habe ich mir gedacht, weil er momentan zu gesund aussieht, um unter Drogen zu stehen. Er sieht aus wie der Mann, den ich vor acht Jahren geheiratet habe. Abgesehen von den grauen Haaren.

„Wie hast du mich gefunden?" Das ist eine sinnlose Frage, aber ich weiß nicht, was ich sonst sagen soll. Nie hätte ich geglaubt, Shane je wiederzusehen. Ich dachte, dass er für immer aus meinem Leben verschwunden wäre.

„Meine Eltern haben gesagt, dass du einen Job in Phoenix angenommen hast. Bei einer schnellen Google-Suche habe ich dich auf der Webseite der Vengeance gefunden. Nach einer weiteren Suche habe ich dich als Grundsteuer zahlende Hausbesitzerin gefunden."

„Und du konntest nicht vorher anrufen?", schimpfe ich. „Es ist nicht cool, einfach so aufzutauchen."

„Ich weiß, aber ich habe befürchtet, dass du einfach auflegst oder gar nicht erst drangehst. Ich dachte mir, wenn ich zu dir komme, musst du auch mit mir reden. Ich weiß, dass es unhöflich ist, aber es ist mir wirklich ernst damit, zu Felicity eine Beziehung aufzubauen."

„Aber nicht heute", sage ich. Darauf müsste ich sie erst vorbereiten. Ihr Dinge erklären. „Ich muss meinen Anwalt anrufen."

Shane nickt. „Das wäre schön."

„Das wird schwer für sie", sage ich leise.

Das fasst er falsch auf, und ich erkenne die Arroganz wieder, die er als Professor an der Uni Los Angeles besaß, wo ich ihn kennengelernt habe.

„Ich habe Rechte, Emory. Meine Eltern haben für mich auch einen Anwalt beauftragt."

„Ich bin nicht dumm, Shane", fahre ich ihn an und trete einen Schritt zurück. „Ich habe auch Rechte und ich werde Felicity beschützen. Du magst das Recht haben, wieder in ihr Leben zu treten, aber das werden wir so untraumatisch wie möglich für sie gestalten."

Er senkt den Blick und wühlt in seiner Hosentasche. Dann reicht er mir einen Zettel. „Das ist meine Handynummer. Ruf mich an, wenn du mit deinem Anwalt gesprochen hast, und dann können wir uns irgendwie einigen."

„Wo wohnst du?" Ich stecke den Zettel in meine Hosentasche.

„Im Orion in der Innenstadt."

„Okay, ich rufe dich an, nachdem ich mit dem Anwalt geredet habe."

„Vielen Dank", sagt er erfreut und lächelt breit. „Wie ist es dir so ergangen, Emory? Du siehst super aus."

Shane mag jetzt clean sein, aber allein diese Frage zeigt schon, dass ich seinen Motiven nicht trauen kann. „Du solltest dich mehr für deine Tochter interessieren als für mich." Mein Ton ist kalt und erbittert. „Ich bin nur deine Ex-Frau und gehe dich nichts mehr an."

„Stimmt", sagt er leise und erfolgreich zurechtgewiesen. „Natürlich. Wie geht es Felicity?"

Ich bin wütend, dass sie bei ihm nicht an erster Stelle steht, und antworte entsprechend. „Wie gesagt rufe ich dich an, wenn ich mit dem Anwalt gesprochen habe." Ich lege die Hand auf die Türklinke.

Shane nickt, macht jedoch keine Anstalten, zu gehen.

„Und komm nie wieder unangemeldet her, Shane."

„Verstanden", antwortet er und dreht sich endlich um.

Er joggt die drei Stufen hinunter, auf den Bürgersteig und zu einem dort geparkten Auto.

Er fährt ab, und plötzlich zittern meine Beine, sodass ich mich an die Tür lehnen muss. Ich versuche, meine Nerven unter Kontrolle zu bekommen. Hoffentlich fällt mir ein Weg ein, Felicity das plötzliche Erscheinen ihres Vaters zu erklären.

Kapitel 15

Jett

Ich warte darauf, dass Emory zurückkommt, und nachdem sie wen auch immer da draußen verabschiedet hat, spielen wir das Spiel zu Ende. Felicity und ich gewinnen haushoch.

Danach meldet sich Jenna freiwillig, Felicity ins Bett zu bringen. Ich nehme an, sie möchte Emory und mir etwas Zeit für uns allein ermöglichen. Ich habe absolut keine Erwartungen an diesen Abend, außer dass Emory mir irgendwann eine Gute Nacht wünscht. Sicherlich wäre Sex mit dem Kind nur eine Tür weiter keine Option, und daran bin ich heute auch nicht wirklich interessiert.

Allerdings spüre ich, dass etwas nicht stimmt. Als Emory wieder zurück war, hatte sie eine andere Ausstrahlung. Ich kann es nicht genau beschreiben. Sie gab sich weiterhin fröhlich, lachte viel, neckte uns und war genauso albern wie vorher. Aber ihre Haltung war verkrampfter und ihre Gesichtszüge angespannt. Manchmal verschränkte sie die Finger so fest, dass ihre Knöchel weiß wurden.

Während Emory zu Jenna und Felicity geht, um ihrer Tochter einen Gutenachtkuss zu geben, sortiere ich die Spielkarten ein und trage unsere Gläser in die Küche. Als ich zur Couch zurückgehe, kommt Emory ins Wohnzimmer. Ich bleibe stehen und warte darauf, dass sie mich bittet, zu gehen, bin aber auch mehr als bereit dazu, mich zu setzen, falls sie noch ein bisschen Zeit mit mir verbringen möchte.

Sie bedeutet mir, mich zu setzen, während sie selbst stehen bleibt und sich auf die Unterlippe beißt.

„Was ist los?“, frage ich.

Sie wirkt fast panisch, als ob sie etwas Abscheuliches zu sagen hätte. „Erinnerst du dich daran, als ich sagte, dass ich keine Komplikationen haben will?“

„Ja“, antworte ich zögerlich und frage mich, ob ich zu einer Komplikation wurde, weil ich für das Spiel hiergeblieben bin.

„Tja, soeben hat mich eine Komplikation aus der Vergangenheit eingeholt.“ Sie presst zwei Finger auf ihren Nasenrücken.

Mit meiner Antwort folge ich lediglich meiner Intuition. „Dein Ex-Mann?“

Erstaunt über meinen Volltreffer weitet sie leicht die Augen und nickt. „Ja, das war er. Shane.“

Ich habe keine Ahnung, warum sie ihn nicht reingelassen hat. Vielleicht, weil die Stimmung zwischen ihnen schlecht ist, oder weil sie ihr Date im Wohnzimmer sitzen hatte. Bevor ich mir darüber den Kopf zerbrechen kann, beginnt sie, hin und her zu laufen.

„Zwei Jahre habe ich von dem Mistkerl nichts mehr gehört. Und jetzt will er in Felicitys Leben marschieren, als wäre nichts passiert. Das ist einfach unmöglich von ihm. Sie hat lange gebraucht, um darüber hinwegzukommen, dass er sie verlassen hat, und jetzt will er sie in ein Gefühlschaos stürzen. Und erwartet einfach, dass ich damit einverstanden bin. Wie egoistisch kann man denn sein?"

Emory hält inne und sieht mich an. Ich bin sprachlos.

Völlig sprachlos.

Anscheinend kann sie mir die Gedanken vom Gesicht ablesen, denn sie seufzt und entschuldigt sich. „Es tut mir leid. Du weißt ja gar nicht, wovon ich rede."

Ich klopfe auf das Kissen neben mir. „Dann setz dich zu mir und erzähl mir alles."

Emory seufzt erneut, wirkt aber erleichtert, dass ich sie darum bitte. Sie setzt sich neben mich, zieht die Beine an, sodass ihre Knie mein Bein berühren. Das bringt uns einander näher, was sie jetzt braucht, und ich behalte meine Hände bei mir. Ich möchte sie nicht davon ablenken, mir die ganze Geschichte zu erzählen.

Sie runzelt die Stirn. „Bist du sicher, dass du das hören willst? Schließlich willst du auch, dass alles unkompliziert bleibt."

Das stimmte einmal, aber jetzt nicht mehr. „Denk daran, dass ich jetzt genauso vernarrt in dich bin wie du in mich. Also leg los."

Erleichtert atmet sie tief aus. „Ich fange von vorn an. Im ersten Studienjahr habe ich Shane auf der UCLA kennengelernt. Er war zehn Jahre älter als ich und war einer meiner Professoren. Wir hatten eine verbotene Affäre, weil Professoren nichts mit Studentinnen haben dürfen. Die Sache wurde irgendwann richtig ernst. Kurz vor Ende meines Studiums machte er mir einen Antrag und wir heirateten vier Monate später. Nachdem ich graduiert hatte, mussten wir nichts mehr verheimlichen."

Wahrscheinlich schaffe ich es, ein neutrales Gesicht zu machen, ich bin aber leicht schockiert, denn ich hätte Emory keine Affäre mit einem älteren Mann zugetraut, der auch noch ihr Professor war.

„Kurz vor der Graduierung wurde ich schwanger. Ein paar Jahre führten wir ein wunderbares Leben. Shane unterrichtete weiter an der UCLA und ich fand einen Job im Bereich Digitales Marketing. Es war nichts Besonderes, aber ein guter Türöffner in die Branche. Alles war gut."

„Bis es schlecht wurde."

In Emorys Blick liegen Schmerz und Sorge. „Beim Skifahren hat Shane sich verletzt. Er brach sich zwei Rückenwirbel. Zwar blieb ihm eine Lähmung erspart, aber er war ein halbes Jahr in der Reha, um wieder vollständig gesund zu werden. Mir entging dabei, dass er nur so gut funktionierte, weil er von den Schmerzpillen abhängig geworden war."

Ich unterdrücke ein angewidertes Knurren.

„Und das war sehr schlimm. Am Anfang konnte er die Sucht gut tarnen, aber irgendwann geriet sie außer Kontrolle. Der Arzt weigerte sich, ihm die

Pillen weiter zu verschreiben, also hat er sich auf der Straße welche besorgt. Er brachte unser Erspartes durch und wurde einmal beim Drogenkauf erwischt und verhaftet. Die Anklage wurde aber fallen gelassen. Seine Eltern bezahlten ihm einen guten Anwalt."

„Ach du Scheiße", murmele ich.

„So ging das ungefähr zwei Jahre lang und ich hielt immer zu ihm. Die Uni hat ihn freigestellt und er ging immer wieder in den Entzug und wurde wieder rückfällig."

„Aber du hast ihn nicht verlassen", fasse ich zusammen. „Du bist bei ihm geblieben."

„Ziemlich lange, ja. Es gab Zeiten, in denen er sich wirklich Mühe gab, davon loszukommen. Aber auch welche, in denen er mich sehr enttäuscht hat. Irgendwann kam der Moment, als ich wusste, dass ich so nicht weitermachen konnte, denn ich musste an meine Tochter denken."

„Es gab ein Schlüsselerlebnis?" Sie wird es mir gleich erzählen, und ich weiß jetzt schon, dass es mich wütend machen wird.

„Rückblickend erscheint es nicht als eine große Sache, aber damals war es das für mich. Es genügte, um endgültig Schluss zu machen." Sie schweigt kurz, sammelt ihre Gedanken und blickt ins Leere. „Es war ungefähr einen Monat nach Jennas Feuer. Als ich aus dem Krankenhaus nach Hause kam, fand ich Shane high und bewusstlos auf dem Wohnzimmerfußboden vor. Dabei war er seit zwei Monaten clean gewesen und hatte seine

Sache wirklich gut gemacht. Aber da lag er nun vor mir auf dem Boden und sabberte vor sich hin. Unsere fünfjährige Tochter saß auf der Couch und sah sich Zeichentrickfilme an. Ich rede mir immer noch ein, dass sie zu jung war, um zu verstehen, was mit ihrem Vater los war."

„Das war sie ganz sicher", sage ich beruhigend, obwohl ich nicht weiß, was Kinder unterbewusst alles mitbekommen.

„Ich war fuchsteufelswild, weckte ihn auf, schrie ihn an und befahl ihm, seine Sachen zu packen und sofort zu verschwinden. Es entstand ein heftiger Streit, aber er war so high, dass er nur Unsinn plapperte. Und … und … er hatte nie die Hand gegen mich erhoben, aber da schlug er mir plötzlich ins Gesicht. Damit hatte ich nicht gerechnet und von der Wucht fiel ich auf den Boden. Felicity begann zu schreien und zu weinen. Shane brüllte herum und fluchte. Das war das schlimmste Erlebnis meines Lebens."

„Und dann?" Meine Stimme ist rau und scheußliche innere Bilder fluten meinen Verstand.

„Ich habe die Polizei gerufen. Shane war völlig außer sich. Sie nahmen ihn mit und am nächsten Tag fuhr ich mit Felicity zu meinen Eltern. Eine Woche später reichte ich die Scheidung ein."

Mann, was für eine Geschichte. Keine, mit der ich gerechnet hätte. Emory wirkt so selbstbewusst, dass man sich kaum vorstellen kann, dass sie sich mit einem derartig selbstzerstörerischen Menschen abgeben würde. Aber was weiß ich schon.

Ich habe noch nie eine feste Beziehung gehabt. Und schon gar kein Kind, auf das ich Rücksicht nehmen musste.

„Und seit zwei Jahren hast du ihn nicht mehr gesehen?“

„Nicht wirklich.“ Sie lehnt sich an die Kissen zurück, sichtlich erschöpft nach der Erinnerung an den Albtraum. „Ein Jahr lang wechselte er ständig zwischen Entzug und Rückfall hin und her. Verlor die Stelle an der Uni. Das Gericht erlaubte ihm das Besuchsrecht bei seiner Tochter, solange jemand dabei war, aber er erschien nur bei der Hälfte der Termine. Und wenn, dann war er clean. Wenn er nicht kam, wusste ich, dass er high irgendwo herumlag. Als die Scheidung rechtskräftig wurde, war er schon ein paar Monate nicht mehr bei uns erschienen. Nicht einmal seine Eltern wussten, wo er war. Seit einem Jahr habe ich nichts mehr von ihm gehört. Bis heute.“

Ich ergreife Emorys Hand. Sie ist kalt, also bedecke ich sie mit der Wärme meiner anderen Hand. „Und was genau will er jetzt?“

„Keine Ahnung. Jedenfalls war er clean und hat gesagt, dass er das schon seit vier Monaten sei. Aber das bedeutet gar nichts. Er hat es nie länger als ein paar Monate geschafft.“

„Und er will Felicity sehen“, vermute ich.

Sie nickt und lehnt den Kopf an meine Schulter. „Morgen muss ich meinen Anwalt anrufen und ihn einiges fragen. Wenn Shane wirklich clean bleibt, will ich ihm seine Tochter nicht vorenthalten. Aber ich weiß, dass er wieder rückfällig werden wird. Ich muss mich irgendwie mit ihm einigen."

Ich ziehe Emory an mich. Sie legt einen Arm über meinen Bauch. Dies ist unser erster wirklich zärtlicher Moment.

„Findest du, ich sollte ihm das Besuchsrecht verweigern?", fragt sie.

Ich fühle mich geschmeichelt, dass sie meine Meinung hören will.

Gleichzeitig jagt es mir Angst ein.

Das ist viel ernster als nur kompliziert.

Aber ich bin vernarrt in sie und habe eine eigene Meinung dazu. „Ich finde, wenn du es irgendwie sicher gestalten kannst, solltest du Felicity erlauben, ihren Vater zu treffen. Sie hat das Recht auf eine Beziehung zu ihm und braucht das auch. Aber du musst sie auf Enttäuschungen vorbereiten."

Emory hebt den Kopf und sieht mich an, als hätte ich zwei Köpfe. „Woher hast du das Wissen über Familiendynamik unter Drogenmissbrauch? Und woher weißt du, was ein Kind benötigt?"

„Also habe ich recht?", frage ich zögerlich, denn ich habe keinen Schimmer, ob das alles stimmt.

Emory zuckt mit den Schultern. „Das weiß ich auch nicht. Aber ich denke genauso. Sie liebt ihren Vater und erinnert sich an ihn. Vermisst ihn auch. Ich muss den beiden eine Chance geben. Aber ich muss ehrlich zu ihr sein und ihr sagen, dass er eventuell ihre Erwartungen enttäuschen wird. Ich weiß nur nicht, wie ich das einer Siebenjährigen sagen soll."

Mir geht ein Licht auf. „Nora."

„Nora?" Ihre Verwirrung mildert ihre Schönheit kein bisschen.

„Tackers Frau ist Psychologin und Therapeutin. Mit ihr kannst du darüber reden."

Emory runzelt die Stirn. „Meinst du, das macht ihr etwas aus? Natürlich würde ich sie bezahlen."

„Ich weiß, dass es ihr nichts ausmacht. Sie benutzt ihre Pferde bei der Therapie. Wir könnten zu ihr auf die Ranch fahren, Felicity reiten lassen und du kannst mit Nora reden. Ich werde Tacker anrufen und einen Termin mit Nora ausmachen."

Es sollte mich nicht so sehr berühren, aber beim Anblick der Erleichterung auf Emorys Gesicht fühle ich mich, als hätte ich die Welt erobert. Ich konnte ihr etwas geben, das nicht das Geringste mit Orgasmen oder purer Unterhaltung zu tun hat. Ich habe sie unterstützt, ihr einen Rat gegeben und ihr klargemacht, dass ich ihr in dieser Sache beistehen werde.

Sie legt eine Hand auf meine Brust und gibt mir einen Kuss. Nur ein Streicheln ihrer Lippen über meine. Aus Dankbarkeit. Es mag der schönste Kuss von ihr überhaupt sein.

„Vielen Dank", wispert sie. „Danke, dass du mir hilfst, die Dinge einfacher zu machen, wenn auch nur für heute."

„Gern geschehen.“ Diesmal küsse ich sie. Sie seufzt an meinem Mund, und wieder fühlt es sich fantastisch an, für sie da zu sein.

Daran könnte ich mich gewöhnen.

Kapitel 16

Jett

Nachdem ich wieder einmal bei der Empfangsdame meinen Charme habe spielen lassen, klopfe ich an Emorys Bürotür, die nur angelehnt ist.

„Herein!“, sagt sie laut und klar.

Ich drücke die Tür weiter auf, Emory hebt den Kopf, und erleichtert sehe ich, wie sich ihr Ausdruck verändert. Die konzentriert zusammengezogenen Augenbrauen glätten sich mit ihrem strahlenden Lächeln.

„Hi“, sagt sie überrascht und erhebt sich. „Was machst du denn hier?“

Ich halte eine Tüte hoch, die ihre Lieblings-Poke-Bowl enthält und auch eine für mich. „Ich dachte mir, ich kann dich zu einem frühen Mittagessen überreden, bevor ich mich auf das Spiel vorbereite.“

Heute Abend findet ein Heimspiel gegen die Pittsburgh Titans statt. Zwar fällt der Puck erst um sieben Uhr, aber die meisten Spieler verbringen den ganzen Tag im Stadion. Irgendwann wird ein Team-Meeting stattfinden und ein Büfett, das voller Proteine und Kohlenhydrate ist, steht bereit und wird ständig wieder aufgefüllt. Einige Spieler wärmen sich langsam an den Fitnessgeräten auf, manche lassen sich massieren oder bekommen

Physiotherapie. Manche verbringen einfach nur Zeit mit ihren Kameraden, ruhen sich aus, lachen, vertiefen ihre Beziehungen zueinander. Meistens findet das in der Spielerlounge mit einem großen Bildschirm, gemütlichen Sofas und Snacks statt. Nachdem ich mit Emory gegessen habe, werde ich dorthin zurückkehren.

„Normalerweise würde ich sagen, dass ich zu einer Poke-Bowl nicht Nein sagen kann.“ Emory grinst und kommt auf mich zu. „Aber neuerdings muss ich sagen, dass ich nicht Nein zu dir sagen kann.“

Zu meiner Überraschung und endloser Freude tritt sie vor mich und sieht mich mit kussbereiten Lippen an. Trotz offener Bürotür soll ich sie küssen und diese Gelegenheit lasse ich mir nicht entgehen. Mit der freien Hand umfasse ich ihre Taille und ziehe sie ruckartig an mich. Ich liebe es, wenn sie kurz scharf Luft holt und blinzelt, bevor mein Mund auf ihren trifft. Emory schlingt die Arme um meinen Hals und erwidert den Kuss leidenschaftlich.

Sicher wäre es immer so weitergegangen und hätte unsere gemeinsame Essenszeit enorm verkürzt, wenn da nicht die Stimme von Dominik Carlson an der Tür gewesen wäre.

Ruckartig trennen wir uns voneinander.

„Wenn ihr euch derartig küssen wollt, solltet ihr euch lieber ein Zimmer nehmen oder zumindest die Tür zu machen.“

Emory wird feuerrot, aber ich schäme mich kein bisschen. Dieser Kuss war verdammt schön.

An Dominiks Grinsen erkenne ich, dass er nur Spaß macht, aber Emory kennt ihn noch nicht so gut wie ich. Sofort beginnt sie, sich herumstotternd zu entschuldigen, weil er solch ein unprofessionelles Verhalten während der Arbeitszeit sehen musste und weil sie sich mit einem seiner Spieler eingelassen hat.

Dominik hebt die Hand, um sie zum Schweigen zu bringen. „Entspann dich. Du hast nichts falsch gemacht und es war nur Spaß. Ich wusste gar nicht, dass ihr zwei etwas miteinander habt, und ich hätte nichts dagegen, wenn dieser Kerl hier endlich eingefangen wird. Es wird langsam Zeit."

Okay, jetzt erröte ich ebenfalls leicht. Dominik hat mich nicht nur als Spieler ausgewählt, sondern glaubt auch, dass ich beziehungsfähig sein kann. Anscheinend kennt er mich besser als ich mich selbst. Sein generelles Vertrauen habe ich zwar erwartet, aber es ihn laut und überzeugt aussprechen zu hören, bedeutet mir viel.

Bevor wir etwas antworten können, ist Dominik schon wieder verschwunden.

Ich sehe Emory an, die mich wie ein Reh im Scheinwerferlicht anstarrt, dann schnaubt und loslacht.

„Der Mann hat mich zu Tode erschreckt", sagt sie.

„Du bist süß“, sage ich und umarme sie. Diesmal küsse ich sie nur auf die Stirn und lasse sie wieder los. „Essen wir, ich habe nicht viel Zeit.“

Emory sorgt für Platz auf ihrem Schreibtisch und wir setzen uns gegenüber an den Tisch. Ich nehme die Bowls aus der Tüte. „Ich habe heute Morgen mit Tacker gesprochen und er mit Nora. Sie berät dich sehr gern, wie du am besten mit Shanes Rückkehr in euer Leben umgehen kannst.“

„Du meinst, in Felicitys Leben“, korrigiert sie mich und rührt das Essen in der Bowl mit den Stäbchen um.

„Wenn er in Felicitys Leben ist, ist er auch in deinem.“ Ich bin beeindruckt, wie weise ich klinge, obwohl ich von solchen Familienangelegenheiten überhaupt keinen Schimmer habe, und erst recht nicht von Liebesbeziehungen.

Sie nickt. „Verstehe. Und vielen Dank. Ich werde Nora gleich nach dem Essen anrufen, denn ich habe mit meinem Anwalt telefoniert und wir brauchen ihren Rat dringend.“

Ich weiß nicht, ob es mich etwas angeht, was der Anwalt gesagt hat. Zwar glaube ich, dass es so ist, weil Emory mir alles erzählt hat und auch jetzt wieder darüber spricht, aber ich will nichts voraussetzen. Dennoch kann ich nicht anders, als nachzufragen. „Hat er etwas Gutes oder Schlechtes gesagt?“

Emory zuckt mit den Schultern und taucht die Stäbchen profihaft in die Mischung aus Reis, Lachs und Gemüse. Ich kann mit Stäbchen nicht umgehen und benutze die Plastikgabel, die dabei war.

„Kommt drauf an", sagt sie nachdenklich. „Er hat gesagt, dass ich die Möglichkeit habe, gegen das Besuchsrecht zu klagen. Das wäre ein langwieriges und teures Verfahren, und am Ende würde ihm das Gericht wohl ein Besuchsrecht gewähren, wenn er clean bleibt. Wahrscheinlich unter Beobachtung, wie es jetzt schon ist."

Schweigend esse ich und frage mich, was ich an ihrer Stelle tun würde.

Emory trinkt von ihrer Wasserflasche. „Mein Anwalt rät mir also, ihn nicht zu verklagen, weil der Fall höchstwahrscheinlich nicht zu gewinnen ist und das Unvermeidliche nur hinauszögern würde. Nämlich, dass er seine Rechte behält. Andererseits könnte ich das Ganze absichtlich verzögern und hoffen, dass er bis zu einer Entscheidung wieder rückfällig geworden ist."

Schweigend essen wir weiter, und ich sehe ihr an, dass sie über die Möglichkeiten nachdenkt, was mir sagt, dass sie sich noch nicht endgültig entschieden hat.

„Was soll ich deiner Meinung nach tun?", fragt sie schließlich.

Ich stelle meine Bowl ab, denn bei so einem ernsten Thema zu essen, kommt mir unpassend vor. „Darauf gibt es keine einzig richtige Antwort, Emory. Du musst tun, was du für das Beste für Felicity und dich hältst."

Ihr Lächeln verrät mir, dass ich genau das Richtige gesagt habe.

Sie sticht mit den Stäbchen in ihr Essen, nimmt aber nichts heraus. Sie sticht und sticht und überlegt dabei. Dann sieht sie mich an. „Gestern hast du gesagt, ich soll Felicity die Möglichkeit geben, Kontakt zu ihrem Vater zu haben, und das habe ich ständig im Kopf. Denn es geht nicht um Shanes Rechte oder was ihm gegenüber fair wäre. Es geht darum, was das Beste für Felicity ist. Ich glaube, du hast recht. Sie muss eine Chance bekommen. Ich darf nicht für sie entscheiden, ob sie eine Beziehung zu ihrem Vater hat oder nicht."

Ich glaube auch, dass das die richtige Entscheidung ist. Nur das Beste für das Kind zählt. Emory ist eine verdammt gute Mutter. Und das kann ich beurteilen, weil ich auch so eine habe. „Deine Tochter kann von Glück sagen, dich als Mutter zu haben." Ich ziehe meine Bowl wieder näher und senke den Blick darauf.

„Jett."

Bei ihrem sanften Ton schaue ich sie wieder an.

„Danke, dass du das gesagt hast. Als Elternteil stellt man sich selbst ständig infrage."

Sie meint das ernst, und ich bin ganz gerührt, dass sie so berührt ist. Aber es macht mir auch etwas Angst, denn es ist eine große Verantwortung, so viel Macht über jemanden zu haben.

Ich überspiele den Ernst der Lage und winke lässig ab. „Ich versuche nur, dir zu schmeicheln, um dich bald wieder flachlegen zu können."

Emory lacht und sieht mich verschmitzt an. „Wir könnten die Tür abschließen und uns einen Quickie gönnen."

Jetzt interessiert mich, wohin das noch führt. „Wirklich?", frage ich schockiert und gleichzeitig hoffnungsvoll.

Emory verdreht die Augen. „Nicht wirklich. Auch wenn wir Dominiks Segen für unsere Beziehung als Arbeitskollegen haben, werden wir auf keinen Fall in meinem Büro vögeln."

Ich grinse. „Vielleicht nicht heute, aber eines Tages werde ich dich auf diesem Schreibtisch nehmen."

„Träum weiter." Sie kichert.

Wir essen. Also bekomme ich keinen Bürosex vor dem Spiel, aber das ist okay.

Ich lasse sie ihre Ideen durchgehen, wie Shanes Besuche ablaufen könnten. Momentan hat sie die Macht und kann bestimmen, was sie will.

„Heute Abend werde ich mit Felicity reden", sagt sie und schiebt die Bowl von sich, obwohl sie nur die Hälfte davon gegessen hat. „Entschuldige bitte, aber heute kann ich mich nach dem Spiel nicht mit dir treffen." Bedauernd verzieht sie den Mund.

Gestern haben wir für heute lockere Pläne gemacht. Ich habe sie eingeladen, zu Erik mitzukommen. Es ist ein besonderes Treffen, weil Baden mit seinem besten Freund kommt, Wes Hollyfield, mit dem er für die Pittsburgh Titans gespielt hat. Sie hatten ihre Karrieren bei den Buffalo Wolves begonnen, bevor sie in andere Teams gekommen sind. Sie blieben aber beste Freunde und Wes kam Baden während dessen Reha oft besuchen. Erik hat sich bereit erklärt, seine Villa für eine Zusammenkunft außerhalb der Klinik zur Verfügung zu stellen, damit er auch etwas Zeit mit Wes verbringen kann, bevor dieser morgen wieder mit den Titans abfliegt.

„Das mit Felicity ist wichtiger", versichere ich ihr, denn wir werden noch viele Gelegenheiten haben, zusammen zu sein.

Als Pärchen.

Vor dem ganzen Team.

Denn wenn sie heute mitgekommen wäre, wie eigentlich angedacht, wären wir als Paar aufgetreten. Allerdings können es sich meine Kameraden sowieso schon denken.

„Wäre es zu aufdringlich von mir ...", beginnt Emory, sodass ich sie ansehe. Ihr Ausdruck ist verspielt und ein bisschen unartig. „... wenn ich gern das nächste Mal mit dir ausmachen möchte, an dem ich bei dir übernachten kann? Es ist schon viel zu lange her."

„Vier Tage." Vier Tage, sechs Stunden und ungefähr dreißig Minuten, aber wer zählt schon mit. „Wie wäre es mit morgen?", biete ich an. „Wir haben kein Spiel und könnten bei mir etwas kochen."

Emory lächelt, aber es erreicht nicht ihre Augen. „Kommt darauf an, ob Shane morgen kommt, um Felicity zu besuchen. Falls das morgen sein sollte ..."

„Natürlich“, unterbreche ich sie. „Das ist wichtiger.“

Sie schüttelt den Kopf. „Nein, danach kann ich trotzdem zu dir kommen, nur wird es dann ein späteres Abendessen. Ich würde sofort losfahren, wenn er weg und Felicity im Bett ist.“

„Okay, dann haben wir ein Date“, sage ich und stecke die Gabel in mein Essen. Ich habe vor, alles aufzuessen, denn mein Magen ist größer als Emorys.

„Abgemacht“, stimmt Emory zu, lehnt sich auf dem Stuhl zurück und sieht mir zu, was ich absolut nicht störend finde.

Kapitel 17

Jett

Es ist viel zu lange her, seit wir so zusammen waren. Nur wir Spieler.

Da die Hälfte des Teams nun gebunden ist und die Jungs meistens lieber zu ihren Frauen nach Hause gehen, sind wir Singles oft unter uns. Zwar ist das Sneaky Saguaro unsere Stammkneipe, aber eigentlich treffen sich dort nur die Ungebundenen zum Feiern und Aufreißen von Frauen.

Daher ist die Zusammenkunft bei Erik etwas Besonderes, weil fast alle Spieler da sind. Keiner wollte die Gelegenheit verpassen, Baden außerhalb der Klinik zu treffen. In der er allerdings nicht mehr lange bleiben muss. Nächste Woche wird er entlassen und zieht in eine barrierefreie Eigentumswohnung vier Blocks von mir entfernt. Zwar macht er sehr gute Fortschritte beim Laufenlernen, aber noch ist er hauptsächlich auf den Rollstuhl angewiesen.

Der Abend wird langsam spät. Morgen findet kein Spiel statt, aber ein frühes Training. Ich wünschte, ich könnte heute Emory treffen, aber sie schläft sicher schon seit ein paar Stunden. Heute hat sie mit Felicity das Gespräch über Shane geführt. Danach schickte sie mir eine Nachricht. Ich konnte sie nicht sofort lesen, weil ich zu der Zeit gegen die Titans gespielt habe. Sie ließ mich wissen, dass das Gespräch gut verlaufen ist und sie mir morgen alles erzählen wird. Ihre Nachricht endete mit: „Bin erledigt und gehe jetzt schlafen. Du fehlst mir."

Es störte mich nicht, dass sie nicht aufblieb, um sich das Spiel im Fernsehen anzusehen. Ich weiß zwar, dass sie ein Vengeance-Fan ist – schließlich arbeitet sie für das Team –und außerdem ein Fan von mir, was sie immer wieder betont. Dennoch erwarte ich nicht von ihr, dass sie sich jedes Spiel ansieht. Emory hat ihr eigenes Leben. Mit weitaus wichtigeren Verpflichtungen als mich, und das macht mir nichts aus. Mich stört eher, dass so viel auf ihren Schultern lastet, daher freue ich mich, dass sie heute viel Schlaf bekommt.

„Noch ein Bier?"

Jim stößt mich mit der Schulter an und hält mir ein frisches Bier hin. Ohne zu zögern, nehme ich es an, denn Dominik hat dafür gesorgt, dass alle Mann nach Hause gefahren werden. Auch wenn wir das gar nicht brauchen. Wir kennen alle die Risiken, alkoholisiert Auto zu fahren, und rufen uns normalerweise stets ein Taxi oder ein Uber. Doch es ist eine nette Geste von ihm. Auf diese Weise zeigt er auch, wie besonders es ihn freut, dass Baden wieder unter Leute geht. Und dass dieser sich immer mehr erholt, ist ein Bonus.

Ich öffne das Bier und behalte den Kronkorken in der Hand, bis ich an einem Mülleimer vorbeikomme. Wir befinden uns momentan im Keller, der zu einer Spielhölle geworden ist, mit einem großen Flachbildschirm, Billardtisch und klassischen Videospielen wie Pac-Man, Centipede und Donkey Kong. Vor ein paar Monaten hat Erik einen Fahrstuhl einbauen lassen, damit sich Blues Bruder Billy im Rollstuhl überall im Haus barrierefrei bewegen kann. Bisher musste Billy hinter dem Haus eine sehr schräge Rampe hinunter, um in den Keller zu kommen.

Dieser Keller ist geräumig genug, dass ein Eishockeyteam darin Bier trinken kann. Auch wenn wir keinen Gewinn feiern können, weil wir gegen Pittsburgh verloren haben. Und man bat uns, aus Rücksicht auf die schwangere Blue, die schlafen gegangen ist, nicht allzu laut zu werden. Natürlich flüstern wir nicht gerade, aber dies ist die leiseste Teamparty, die ich je erlebt habe.

Das hindert uns jedoch nicht daran, uns wunderbar zu amüsieren. Badens gute Laune trägt dazu bei. Als er ins Krankenhaus gekommen war, sah alles total düster für ihn aus. Er war völlig entmutigt, und ich dachte, ich würde ihn nie wieder lachen sehen.

Doch jetzt stehen Wes und fünf andere Spieler um ihn herum. Baden unterhält sich mit den Jungs und alle lachen fröhlich. Jetzt glaube ich, dass für ihn alles wieder gut werden wird.

„Nach diesem Bier gehe ich“, sagt Jim und stößt mit seiner Flasche an meine. „Ich brauche ein paar Stunden Schlaf, oder das Training morgen früh bringt mich um.“

„Glaube ich dir, alter Mann“, stichele ich. Zwar kann man keinen aktiven Eishockeyspieler alt nennen, weder geistig noch körperlich, aber es macht Spaß, Jim als einen unserer Ältesten damit aufzuziehen.

„Und wie geht es dir so?“, fragt er und ignoriert meine Bemerkung.

Bestimmt, weil er so etwas schon so oft gehört hat, dass der Witz längst raus ist.

„Ziemlich gut“, antworte ich.

Er sieht mich stirnrunzelnd an, doch dann ändert sich sein Ausdruck und er grinst. „O nein, du bist verliebt.“

„Bin ich nicht!“, widerspreche ich sofort.

Auf keinen Fall.

Nicht mal annähernd.

Jim zuckt mit den Schultern. „Was soll ich sagen? Ich bin ein alter Mann, der es genießt, den Rest seines Lebens mit Ella zu verbringen. Vielleicht liebst du Emory noch nicht wirklich, aber du stehst definitiv total auf sie.“

Das kann ich nicht leugnen.

Jim grinst teuflisch. „Ich habe sogar gehört, dass Dominik dich und Emory beim Knutschen in ihrem Büro erwischt hat.“

Das überrascht mich. Niemand hat irgendetwas darüber gesagt, also bin ich davon ausgegangen, dass Dominik es nicht rumerzählt hat. Normalerweise verbreitet er keine Gerüchte.

Jim scheint mir mein Rätselraten anzusehen. „Ich glaube, er hat es Willow erzählt, und sie Dax.“

Okay, das kann man fairerweise nicht als Gerüchte streuen bezeichnen. Er hat es nur seiner Frau anvertraut. Und die ihrem Bruder. Der zufällig im Vengeance-Team spielt. Und Dax traue ich absolut zu, das Gerücht wie ein Waldbrand zu verbreiten. Ich blicke durch den Raum und sehe Dax mit Legend Poolbillard spielen.

Arschloch.

Aber was soll's. Es ist mir egal, ob alle wissen, dass ich auf Emory stehe. Sie wissen es sowieso alle seit dem Tag, an dem ich mich blamiert habe, als Emory zum ersten Mal in das Meeting-Auditorium kam und mir die Augen aus dem Kopf gefallen sind.

„Cool, dass du sie magst", sagt Jim in einem Ton, der halb brüderlich, halb väterlich ist. „Sie ist eine Nette."

„Das stimmt", bestätige ich. Und weil Jim wie ein Bruder mit der Weisheit eines Vaters für mich ist, spreche ich weiter. „Kann ich dir eine persönliche Frage stellen?"

„Klar", sagt er locker. „Ich bin ja nicht gezwungen, sie zu beantworten."

„Okay." Ich lache auf und trete näher an ihn heran, damit mich sonst niemand hört. „Du und Ella wart eine Weile getrennt und ich will keine Details hören, aber habt ihr aus dem Weg räumen können, was euch zur Trennung gebracht hat?"

Das klingt ziemlich vage, aber ich möchte nicht wegen seiner Eheprobleme tiefer in ihn dringen. Ich kenne nur den Hauptstreitpunkt, da Jim immer offen und ehrlich zugegeben hat, seine Frau nicht an erste Stelle gesetzt zu haben. Er hat sie vernachlässigt und sie hat ihn verlassen. Mehr muss ich nicht wissen. Mich interessiert nur, wie man jemandem verzeiht.

Jim trinkt erst einen Schluck Bier, bevor er antwortet. „Es war Schwerstarbeit, Ella zu überzeugen, ihre Ängste und ihr Misstrauen mir gegenüber zu überwinden."

Aha, das ist der Punkt, der mich interessiert.

„Aber du warst zu der Schwerstarbeit bereit?"

„Mehr als bereit", sagt er ernst. „Sie ist meine Frau. Ich liebe sie sehr. Ich hätte alles getan, um sie wiederzubekommen."

Bei dieser Antwort knurre ich frustriert. Wahrscheinlich kann man mit genug Liebe und Arbeit an der Beziehung alles verzeihen.

„Was ist los?", will Jim wissen, tritt näher und neigt besorgt den Kopf zur Seite.

Ich sehe mich um und stelle fest, dass niemand auf uns achtet. Also vertraue ich mich ihm an. „Emory ist geschieden. Ihr Ex-Mann ist zurückgekommen und damit wieder in ihr Leben getreten. Sie haben eine gemeinsame Tochter."

Ich erzähle Jim alles über Emory und Shane und bitte ihn, die Informationen für sich zu behalten. Jim wird es keiner Menschenseele erzählen, nicht einmal seiner Frau, weil ich ihn darum gebeten habe. Er verspricht es mir. Ich ende mit dem Punkt, auf den alles hinausläuft. „Ich befürchte, dass er sich in ihr Herz zurückarbeitet. Dass er genauso hart daran arbeiten wird, wie du es getan hast, und dass er es schafft, dass sie ihm vergibt."

„Und?", drängt Jim und zwingt mich, meine Ängste auszusprechen.

„Und ich frage mich, ob ich mich nicht lieber so lange zurückziehen soll, bis sie genau weiß, was sie will."

Stirnrunzelnd schüttelt er den Kopf. „Sorry, aber ich habe anscheinend überhört, dass Emory gesagt hat, dass sie sich ihrer Gefühle für ihren Ex-Mann nicht sicher ist und sie darüber nachdenkt, ihm noch eine Chance zu geben."

„Weil sie das nicht gesagt hat." Das wäre ja noch schöner. „Im Gegenteil. Sie ist total fertig mit ihm."

„Wo ist dann das Problem?", fragt Jim freundschaftlich, macht jedoch damit klar, dass er meine Sorgen für bescheuert hält.

„Du hast auch hart dafür gearbeitet, deine Frau wiederzubekommen. Vielleicht tut Shane dasselbe", gebe ich zu bedenken.

„Da vergleichst du Äpfel mit Birnen. Meine Probleme mit Ella hatten nicht das Geringste mit denen zu tun, die Emory mit ihrem Ex hatte. Sie musste unter seiner Sucht und seinem üblen Verhalten leiden. Das ist viel ernster, und für mich hört sich alles danach an, dass sie damit endgültig abgeschlossen hat."

„Du hast recht." Innerlich trete ich mir in den Arsch, Zweifel zu haben. Emory hat mir direkt gesagt, dass sie Shane nicht mehr liebt. Dass er sogar dafür gesorgt hat, dass sie ihn gar nicht mehr leiden kann. Und das glaube ich ihr.

Jim hebt sein Bier und deutet dabei mit dem Zeigefinger auf mich. „Zu deiner Frage, ob du dich lieber zurückziehen solltest: Das kannst nur du selbst beantworten. Glaubst du, dass sie ohne dich besser dran wäre?"

„Nein." Emory und ich sind uns zwar inzwischen ziemlich nahegekommen, aber ich bin nicht sicher, was ich ihr bieten kann. Sie ist eine willensstarke Frau. Braucht sie mich überhaupt?

Jim lässt mich nicht weiter darüber grübeln. „Würde es dir besser gehen, wenn du einen Rückzieher machen würdest? Es kann stressig werden, eine alleinerziehende Mutter zu daten. Sie muss ihre Zeit mit dem Kind immer genau einteilen, und wenn noch ein süchtiger Ex dazukommt, hat sie eine Menge zu tun. Ist sie es überhaupt wert?"

Mir ist bewusst, dass Jim mich zu einem eindeutigen Standpunkt bewegen will. „Verdammt, ja, und ob sie das ist."

Lachend stößt Jim meine Schulter an. „Dann hast du nichts zu befürchten. Sei einfach für sie da."

Das kann ich. Bisher ist es mir nicht schwergefallen, was seltsam ist, denn die Sache mit der Verantwortung in einer Beziehung war genau der Grund, warum ich diese immer gemieden habe. Aber bei Emory fühlt es sich nicht nach Mühe an.

Kapitel 18

Emory

Ich habe Shane an der Uni in L.A. nicht in seiner Vorlesung über Amerikanische Literatur kennengelernt, sondern in einem Café außerhalb des Campus. Es war eine kurze, aber einprägsame Begegnung. Peinlicherweise hatte ich das monatliche Maximum meiner Kreditkarte überschritten und sie wurde abgelehnt. Ich hatte das Studium gerade erst begonnen, und meine Eltern hatten darauf bestanden, dass ich meine Spesen selbst übernehmen musste.

Shane hatte hinter mir angestanden und war so galant, mir den Kaffee zu bezahlen.

Es war einer dieser magischen Momente, wenn man jemanden ansieht und sofort hin und weg ist. Shane sah verdammt gut aus. Ich erkannte, dass er älter war als ich. Wie eine stammelnde Idiotin bedankte ich mich bei ihm. Später hat er mir erzählt, dass er dasselbe gefühlt hat, als er mich zum ersten Mal sah.

Es war ein zufälliges Treffen und wir gingen unserer Wege, ohne Namen oder Telefonnummern auszutauschen, doch beim Auseinandergehen sahen wir uns lange an.

Vier Tage später besuchte ich seine Vorlesung.

Ich weiß nicht, wer von uns erstaunter war. Ich hatte keine Ahnung gehabt, wer diese Vorlesung halten würde. Für mich war es ein Wahlfach, und ich habe es nur genommen, weil ich spät dran war mit der Auswahl und der Kurs noch frei war. Mein Hauptfach war Englische Literatur, und Kommunikation war mein Nebenfach. Ich hatte vor, einen Bestsellerroman zu schreiben, weshalb ich Literatur wählte, wollte aber auf Nummer sicher gehen und noch etwas Solides wie Kommunikationstechnik studieren.

Es dauerte um die zwei Wochen, bis Shane auch nur ein Wort mit mir wechselte. Doch bis dahin spürte ich oft während der Vorlesung seine Blicke auf mir. Und ich sah immer nur ihn an, statt mir Notizen zu machen. Rückblickend weiß ich gar nicht, wie ich dieses Fach bestehen konnte, denn auch wenn wir noch in diesem Semester zusammenkamen, benotete er mich nie bevorzugt.

Es fing ganz harmlos an mit uns. Ich lud ihn zum Kaffee ein, um mich zu bedanken, dass er mir die peinliche Lage im Café erleichtert hatte. Das führte zu einem Date auf ein paar Drinks. Dann zum Dinner. Dann zu Küssen. Fummeln. Sex. Liebe.

Ich hatte mich Hals über Kopf in meinen Collegeprofessor verliebt und durfte es niemandem erzählen.

Außer Jenna, aber wir hatten sowieso keine Geheimnisse voreinander.

Für Shane wäre es zu riskant gewesen, wenn wir ein Paar geworden wären, also haben wir uns nur heimlich getroffen. Außerhalb des Campus verbrachten wir möglichst jede Minute zusammen.

Wir liebten uns und im letzten Studienjahr wurde ich schwanger. Das war nicht geplant. Ich wollte keine Kinder. Zumindest nicht vor dreißig und ohne eine feste Arbeitsstelle.

Doch Shane war absolut bereit für Kinder. Er war Anfang dreißig, und ehe ich mich versah, machte er mir einen Heiratsantrag. Ich liebte ihn und musste mich entscheiden. Obwohl ich noch nicht für ein Kind bereit war, hätte ich mir kein besseres Leben vorstellen können. Diese Wahl habe ich nie bereut, auch wenn meine Ehe zerbrochen ist.

Ich gehe zur Tür, um Shane zu öffnen, und mein Magen zieht sich zusammen, denn ich muss unweigerlich an die Zeiten denken, als ich nie wusste, welcher Shane durch die Tür treten würde. Der normale Shane mit dem lockeren Lächeln? Der berauschte Shane mit dem verschleierten Blick und den langsamen Reaktionen? Oder der wütende Shane, der keine Vorwürfe wegen seines Drogenkonsums mochte?

Ich weiß nicht, wer jetzt vor der Tür steht. Kurz schließe ich die Augen und sammele mich.

Wir haben uns so gut es geht darauf vorbereitet. Gestern Nachmittag habe ich mit Nora gesprochen und ihr die Situation erklärt. Sie hatte viele gute Ratschläge, aber vor allem riet sie mir, Felicity gegenüber ehrlich zu sein. Ich solle ihr aber nur Informationen geben, wenn sie gezielt danach fragt, und altersgerecht antworten.

Danach setzte ich mich mit Felicity und Jenna zusammen. Ich erklärte Felicity, dass ihr Vater da ist und sich mit ihr treffen will. Felicity wirkte zuerst sprachlos, dann verwirrt. Als ob sie sich nicht mehr an ihn erinnern könnte. Dann legte sich in ihr ein Schalter um und sie wurde ganz freudig aufgeregt. Ich musste ihr ein paar Dinge näher erläutern und sie darauf vorbereiten, dass Shane womöglich ihre Erwartungen enttäuschen könnte. Ihrem Alter entsprechend nicht alles beim Namen nennend, erklärte ich ihr, dass ihr Vater krank ist. Auch benutzte ich das Wort süchtig, denn schließlich ist es keine Magengrippe, die man mit einer Medizin vom Arzt überwinden kann. Ich erzählte ihr von dem Skiunfall und den Schmerzmitteln und dass man davon süchtig werden kann. Ich erwähnte, wie sehr er sich bemüht hat, davon loszukommen, und ersparte ihr meinen Frust und die vielen Enttäuschungen. Das wird ihr eines Tages selbst klar werden.

Als ich fertig war, ließ Jenna ihr ein Bad ein und ich rief Shane an. Ich ließ ihn meine Bedingungen wissen. Er durfte heute Abend herkommen, aber ich blieb dabei. Ich sagte ihm, dass ich ihr alles offen erzählt habe, und er hielt das auch für das Beste. Shane war sehr dankbar, und wir verabredeten, dass er zum Abendessen kommen sollte. Dann hätten wir alle etwas zu tun, was helfen würde, peinliche Momente zu überbrücken.

Ich atme zittrig durch und öffne die Tür.

Shane sieht aus wie neulich. Gesund, mit klaren Augen und nicht totenbleich. Lächelnd und hoffnungsvoll. Erleichtert atme ich aus, denn ich habe damit gerechnet, dass er zugedröhnt herkommt. Deshalb ist Jenna mit Felicity ins Kinderzimmer gegangen, damit ich erst die Lage abschätzen kann.

Ich lasse Shane herein. Er senkt den Blick, fühlt sich unwohl, doch das geht mir nicht anders.

„Hi", sage ich. „Felicity ist mit Jenna in ihrem Zimmer."

Shane hebt den Blick und lacht in sich hinein. „Ich habe nicht erwartet, dass sie mir gleich an der Tür um den Hals fällt. Immerhin sind zwei Jahre vergangen."

Da hat er recht. Natürlich ist Felicity zurückhaltend. Aber ich will ehrlich zu Shane sein. „Ich habe sie absichtlich in ihr Zimmer geschickt, weil ich nicht wusste, in welchem Zustand du bist."

Shane verzieht das Gesicht. „Autsch." Ich sage nichts und sehe ihn nur an. Er nickt. „Ich verstehe, dass du mir nicht traust."

„Das tue ich wirklich nicht." Wieder zuckt er betroffen zusammen. „Aber für Felicity hoffe ich, dass du diesmal wirklich clean bleibst."

„Das werde ich", sagt er überzeugt.

Das habe ich schon mal gehört, deshalb gehe ich nicht darauf ein, sondern nicke Richtung Küche. „Pizza steht auf dem Tisch. Setz dich und greif zu, ich hole Felicity."

***

Ich betätige die Klingel von Jetts Wohnung. Noch vor sechs Wochen wollte ich nichts mit diesem Mann zu tun haben. Ein paar Wochen später hatten wir angeblich bedeutungslosen Sex.

Und heute?

Heute kann ich es kaum erwarten, mich mit ihm hinzusetzen und ihm von meinem bisherigen Abend zu erzählen. Von allen Höhen und Tiefen. Von meiner Anspannung, während sich Shane und Felicity wieder neu kennengelernt haben. Von ihrer offensichtlichen Freude, als ich sie danach ins Bett gebracht habe und sie aufgeregt über die neuen Möglichkeiten nachgedacht hat, weil ihr Dad wieder in ihr Leben getreten ist. Von meiner Befürchtung, dass das alles nur vorübergehend ist, denn Shane wird höchstwahrscheinlich wieder rückfällig werden.

Die Tür geht auf und da steht er, der schönste und erotischste Mann, den ich je gekannt habe, und darüber hinaus derjenige, bei dem ich mich jetzt ausheulen möchte.

Anscheinend weiß er das, denn er öffnet die Arme und ich lasse mich in sie sinken.

Ja, es hat bedeutungslos sein sollen, aber allein das hier hat mehr Bedeutung als alles, was mir seit Langem passiert ist.

„Willst du darüber reden, oder soll ich dich lieber gleich um den Verstand vögeln, damit du alles vergessen kannst? Danach kannst du es mir immer noch erzählen.“

Ich sehe zu ihm hoch. Eigentlich habe ich gedacht, auf der Couch kuscheln wäre, was ich jetzt brauche, aber um den Verstand gevögelt zu werden, klingt auch reizvoll.

Mein Zögern veranlasst ihn, für mich zu entscheiden. Er dreht mich zur Couch um und gibt mir einen Klaps auf den Hintern. „Setz dich, ich hole dir ein Glas Wein."

Ich gehe zur Couch und blinzele überrascht. „Du hast Wein im Haus?"

„Jawohl!", ruft er aus der Küche und ich höre ihn einen Küchenschrank schließen. „Ich habe mir gedacht, wenn ich eine feste Freundin habe, bleibt sie sicherlich öfter mal hier, also muss ich solche Sachen da haben."

„Mir reicht schon, dass du Tee zum Frühstück besorgt hast." Ich lasse mich auf die Couch fallen und beobachte ihn über die Kücheninsel hinweg in der offenen Küche.

„Ich habe Tee, Wein, Scones …"

„Ich mag gar keine Scones", informiere ich ihn.

„Du bist Britin", sagt er neckend und gießt mir Wein ein. „Wieso magst du keine Scones?"

„Die sind mir zu trocken. Genau wie eure amerikanischen Brötchen. Lieber esse ich ein fluffiges Croissant."

Die lockere Unterhaltung entspannt mich besser, als es der Wein könnte, den ich aber trotzdem dankbar entgegennehme, als Jett zur Couch kommt. Mir fällt auf, dass er sich kein Glas genommen hat, aber er ist ja kein Weintrinker. Allerdings hat er auch kein Bier in der Hand.

Ich trinke einen Schluck Rotwein, stöhne genießerisch auf und stelle das Glas auf den Tisch. Dann wende ich mich Jett zu. „Ich bin so froh, dass es vorbei ist."

„War es so schlimm?"

Er weiß, wie wichtig der Abend war und welche Sorgen mir die Sache bereitet hat. „Nicht direkt schlimm. Aber ich war sehr angespannt, muss ich zugeben. Felicity hat es nicht gemerkt und Shane war zu sehr auf Felicity konzentriert. Aber mein Gott, als er am Ende aus der Tür ging, bin ich innerlich zusammengesackt, als wären meine Knochen zu Pudding geworden."

„Wie ist Felicity damit umgegangen?" Sein aufrichtiges Interesse an meiner Tochter wärmt mich durch und durch.

„Kinder sind recht robust." Ich greife nach dem Weinglas, nippe daran und behalte es in der Hand. „Zumindest hat Nora das gesagt. Um deine Frage zu beantworten, ihr geht es gut. Sie war von uns allen am entspanntesten. Als Shane im Wohnzimmer etwas mit ihr gespielt hat, haben Jenna und ich uns in die Küche verzogen. Natürlich war er nervös. Aber Felicity hat sich einfach nur gefreut, dass er da war."

„Hat sie ihn gefragt, wo er die ganze Zeit war und warum er sie nicht kontaktiert hat?"

Ich schüttele den Kopf. „Vielleicht hat ihr gereicht, was ich ihr vorher erklärt habe, oder sie war zu sehr mit dem Spielen mit ihm beschäftigt. Oder es ist ihr einfach egal, denn Kinder können viel leichter verzeihen."

Jett greift nach meiner freien Hand und streichelt sie mit dem Daumen. „Und wie soll es jetzt weitergehen?"

„Er möchte sie so bald wie möglich wieder besuchen. Morgen machen wir telefonisch Termine aus. Aber ich denke, er kann immer kommen, wenn Felicity aus der Schule kommt. Dann wird Jenna als Aufpasserin da sein. Auf diese Weise muss ich ihn nicht ständig ertragen."

Jett zieht die Augenbrauen zusammen. „Gibt es Grund zur Sorge, wenn du mit ihm zusammen bist?"

Ich seufze und gebe zu: „Ich weiß es nicht. Aber immer, wenn er früher wieder clean an unserem Leben teilgenommen hat, hat er versucht, unsere Beziehung wieder aufzunehmen. Als hätte Felicity für ihn nur an zweiter Stelle gestanden."

„Aber ihr seid geschieden", wirft Jett ein. „Sicherlich denkt er jetzt nicht mehr, dass zwischen euch je wieder etwas sein könnte."

„Sollte man meinen", murmele ich und trinke einen großen Schluck Wein.

„Oder könnte da wieder etwas sein?"

Sein Ton überrascht mich. Ist da etwa Eifersucht?

Lächelnd drücke ich seine Hand. „Nein. Da wird nie wieder etwas sein. Nie wieder werde ich mich auf eine unsichere Beziehung einlassen, was bei einem Süchtigen immer der Fall ist."

Jett nickt verstehend. Es tut mir leid, dass Shanes Rückkehr ihn verunsichert, doch er braucht sich wirklich keine Sorgen zu machen. Ich fühle nichts mehr für den Mann. In mir besteht nicht einmal mehr ein Funke Zuneigung für ihn als Vater meiner Tochter. Ich habe jeglichen Respekt für ihn verloren, und das kann er nie mehr ändern.

„Ich habe wirklich keine Ahnung", überlegt Jett laut. „Ich kenne niemanden, der mit derartigen Dämonen zu kämpfen hat."

„Ich habe es wirklich versucht", sage ich und Jett sieht mich an. „Ich habe mir Mühe gegeben, ihm zu helfen. Damit die Ehe funktioniert. Ich habe es mit Geduld und Anstand versucht. Habe versucht, zu vergeben und zu vergessen. Jedes Mal, wenn er clean war, hatte ich wieder Hoffnungen. Aber irgendwann konnte ich nicht mehr. Als hätte sich ein Schalter umgelegt, hatte ich plötzlich nichts mehr zu geben. Ich konnte ihm nicht mehr helfen, ihn nicht mehr tolerieren oder respektieren. Manchmal habe ich ein schlechtes Gewissen deswegen, aber ich weiß auch, dass ich ihm nichts schulde. Ich werde dafür sorgen, dass meine Tochter Kontakt zu ihrem Vater haben kann, aber nur in einer sicheren Umgebung, und das ist auch schon alles, was ich für Shane tun werde."

Jett nimmt mir das Glas aus der Hand und stellt es auf den Tisch. Er zieht mich an sich und wir kuscheln auf der Couch.

„Klingt fast nach einem schlechten Gewissen, dass du sonst nichts mehr für ihn tun willst."

„Na ja, vielleicht hätte ich mir doch mehr Mühe geben sollen“, sage ich unsicher.

„Aus meiner Sicht hast du das lange genug getan. Und du denkst sogar immer noch darüber nach. Ich bewundere dich dafür, wie du damit umgehst.“

„Danke“, wispere ich und küsse sein Kinn.

Er drückt mich fester an sich. „Wird er eine Weile in Phoenix bleiben?“

Zusammen sinken wir tiefer in die Sofakissen.

„Ja, das hat er gesagt“, antworte ich enttäuscht. „Ich dachte, dass er wieder nach L.A. zu seinen Eltern fliegt. Sie sind wohlhabend und haben seine Therapie bezahlt. Sie zahlen auch das Hotelzimmer. Wenn er hierbleiben will, werden sie ihm garantiert eine Wohnung mieten.“

„Haben sie Felicity seit der Scheidung einmal besucht?“

Traurig schüttele ich den Kopf. „Nein, und das verstehe ich nicht. Einmal im Monat rufen sie Felicity an. Während meine Eltern fast täglich mit ihr über FaceTime sprechen. Wenn auch manchmal nur ein paar Minuten. Sie waren am Boden zerstört, als wir weggezogen sind, und kommen uns oft besuchen und wir sie. Felicity liebt sie, aber Shanes Eltern haben sich nie bemüht, Großeltern zu sein.“

Ich kann ein herzhaftes Gähnen nicht zurückhalten, bei dem mir sogar die Augen tränen. Ich fühle mich wie schwerelos und beschützt in Jetts Armen, und die Anspannung ist verschwunden. Jetzt könnte ich direkt einschlafen, aber das will ich nicht. Meine Zeit mit Jett ist limitiert und ich will jeden Moment auskosten.

„Müde?“, fragt er.

Ich schüttele den Kopf, weiß aber, dass er mich durchschaut.

„Weiß du was?“, sagt er und richtet sich auf, sodass ich von ihm rutsche und leicht zusammenzucke. „Wir gehen ins Bett.“

„Ich will aber noch nicht schlafen.“ Ich setze mich auf und fühle mich schon etwas erfrischter.

„Das werden wir auch nicht“, sagt er verheißungsvoll.

Er zieht mich an der Hand von der Couch. „Was machen wir jetzt?“, frage ich neckend. Egal, was er antwortet, es wird garantiert schön werden.

Er schlingt die Arme um meine Taille und zieht mich an sich. Dann küsst er mich sinnlich und sieht mich vielversprechend an. „Das kann ich dir sagen. Wir werden uns nackt ausziehen, okay?“

Nickend stimme ich zu. „Okay.“

„Und dann lässt du dich bäuchlings auf mein Bett fallen.“

„Gefällt mir.“

„Ich wärme Massageöl an und massiere dir den Rücken. Das wird die beste Massage, die du je hattest.“

Ich brumme zufrieden. Das klingt herrlich. „Aber werde ich dabei nicht einschlafen?“, frage ich, weiß aber, dass das nicht passieren wird.

„Auf keinen Fall", knurrt er mit tiefer Stimme und streichelt meinen Hals, indem er mit den Lippen über meine Haut fährt. „Denn ich werde dich mit dem Öl auch zwischen den Pobacken einreiben und über deine Pussy gleiten."

Bei seinen versauten Worten will ich automatisch die Beine spreizen, doch er hält mich an der Taille fest und flüstert in mein Ohr: „Nachdem ich dich mit den Fingern zum Orgasmus gebracht habe, werde ich dich an den Hüften packen und dich auf meinen Schwanz ziehen."

„Verdammt", murmele ich. „Das klingt unglaublich erotisch."

„Und dann", sagt er so leise, dass ich ihn kaum verstehe, beißt in mein Ohrläppchen und leckt es ab. „Dann werde ich dich um den Verstand ficken."

Noch nie hat ein Mann solche Sachen zu mir gesagt. Mein Höschen ist feucht und ich spüre meinen Puls zwischen den Beinen. Ich sehne mich danach, Jett in mir zu spüren. Und genauso sehr sehne ich mich danach, dass er mich hinterher in den Armen hält und ich mit ihm im Rücken einschlafen kann.

Nein. Nichts, was ihn betrifft, ist jetzt noch bedeutungslos.

Kapitel 19

Emory

Im Wohnzimmer lacht und quietscht Felicity fröhlich. Ich frage mich, was für ein Spiel Shane mit ihr spielt, das ihr so viel Freude bereitet. Ich trage noch eine Lage Wimperntusche auf.

„Noch mal, Daddy“, bittet Felicity.

Ich verziehe das Gesicht, denn ich freue mich zwar für Felicity, bin aber gleichzeitig besorgt, dass alles nur ein Trugbild von etwas ist, was sie niemals mit ihm haben kann.

Ich verschließe die Mascara und lege sie in die Schublade mit den Schminksachen. Dann betrachte ich mich im Spiegel. Heute habe ich etwas mehr Eyeliner aufgetragen, um meine blauen Augen heller erscheinen zu lassen. Die Haare trage ich heute offen und gewellt. Die Brille habe ich gegen Kontaktlinsen getauscht und hoffe, dass Jett mein Aussehen gefällt. Diese Hoffnung gestehe ich mir ein. Ich weiß bereits, dass er mich mit Brille und wenig bis gar nicht geschminkt mag, also denke ich, dass er mich so auch gern sieht.

Heute setzen wir ein Statement mit meinem Aussehen. Ich trage Jetts Trikot und werde mich zum ersten Mal in den Fanbereich setzen, um meinen Mann anzufeuern. Ich bin schon ganz hibbelig.

Felicity quietscht erneut im Wohnzimmer und verkündet dann: „Zauberei gibt es nicht, Daddy."

Ich kann nicht anders, als zu lächeln. Shane macht lahme Zaubertricks. Als Felicity drei war, hat er ein paar gelernt, um seine Tochter zu bespaßen, und konnte das recht gut. Das war in der Zeit, in der er sich von dem Skiunfall erholte und langsam in die Medikamentenabhängigkeit rutschte.

Seit einer Woche haben Shane und Felicity nun wieder Kontakt, und er hat versucht, sie fast täglich zu sehen. Meistens erscheint er, wenn sie aus der Schule kommt, und dann spielen sie zusammen, bis ich zum Abendessen nach Hause komme. Jenna überwacht die Treffen. Sie ist ein Engel, dass sie das übernommen hat. Sie hat mir geschworen, dass es kein Problem sei, da sie ja sowieso zu Hause ist. Aber es ist bestimmt nicht leicht, meinen Ex zu beobachten, ob er nicht nur clean ist, sondern auch nichts Unangebrachtes zu Felicity sagt. Ich traue ihm zu, sie manipulieren zu wollen, um noch mehr Zeit mit ihr herausschlagen zu können.

Das hat er bereits einmal getan, als ich neulich von der Arbeit nach Hause gekommen bin. Jenna hatte einen Hähnchenauflauf mit Brokkoli gekocht und ich war erschöpft und am Verhungern. Normalerweise verabschiedete sich Shane an dieser Stelle immer und ging, wobei er verkündete, dass er morgen wiederkommen würde. Doch bevor er die Tür erreichen konnte, zog Felicity am Ärmel meiner Bluse und sah mich mit großen, hoffnungsvollen Augen an.

„Darf Daddy mit uns essen? Er ist so einsam, wenn er jeden Abend ganz allein essen muss."

Mein Blutdruck stieg vor Wut. Darauf wäre Felicity auf keinen Fall von selbst gekommen. Ich warf Jenna einen Blick zu. Zwar zuckte sie nicht mit der Wimper, aber ich konnte in ihren Augen lesen, was sie mir später bestätigte: Sie war meiner Meinung, dass Shane Felicity diesen Floh ins Ohr gesetzt haben musste, um eingeladen zu werden.

Unmöglich konnte ich da Nein sagen. Nicht bei dieser unverblümten Frage, also gab ich nach.

Seitdem isst er jeden Abend mit uns. Ich knirsche jedes Mal mit den Zähnen, sage mir jedoch, dass ich Shane zugestehen muss, sich zu bemühen clean zu bleiben und eine neue Bindung zu Felicity aufzubauen. Und vor allem nehme ich es hin, weil Felicity Freude ausstrahlt, ihren Vater wiederzuhaben.

Das wird jedoch nicht von Dauer sein.

Noch ist es neu und aufregend, dass Shane da ist, und damit erfüllt er den Traum, den Felicity schon lange hatte, jedoch in sich verschlossen hielt. Ich muss mir Rat von Nora holen, denn ich weiß nicht, wie ich verhindern kann, dass er in meinem Leben wieder Fuß fasst. Wenn er jeden Abend mit uns am Tisch sitzt, greift das definitiv in mein Privatleben ein. Felicity muss verstehen, dass wir nicht wieder eine Familie sind.

Das Einfachste wäre, Shane zu erlauben, mir ihr zum Essen irgendwo hin zu fahren, aber so weit traue ich ihm noch nicht. Also saß er heute Abend wieder bei uns am Tisch.

Nach dem Essen und Aufräumen der Küche, wobei Jenna immer kocht und ich den Abwasch übernehme, habe ich mich zurückgezogen und einfach erklärt, dass ich zu einem Eishockeyspiel gehen werde.

Ich betrachte mich im Spiegel und glaube nicht, dass ich noch irgendetwas an mir auftragen oder zur Locke formen kann. Ich habe mein Bestes getan, und das für Jett. Es fühlt sich fast wie ein erstes Date an.

Ich hole eine Jacke aus dem begehbaren Kleiderschrank und nehme mir vor, Nora zu fragen, wie viele Freiheiten ich Shane erlauben sollte. In der kurzen Zeit ist sie mir eine gute Freundin geworden. Sie sagt immer, ich könne sie jederzeit anrufen. Auch hat sie uns auf die Ranch eingeladen und morgen fahren wir dorthin. Bevor wir nach Phoenix gezogen sind, hatte Felicity schon sechs Monate Reitstunden genommen und sie würde gern wieder damit anfangen. Ich habe nur noch keine Zeit gefunden, einen Reitstall zu suchen. Noras Ranch ist zwar mehr auf Therapie mit Pferden ausgelegt als für Reitstunden, aber sicher kann sie uns einen geeigneten Reitstall empfehlen.

Ich werfe mir die Jacke über den Arm, nehme meine Handtasche und gehe aus dem Zimmer. Im Wohnzimmer zeigt Shane Felicity einen Kartentrick. Kurz sehe ich zu und gehe dann weiter in die Küche. Jenna sitzt dort mit dem Handy und scrollt mit dem Finger, aber ich weiß, dass sie ein Ohr auf Shane und Felicity gerichtet hat.

Sie sieht mich an und lächelt aufmunternd. Ihrer Meinung nach wird sich alles von selbst ergeben. Sie mahnt mich immer zur Geduld. Dass Shane wieder in unser Leben getreten ist, ist neu und wir müssen uns erst daran gewöhnen.

„Ich gehe jetzt", sage ich leise, damit ich im Wohnzimmer nicht gehört werde. „Ist es auch wirklich in Ordnung für dich, wenn ich heute bei Jett übernachte?"

Meine Schwester verdreht die Augen. „Ja, Emory. Du hast das Recht, dich zumindest einmal die Woche zu amüsieren."

Bei dem sarkastischen Unterton gebe ich ein Schnauben von mir. Wir haben gestern schon darüber gesprochen, als ich zwischen den Entscheidungen schwankte, zum Spiel zu gehen und bei Jett zu übernachten, oder zu Hause zu bleiben. Es ist ein Wochentag und Felicity muss morgen in die Schule. Ich habe das Gefühl, dass ich lieber nicht bei meinem Freund übernachten sollte, wenn ich ein Kind habe.

Doch Jenna erklärte mir, dass ich mein Leben voll und ganz auf Felicity ausrichte, mit keinem Mann ausgehe, nichts wirklich nur für mich tue oder irgendetwas, was gut für mich wäre. „Auch du solltest ein Leben haben", sagte sie.

Ihre Worte klingen noch nach, ändern aber nichts an meinem tief empfundenen schlechten Gewissen.

„Geh schon“, weist sie mich an. „Wir sehen uns morgen früh wieder.“

Ich umarme sie. „Vielen Dank. Ich werde wieder hier sein, bevor Felicity aufwacht.“

Im Wohnzimmer verabschiede ich mich von Felicity. Dass ich bei Jett bleibe, erwähne ich nicht, denn sie wird schon schlafen, bevor das Spiel zu Ende ist, und wenn sie morgens aufwacht, werde ich da sein. Zwar ist sie nicht zu jung, um solche Dinge zu verstehen, aber es erfordert ein erklärendes Gespräch über meine Gefühle für Jett mit ihr, und das will ich nicht in Shanes Anwesenheit führen.

Felicity erhebt sich kurz vom Boden, erwidert meine Umarmung und setzt sich wieder auf den Teppich. Sie fordert ihren Vater auf, ihr noch einen Trick zu zeigen.

Statt auf sie zu hören, steht Shane auf. „Kann ich kurz allein mit dir sprechen, bevor du gehst?“, fragt er mich.

Ich werfe einen Blick auf die Wanduhr in der Küche. Leider habe ich noch Zeit. „Okay.“

Er folgt mir nach draußen auf die vordere Veranda. Ich sehe ihn an und merke, dass er nervös ist. Die Hände hat er vor sich gefaltet und er bewegt unruhig die Finger.

„Hör mal … ich möchte gern mit Felicity auch einmal irgendwo hinfahren können. Und es nervt, dass Jenna aufpasst, wenn ich mit meiner Tochter spiele. Das ist erniedrigend. Ich brauche keinen Babysitter.“

Meine Antwort kommt schnell und streng. „Ich will es aber so, Shane. Du kommst erst seit einer Woche her, nachdem du zwei Jahre weg warst. Sorry, wenn ich verlange, dass du erst mein Vertrauen gewinnen musst."

„Ich war in der Reha", sagt er sachlich.

„Nicht die ganzen zwei Jahre. Genau genommen warst du die meiste Zeit davon nicht in der Reha."

Das nimmt ihm den Wind aus den Segeln und er seufzt. Leise spricht er weiter. „Stimmt. Du hast recht und es tut mir leid."

„Okay", antworte ich, ohne seine Entschuldigung anzunehmen, weil ich ihm nicht traue. Ich will die Treppe hinabgehen, doch er spricht weiter.

„Felicity hat gesagt, dass du dich mit jemandem triffst, der Jett heißt. Es war nicht schwer, herauszufinden, dass es sich um einen Spieler der Vengeance handelt."

Ich drehe mich ihm nur halb zu und sage gelassen: „Das geht dich nichts an."

„Ist es etwas Ernstes?", fragt er und ignoriert die von mir gezogene Grenze einfach.

Ich entscheide mich für die Wahrheit, weil ich nicht will, dass er mich bedrängt. „Auf jeden Fall ist es nichts Lockeres."

Es ist sogar alles andere als locker und wird mit jedem Tag ernster. In der vergangenen Woche sind wir uns sehr nahegekommen. Zwar konnten wir uns nicht oft persönlich treffen, aber wir schafften es, ein Dinner herauszuschinden und ein schnelles Mittagessen in meinem Büro. Während Jett unterwegs war, hatten wir einen konstanten Kontakt. Meistens per Chat, aber auch per Telefon, wenn es sein Terminplan zuließ. Unsere Gespräche wurden immer tiefgründiger. Wir sind bereits über den Punkt hinaus, an dem man sich nach dem Lieblingsfilm erkundigt. Inzwischen reden wir über Träume und Sehnsüchte. Ich habe sogar meinen Eltern von Jett erzählt. Sie sind mehr als begeistert, dass ich mich endlich wieder für die Liebe öffne. Zu der Erwähnung des Wortes mit L habe ich nichts gesagt, aber ich freue mich, dass ich sie mit meinen Treffen mit einem Mann glücklich mache.

Ich bekomme Jett nicht oft zu sehen und nach jedem Gespräch mit ihm fehlt er mir mehr. Dass ich mich so sehr darauf freue, bei ihm zu übernachten, zeigt mir, dass ich auch die körperliche Intimität mit ihm vermisse.

„Also ziehst du nicht in Erwägung …"

Diese Worte reißen mich aus den schönen Gedanken über Jett. Ich weiß, worauf er hinauswill, und setze dem schnell ein Ende. „Falls du wissen willst, ob ich dir noch mal eine Chance geben würde, ist die Antwort ein klares Nein."

„Das ist nicht sehr versöhnlich", knurrt er.

„Shane", sage ich müde, denn ich bin es leid, mich ständig zu wiederholen. „Ich habe dir immer wieder verziehen. Durch alle Höhen und Tiefen, Rausch und Nüchternheit, verbalen Attacken, die Vernachlässigung von Felicity. Bei jedem deiner Entzüge habe ich dir wieder verziehen und dir

Mut gemacht. Ich bin an deiner Seite geblieben, obwohl jeder mir geraten hat, dich zu verlassen. Es tut mir leid, aber irgendwann konnte ich mir im Spiegel selbst nicht mehr ins Gesicht schauen und eine Frau sehen, die darauf achtet, was das Beste für ihr Kind ist."

Sein Ton wird beschuldigend. „Du hast also gedacht, das Beste für Felicity ist die Scheidung?"

„Natürlich war es das Beste. Ich wollte eine fürsorgliche, unterstützende und verzeihende Frau sein, aber keine Mutter, die in einer lieblosen, missbräuchlichen Ehe verharrt."

„Ich habe dich geliebt", jammert er. „Und du hast mich verlassen."

Innerlich koche ich, weil ich dieses Gespräch führen muss, aber ich mäßige meinen Tonfall. „Aber ich habe dich nicht mehr geliebt. Nicht nach all dem Schmerz, den du verursacht hast. Und Felicity musste lernen, dass man nicht in einer ungesunden Beziehung stecken bleiben darf. Man sieht zu, dass man innerlich stärker wird, und lebt sein Leben weiter. Es ist meine Aufgabe, ihr so etwas zu zeigen, und ich bereue es kein bisschen."

Resignierend hebt Shane die Hände. „Okay, okay. Ich verstehe. Ich bin hier der Loser und hätte nicht erwarten sollen, dass du dein Hochzeitsgelübde *in guten wie in schlechten Zeiten* einhältst."

„Echt jetzt?", frage ich frustriert. Ich bin schockiert, dass er das aufbringt. „Ist das dein Ernst?"

„Ich meine ja nur …"

„Gute Nacht, Shane“, sage ich, drehe ihm den Rücken zu und gehe schnell die Stufen hinab.

„Warte“, sagt er flehend.

Etwas in seinem Ton lässt mich innehalten. Ich höre ihm an, dass er die Opferrolle fürs Erste abgelegt hat.

„Es tut mir wirklich leid“, sagt er, und es hört sich ehrlich an. Ich kenne all seine Seiten und merke, wenn er etwas ernst meint. „Ich habe mich wirklich unmöglich benommen und du hast etwas Besseres verdient. Wahrscheinlich tue ich mir nur selbst leid wegen allem, was ich verloren habe. Mir ist bewusst, dass es allein meine Schuld war. Nicht deine.“

Nach kurzem Zögern nicke ich. „Danke.“

„Gib mir eine Chance mit Felicity“, sagt er leise und zerknirscht. „Ich gebe wirklich mein Bestes.“

„Das freut mich.“ Mehr kann ich nicht sagen, weil ich nicht weiß, was sein Bestes nun darstellt. Aber seine Entschuldigung kommt von Herzen und bedeutet eine Menge. Ich deute mit dem Daumen Richtung Einfahrt. „Ich muss jetzt los.“

„Ja. Natürlich“, sagt er mit einem warmen Lächeln und wendet sich der Tür zu. Doch dann dreht er sich noch einmal um. „Ähm … Felicity hat gesagt, dass ihr morgen reiten geht und dass sie schon mal Reitstunden hatte. Ich würde sie echt gern auf einem Pferd sitzen sehen.“

„Das geht leider nicht“, sage ich entschuldigend, obwohl ich nicht so empfinde, ich will aber den

Frieden bewahren. „Ich besuche privat eine Freundin und …“

Ich halte inne, denn mein Herz sagt mir, dass ich Shane immer die Wahrheit sagen sollte. Ich darf mich ihm gegenüber nicht vage ausdrücken, damit er kapiert, wo er im Leben seiner Tochter steht. Denn die meiste Zeit wird er außen vor bleiben.

„Nein, warte“, korrigiere ich mich daher. „Es ist zwar ein privater Besuch, aber das ist nicht der Grund, warum du nicht mitkommen kannst. Sondern weil ich nicht will, dass du mitkommst.“

„Autsch, das war deutlich“, sagt er, nickt aber überraschenderweise. „Verstehe.“

„Wirklich?“, frage ich skeptisch. „Denn, Shane … mein Leben gehört mir. Und mein Leben mit Felicity schließt dich nicht mehr ein. Was du mit ihr aufbaust, ist allein deine Sache. Aber Teil meines Lebens wirst du nie mehr sein. Es tut mir leid, wenn das hart klingt, aber ich muss mich auch selbst schützen.“

„Das verstehe ich wirklich“, versichert er mir und hebt erneut die Hände. Er lächelt und sein Selbstmitleid verschwindet. „Geh jetzt lieber. Es wartet ein Spiel auf dich.“

Ich verharre noch kurz und frage mich, ob er mich gerade absichtlich täuscht.

Shane winkt mir und öffnet die Tür zu meinem Zuhause. Erst als er hineingegangen ist, gehe ich zu meinem Auto.

Kapitel 20

Jett

Noras Ranch, oder besser gesagt: Nora und Tackers Ranch, da sie verheiratet sind, ist fantastisch. Sie ist nicht nur schön, sondern ihr Zweck ist ehrenhaft. Nora ist Psychologin und setzt Pferde zur Therapie ein. Hier veranstaltet das Team gern Grillnachmittage, denn es gibt sehr viel Platz zwischen dem Haus und dem Stall.

Es wundert mich nicht, dass Nora Emory ins Herz geschlossen hat und ihr Ratschläge zu der Situation mit Shane gibt. Beide haben die Eigenschaft, sich entschlossen für andere einzusetzen. Nora hat Emory und Felicity aus zwei Gründen eingeladen. Erstens und vor allem, damit Felicity reiten kann und Spaß hat. Und zweitens, um Emory die Gelegenheit zu geben, Nora um Rat zu fragen.

Als Emory mich einlud, mitzukommen, war ich erstaunt. Es geht um ein Mutter-Tochter-Ding, und dabei will ich nicht stören. Andererseits will ich gern mit Emory zusammen sein. Wir sind beide beruflich so stark eingebunden, dass uns unsere gemeinsame Zeit kostbar ist. Und wenn ich heute bei dieser Tour zur Ranch nur ein paar Stunden mit ihr ergattern kann, dann greife ich dankbar zu. Aber aus Höflichkeit, und weil ich Emorys Grenzen respektiere, die sie um sich und ihre

Tochter zieht, wandte ich ein, dass es vielleicht nicht die beste Idee wäre, wenn ich mitkäme. Aber Emory meinte, es sei sogar die beste Idee. Felicity wird viel Zeit mit Nora verbringen und Emory nur einsam herumstehen.

Da entstanden in meinem Kopf sofort Bilder. Ich könnte sie in eine dunkle Ecke des Stalls zerren und ihr diese „Einsamkeit" verschönern. Aber mir ist klar, dass es nicht dazu kommen wird.

Egal.

Mir genügt es, hier am Gatter zu stehen und Felicity beim Reiten zuzusehen. Sie sitzt auf einem dunkelbraunen Pferd mit einer weißen Blesse im Gesicht. Es ist ein recht großes Pferd. Ich habe meine Bedenken geäußert, als Raul, der Vorarbeiter auf der Ranch, es herausgeführt hat. Raul zwinkerte mir zu und erklärte, dass Charlie das älteste Pferd auf der Ranch sei und keine Lust mehr habe, sich schnell zu bewegen. Ich glaube, er hat mich auf den Arm genommen, aber es war seine Art, zu sagen, dass Charlie am besten zu Felicity passt, also habe ich nichts weiter dazu gesagt.

Seltsamerweise bin ich besorgter um Felicity auf dem riesigen Pferd als Emory. Doch sie versicherte mir, dass Felicity vorher schon gut reiten konnte. Ganz allein und sogar im Trab, und sie konnte selbstsicher mit dem Pferd umgehen.

Ich vertraue ihr und zwinge mich zur Gelassenheit, während wir Felicity zuschauen.

Nora steht auf einer Seite des Pferdes und Raul auf der anderen und sie stellen die Steigbügel auf

Felicitys Größe ein. Das Kind sieht wirklich süß aus in den Jeans, den Cowboystiefeln und mit den langen, geflochtenen, schwarzen Zöpfen. Als ich die beiden heute Morgen abgeholt habe, trug Felicity eine Baseballkappe. Ich holte einen Cowboyhut aus meiner Tasche, und als sie ihn aufsetzte, sah sie wie ein Cowgirl aus Arizona aus.

Aus Sicherheitsgründen trägt sie aber jetzt einen Helm, den Nora ihr gegeben hat, und der Stetson hängt neben mir am Zaun.

Emory und ich stehen nebeneinander am Tor des Gatters. Die Arme auf die oberste Latte gestützt, berühren sich unsere Ellbogen. Nora hat sich nicht großartig gewundert, dass ich dabei bin. Nach dem gestrigen Spiel ist die Katze sowieso aus dem Sack, dass wir ein Paar sind. Emory erschien in meinem Trikot, ging danach mit mir ins Sneaky Saguaro auf ein Bier mit dem Team, da wir das Spiel gewonnen haben, und verließ das Restaurant Hand in Hand mit mir. Ich nehme stark an, dass die Nachricht bereits bei Nora angekommen ist, denn Gerüchte über das Liebesleben der Spieler breiten sich immer wie ein Lauffeuer aus. Ich weiß nicht, woran das liegt, nehme aber an, dass es angefangen hat, als Dominik Bishop dabei half, seine Frau Brooke zu erobern, und damit ein Zeichen setzte: In diesem Team ist die private Zufriedenheit genauso wichtig wie die berufliche.

„Und du hast wirklich kein bisschen Angst um sie?“, frage ich Emory, ohne den Blick von Felicity zu nehmen.

Sie kichert und stößt mit ihrer Hüfte an meine. „Keine Sorge. Nora würde sie nicht auf ein Pferd setzen, mit dem Felicity nicht umgehen kann. Aber süß, dass du dir solche Gedanken machst."

Ich finde es nicht besonders cool, als süß bezeichnet zu werden, denn das könnte meinen knallharten Ruf auf dem Eis zerstören, aber ich lasse es ihr durchgehen. Ich glaube, ich würde ihr generell alles durchgehen lassen.

Raul kommt auf uns zu. Er grüßt uns mit einem Tippen an seine Hutkrempe, öffnet das Gatter, geht hindurch, schließt es wieder und geht zum Stall.

Wir schauen zu, wie Nora eine Hand an Felicitys Wade legt und mit der anderen die Zügel hält. Das Pferd wirkt jedoch, als ob es nicht vorhätte, sich zu bewegen. Es steht einfach nur da und lässt seinen Schweif hin und her wedeln.

Nora redet mit Felicity, aber wir hören nicht, was sie sagt. Dann tritt sie zurück, sagt wieder etwas zu Felicity, und diese gibt dem Pferd mit dem Stiefel einen kleinen Kick. Das Pferd läuft los, aber sehr langsam, was mir gefällt.

„Reite Richtung Zaun", weist Nora an und führt das Pferd weiterhin an einer Leine.

Felicity folgt der Anweisung und entfernt sich noch weiter von dort, wo Emory und ich stehen. Nora bleibt in der Mitte und sagt Dinge wie: „Zieh die Zügel stärker an". Oder: „Ich sehe zu viel Abstand zwischen deinen Knien und dem Sattel." Diese Kommentare sagen mir nichts, doch Felicity versteht alles. Ich entspanne mich, weil Felicity allen Anweisungen folgt.

Wir schauen zu, wie sie den Round-Pen umrundet. Als sie an uns vorbeikommt, lächelt sie ihre Mom an. Dann mich, und das Lächeln wird breiter und sie drückt den Rücken durch, um noch besser auf dem Pferd auszusehen.

Total süß.

Anscheinend genau wie ich.

Nachdem sie an uns vorbei ist, sagt Emory: „Shane wollte heute mitkommen."

Das schockt mich, denn bis jetzt hat sie noch kein Wort darüber gesagt. „Wann hat er dich gefragt?"

„Gestern Abend. Als ich gerade zum Spiel fahren wollte."

„Und du hast mir später nichts davon gesagt, weil ...?"

„Weil du so ein lieber Mann bist. Wahrscheinlich wärst du dann nicht mitgekommen und hättest darauf bestanden, dass ich Shane mitnehme."

Das könnte sein. Ich möchte, dass Felicity Zeit mit ihrem Vater haben kann. Aber vielleicht hätte ich auch nicht verzichtet. Vielleicht hätte ich egoistisch gehandelt, denn ich habe mich auf den Ausflug gefreut. Nicht nur mit Emory, sondern auch mit Felicity. Ich bin nicht blöd, und mir ist klar, dass Felicity Teil des Pakets ist, wenn ich mit Emory zusammen sein will. Dafür muss das Kind mich mögen. Sich an meine Anwesenheit gewöhnen.

Das spielt aber jetzt keine Rolle mehr. Ich sehe Emory an. „Ich weiß nicht, was ich getan hätte. Am Ende hätte ich gemacht, was du möchtest."

Sie sieht mich an, und ich erkenne, dass meine Worte sie berühren. Dann schaut sie zu Felicity. „Ist es fies von mir, dass ich ihn nicht mehr in meinem Leben haben will? Natürlich sollte er eine Beziehung zu seiner Tochter haben. Aber das heißt nicht, dass er wieder Teil unserer Familie wird."

„Nein, das ist nicht fies von dir."

Felicity hält das Pferd an, wie Nora es von ihr verlangt. Nora geht zu ihr. Diesen Moment nutze ich, um mich voll Emory zuzuwenden. Ich lege eine Hand seitlich an ihren Hals und streichele über ihre Haut. Meine Hand wandert zu ihrem Nacken und drückt ihn sanft. „Du konzentrierst dein Leben ganz auf Felicity, und deine Entscheidungen sind immer in ihrem Interesse. Und das machst du ganz super. Aber das bedeutet nicht, dass du nicht auch in deinem Interesse entscheiden darfst. Du hast das Recht, dein eigenes Glück zu finden, und Shane hat nichts damit zu tun, außer dass du ihn Vater sein lässt, falls er das überhaupt schafft. Ansonsten hast du das Recht, Nein zu ihm zu sagen, wenn du ihn nicht in deinem Leben haben willst."

Emory atmet tief und zittrig aus. „Ich habe gar nicht richtig gemerkt, wie sehr ich gezweifelt habe, bis du mir gesagt hast, dass ich mich gegen ihn entscheiden darf. In mir kam schon dasselbe Schuldgefühl auf, das ich hatte, als ich mich von ihm getrennt habe. Das will ich nicht noch mal erleben müssen."

„Das musst du auch nicht." Dafür werde ich sorgen. Sie muss auch auf sich selbst achten.

Emory blickt wieder zu Felicity, die immer noch auf dem Pferd sitzt und mit Nora redet. „Du kannst dir nicht vorstellen, wie schlimm es war, bis ich mich endlich getraut habe, ihn zu verlassen. Und ich mag es dir auch nicht erzählen, weil ich nicht mehr daran denken will. Das alles, der ganze Schmerz, den er mir und Felicity verursacht hat, hat etwas in mir zerbrochen. Gern würde ich behaupten, dass ich nichts mehr für ihn empfinde. Aber das stimmt nicht. Da ist eine Menge Wut und Ekel, und ich vertraue ihm nicht wirklich. Ich verfluche ihn für alles, was er seiner Tochter angetan hat, weil ihm seine Sucht wichtiger war als sie. Wenn er in meiner Nähe ist, verspüre ich eine konstante Wut, die ich kaum ertragen kann. Und wenn er noch öfter zu uns kommen will, würde ich ihm am liebsten die Augen auskratzen."

Ich zucke zurück bei so viel Gewaltbereitschaft. Doch dann muss ich lachen. „Das würde ich gern sehen."

Sie schüttelt den Kopf und grinst schief. Ich ziehe meine Hand von ihr zurück. „Das ist nicht witzig. Ich mag es nicht, so etwas zu fühlen. Vielleicht brauche ich eine Therapie."

Ich lache erneut, lege einen Arm um ihre Schultern und ziehe sie an mich. „Tut mir leid, dass ich lache, aber ich liebe es, wenn du so feurig wirst."

Ihr Gesicht ruht an meiner Schulter, aber ich kann sie trotzdem verstehen. „Wenn er Felicity irgendwie wehtut, bringe ich ihn um, Jett. Ich schwöre es. Ich hoffe, du bist darauf vorbereitet, deine Freundin im Knast zu besuchen."

Wieder muss ich lachen und gebe ihr einen Kuss auf den Kopf. Das wird nicht passieren, aber jetzt kenne ich endlich ihre wahren Gefühle für Shane. Damit hat sie all meine Befürchtungen zerstreut, dass sie ihm eventuell eine neue Chance geben könnte.

Aus dem Augenwinkel nehme ich Bewegungen wahr. Felicity lässt das Pferd im Schritt gehen. Dann gibt sie ihm wieder einen leichten Tritt und es läuft viel schneller. Ich bin gleichzeitig aufgeregt und erschrocken.

„Verdammt", sage ich und lasse Emory los. „Sie lässt das Pferd rennen."

Emory lacht und beobachtet ihre Tochter. „Das nennt sich Trab. Und siehst du, wie sie sich auf und ab bewegt? Das nennt man leichttraben."

Bewundernd schaue ich ihr zu. „Das macht sie echt gut."

„Für ihre sieben Jahre, ja", sagt Emory stolz. „Sie sollte wirklich mit den Reitstunden weitermachen."

Felicity trabt an uns vorbei, ohne uns anzusehen. Sie ist voll konzentriert.

„Du machst das großartig, Liebes!", ruft Emory ihr hinterher. Als Felicity außer Hörweite ist, stößt mich Emory leicht mit der Schulter an. „Ich hätte gern deinen Rat. Shane hat es satt, bei seinen Besuchen bei Felicity von uns überwacht zu werden. Er will auch mal mit ihr etwas essen gehen dürfen oder zum Beispiel zum Vater-Tochter-Tanz in der Schule mit ihr gehen können. Meinst du, ich sollte ihm so viel Freiheit geben?“

„Denkst du, er hat das mit dem Cleanbleiben auf Dauer im Griff?“

„Verglichen mit früher muss ich sagen, ja. So stabil wie jetzt war er noch nie. Allerdings hat es früher einfach nicht lange angehalten.“

„Ist er je high mit ihr Auto gefahren?“

Emory seufzt. „Nicht, dass ich wüsste. Meistens nahm er heimlich etwas ein, wenn er nicht zu Hause war, bis ich dahintergekommen bin. Er schwört, dass er nie etwas genommen hat, wenn Felicity dabei war, bis auf dieses eine Mal, wo ich die Reißleine gezogen habe. Aber wer weiß. Ich will nicht einmal an die Möglichkeit denken, dass er high Auto fahren würde.“

Ich denke darüber nach, glaube aber nicht, dass ich einen guten Rat parat habe. „Du könntest es ihm unter der Bedingung erlauben, ein Taxi zu benutzen.“

Emory verzieht den Mund. „Aber dann will Felicity wissen, warum, und ich möchte, dass es für sie so normal wie möglich ist.“

Ich lehne mich näher an sie. „Du kennst doch die Anzeichen, wenn er etwas genommen hat, oder?“

Sie nickt überzeugt. „Sehr gut sogar.“

Ich werfe einen Blick auf Felicity und sehe dann Emory wieder an. „Ich weiß auch nicht, ob es klug ist, aber ich finde, du solltest es ihm erlauben. Wenn er sie abholt, kannst du seinen Zustand einschätzen."

Emory wägt diese Idee ab. „Das könnte funktionieren."

„Wann findet die Tanzveranstaltung statt?"

„Übermorgen."

„Wir könnten ihnen hinterherspionieren", schlage ich mit einem teuflischen Lachen vor. An dem Tag ist kein Spiel. Zwar würde ich viel lieber mit Emory zu Hause sein, aber ich würde alles tun, um sie in dieser Sache zu beruhigen.

Emory lacht und sieht wieder Felicity zu. „Okay, ich denke darüber nach."

Das Thema ist beendet.

Wir sehen Felicity zu, wie sie noch ungefähr eine halbe Stunde reitet. Nora lässt sie allein absteigen. Schwungvoll nimmt das Mädchen ein Bein vom Pferd und gleitet dann langsam an ihm hinab. Felicity führt das Pferd am Zügel auf uns zu.

Nora sagt: „Felicity hilft mir, Charlie in den Stall zu bringen, mich um ihn zu kümmern und ihn zu füttern. Wir sind gleich wieder da."

Ich nehme an, das ist der Code für: „Dann habe ich die Gelegenheit, mit ihr über ihren Vater zu reden, wenn sie will."

Emory lächelt dankbar.

Kapitel 21

Jett

Ich sollte mir albern vorkommen.

Noch vor knapp zwei Monaten war ich Single, liebte das Leben allein und hatte vor, für immer solo zu bleiben.

Single, Single, Single.

Und jetzt bin ich einen fünfundzwanzigminütigen Umweg gefahren, nur um Emory noch zu Hause zu erwischen, bevor sie zur Arbeit fährt. Was dämlich ist, denn wir haben denselben Arbeitsplatz und ich könnte sie jederzeit dort aufsuchen. Aber das hätte eine weit weniger beeindruckende Wirkung.

Sie zu Hause zu besuchen und ihr und ihrer Bande Frühstück zu bringen, fühlt sich viel schöner an.

Das steht symbolisch für den Tod des Singles in mir, der eine solche Verantwortung und Verpflichtung gehasst hat.

Doch es fühlt sich überhaupt nicht wie eine Bürde an.

Ehrlich gesagt, fühlt sich die Verpflichtung viel leichter an als alles, was ich vorher empfunden habe.

Ich habe eine Schachtel Croissants und eine Tüte Schoko-Donuts dabei. Irgendwann habe ich nebenbei mitbekommen, dass Felicity diese Sorte am liebsten mag, aber ich weiß nicht mehr genau, wann ich es gehört habe.

Ich gehe die Stufen zur Haustür hoch. Es ist kurz nach sieben. Durch unsere Chats habe ich erfahren, dass Emory um sechs aufsteht, erst einen Kaffee trinkt und dann duscht. Danach weckt sie Felicity und sieht zu, dass diese sich anzieht. Um Viertel nach sieben frühstücken sie, damit Felicity um halb acht in den Schulbus einsteigen kann, der an ihrem Haus hält. Obwohl die Schule nur fünf Blocks weiter an derselben Straße ist, lässt Emory das Kind nicht allein laufen. Sie findet sieben Jahre noch zu früh dafür. Zwar musste ich mir darüber noch nie Gedanken machen, aber ich glaube, dass ich es genauso sehe.

Hätte ich mehr Zeit, würde ich Felicity heute zu Fuß zur Schule begleiten, doch ich habe nur ein paar Minuten, um „meinen" Ladys – ja, ich habe es ausgesprochen – Frühstück zu bringen. Dann muss ich sofort zu einem kurzen Acht-Uhr-Training ins Stadion, da heute ein Spieltag ist. Das wird sowieso schon zeitlich sehr eng.

Mit der Tüte Donuts in der Hand klopfe ich an und mache mir eine geistige Notiz, am Wochenende die Klingel zu reparieren.

Felicity öffnet die Tür. Sie blinzelt überrascht und lächelt dann einladend. „Was machst du denn hier, Jett?"

Ich schüttele die Tüte leicht. „Ich bringe dir Schokoladen-Donuts."

Sie nimmt mir die Tüte ab und hinter ihr kommt Emory aus dem Flur zu den Schlafzimmern. Sie ist schon für die Arbeit gekleidet und trägt einen engen blauen Rock, in dem eine weiße Bluse steckt. Dunkelblaue Pumps stellen wunderbare Dinge mit ihren Beinen an – die um meine Hüften geschlungen genauso toll aussehen, was schon viel zu lange her ist – und die Haare hat sie, wie meistens zur Arbeit, zu einem strengen Knoten zusammengenommen. Ebenfalls wie meistens trägt sie die schwarz gerahmte Brille. Ich weiß nicht, warum ich sie in diesem Outfit so heiß finde, doch es ist einfach so. Wir brauchen dringend eine Nacht für uns allein.

Ich habe gehofft, dass dies heute nach dem Spiel sein würde, doch leider hat sie am Abend noch sehr viel zu tun. Das gefällt mir nicht, aber ich verstehe es. So geht es mir schließlich auch, wenn ich Auswärtsspiele habe. Es wird immer wieder vorkommen, dass unsere Jobs in unserer Beziehung an erster Stelle stehen.

Allerdings werden wir uns morgen Abend treffen, wenn Shane mit Felicity zu der Schulveranstaltung geht. Das muss uns früh genug sein.

„Was machst du denn hier?", stellt mir Emory dieselbe Frage wie ihre Tochter, neigt den Kopf zur Seite und steckt sich einen Ohrring ins Ohrläppchen. Das andere ist schon geschmückt.

Diesmal halte ich die Schachtel hoch. „Croissants zum Frühstück. Aber leider kann ich nicht bleiben.

Ich wollte euch nur etwas Leckeres vorbeibringen."

Ihre Augen strahlen. Das lockere französische Gebäck hat sie am liebsten. „Du bist extra zu uns gefahren, um uns etwas vom Bäcker zu bringen?"

Sie geht an Felicity vorbei und auf mich zu. Ihr Ausdruck hat sich von reiner Freude in etwas Ernsteres gewandelt.

Das gefällt mir sehr.

Auch mir gefällt das und ich genieße es, dass sie eine Hand auf meine Brust legt und mir einen sanften Kuss gibt. Ich schließe kurz die Augen und schiele dann zu Felicity hinüber, um ihre Reaktion zu sehen. Sie grinst nur schief. Kein Stress. Gott sei Dank!

Da ein Kind anwesend ist, bleibt der Kuss kurz und harmlos, und Emory nimmt mir die Schachtel ab. „Kannst du wirklich nicht wenigstens auf ein Croissant und einen schnellen Kaffee bleiben?"

Ich schaue auf meine Uhr. Obwohl ich weiß, dass mich die Rache des Coaches hart treffen wird, sollte ich auch nur zehn Sekunden zu spät auf dem Eis sein, beschließe ich, das Risiko einzugehen. Dann muss ich eben die Aufwärmphase verkürzen. Ich hoffe, ich zerre mir keinen Lendenmuskel. Das wäre fatal für das Eishockeyspiel und das Spiel im Schlafzimmer.

Emory schenkt mir Kaffee in eine Tasse, ich setze mich an den Tisch und Felicity nimmt sich einen Donut aus der Tüte. Vor einer halben Stunde habe ich ein großes Omelett gegessen und bin nicht hungrig.

„Weißt du was?", fragt Felicity fröhlich und isst ihren Donut weiter.

Ein Krümel fällt von ihren Lippen, und ich muss mich zusammennehmen, ihr nicht den Finger unters Kinn zu legen, damit sie den Mund zumacht beim Kauen. Ich will ihre offensichtliche Freude nicht stören. „Was denn?", frage ich.

Emory stellt den Kaffee vor mich und setzt sich links neben mich. Sie greift nach einem Croissant, reißt ein winziges Stück davon ab und legt es elegant auf ihre Zunge. Schnell wende ich den Blick von dieser verdammt hübschen und talentierten Zunge ab.

„Mami hat einen Reiterhof gefunden, bei dem ich Stunden nehmen kann." Aufgeregt hüpft sie auf dem Stuhl auf und ab. „Miss Nora hat ihn uns empfohlen und ich kann schon nächste Woche anfangen."

„Das ist ja fantastisch", sage ich und halte ihr meine Faust zum Gegenschlagen hin. Sie hinterlässt Schokolade an meinen Fingerknöcheln, die ich mir mit einer Serviette vom Tisch abwische.

„Cool, oder?"

Minutenlang plaudert sie über Pferde, ohne Luft zu holen oder ihren Donut zu essen. Plötzlich wechselt sie übergangslos das Thema und erzählt uns von einer Cicily aus ihrer Klasse, die gemein zu ihr war. Ihre Mutter antwortet, dass sie das

Mädchen ignorieren soll, aber Shane hat ihr geraten, sich zu verteidigen.

„Was meinst du, was ich machen soll?“, fragt sie mich.

Mir fallen fast die Augen aus dem Kopf. Hilfe suchend sehe ich Emory an.

Emory lächelt Felicity zu. „Du solltest auf mich hören und nicht auf deinen Vater.“

Felicity rollt mit den Augen. „Ich will aber wissen, was du tun würdest, Jett.“

Mit dem Kinn deute ich kurz auf Emory. „Ich würde immer auf Mom hören.“

Felicity stöhnt, denn meine Antwort ist nicht das, was sie sich vorgestellt hat. Dennoch beißt sie in den Donut und spricht mit vollem Mund weiter. Ich staune über ihre Fähigkeit, blitzschnell von einem Thema zum anderen zu wechseln. „Morgen findet in der Schule ein Vater-Tochter-Tanz statt und mein Daddy geht mit mir hin.“

Das sagt sie mit Stolz und Freude, und es schmerzt, dass sie das so lange missen musste. Diese Freude bestätigt mir, dass es die richtige Entscheidung von Emory war, ihr den Kontakt mit dem Vater zu erlauben, egal welche Probleme der Mann mit sich selbst hat.

Ich stelle ein paar Fragen, doch hauptsächlich redet Felicity über ihr hübsches Kleid. Emory isst weiterhin winzige Stückchen Croissant, doch ich sehe die kleinen Linien der Anspannung um ihre Augen, wenn Felicity über ihren Vater spricht. Sie ist nicht etwa eifersüchtig. Nein, das ist es nicht.

Sondern mit Shane wird sie immer Sorgen verknüpfen.

Ich höre Felicity zu und mache eine Anmerkung, wenn ich etwas dazu zu sagen habe. Schließlich wird es aber Zeit für mich, denn ich darf wirklich nicht zu spät kommen. Ich trinke noch einen Schluck Kaffee und habe nur eine halbe Tasse geschafft. Dann erhebe ich mich.

„Bedanke dich für die Donuts", sagt Emory zu ihrer Tochter und steht ebenfalls auf. „Wenn du fertig bist, geh dir bitte das Gesicht waschen und die Zähne putzen."

„Okay, Mami." Felicity hebt den Blick und sieht mich mit den gleichen Augen wie ihre Mutter an. „Vielen Dank für die Donuts, Jett. Die schmecken echt gut."

„Gern geschehen." Ich nicke ihr zu. Dann schaue ich Emory an. „Setz dich und frühstücke zu Ende. Ich finde selbst den Weg raus."

Wieder kommt sie mir ganz nah. Ihre Hand auf meiner Brust fühlt sich genau richtig an. Ihre Lippen auf meinem Mund sind noch besser, auch wenn ich ihr noch nie einen braveren Kuss gegeben habe als jetzt.

„Ich kann morgen Abend kaum erwarten", wispert sie und zieht sich zurück.

Grinsend gehe ich zur Tür und nehme mir vor, in Zukunft öfter überraschend Frühstück vorbeizubringen, denn es fühlt sich fantastisch an, die beiden zu erfreuen.

Verrückt. Ich mache sie gern glücklich und sie – nicht nur Emory allein – mich genauso.

Ich trete aus der Tür und schließe sie hinter mir, ohne mich noch einmal umzudrehen. Denn ich habe Angst, dass ich direkt wieder hineingehe, wenn ich Emorys Blick erhasche.

Ich laufe die Treppe hinunter, auf den Bürgersteig, als ich eine Bewegung wahrnehme. Ein Mann auf dem Bürgersteig. Er ist ein wenig kleiner als ich, schlank und recht attraktiv. Sofort weiß ich zweifellos, dass es Emorys Ex sein muss, obwohl ich nie ein Foto von ihm gesehen habe. Er verengt die Augen, weil er sich wohl fragt, ob ich über Nacht hier gewesen bin. Was ihn natürlich nichts angeht. Ich will aber kein Drama provozieren und halte mich zurück.

Als wir aufeinander zugehen, strecke ich die Hand aus. „Hi, ich bin Jett Olsson."

Der Mann schaut auf meine Hand, dann auf das Haus, danach auf mich, bevor er meine Hand nimmt. „Shane Kelly."

Mit dem Daumen deute ich hinter mich Richtung Tür. „Ich bin kurz vorbeigekommen und habe Emory etwas vom Bäcker gebracht."

Felicity erwähne ich nicht, damit er nicht denkt, dass ich mich bei seiner Tochter einschmeicheln will oder so. Ihre neue Verbindung ist noch zu zart für Eifersucht.

Vielleicht wäre er auch nicht eifersüchtig, aber ich will ihm lieber erst gar keinen Grund geben.

Da er mir nicht verrät, wer er ist, lasse ich ihn wissen, dass ich es mir denken kann. „Du bist Felicitys Dad, oder? Sie redet andauernd von dir. Da hast du eine echt glückliche Tochter."

Gut gemacht, Jett. Völlig unbedrohlich. Komplimente über seine väterlichen Qualitäten. Hoffentlich habe ich mir ein paar Punkte bei ihm erarbeiten können. Nicht unbedingt zur späteren Verwendung, sondern damit er nicht glaubt, mir oder Emory etwas beweisen zu müssen.

Kurz wirkt Shane wie aus dem Konzept gebracht. Offensichtlich hat er keine Ahnung, wie er mit mir umgehen soll.

Ich merke, dass er immer noch angefressen ist, dass ich aus dem Haus gekommen bin, aber anscheinend entspannt ihn der Umstand, dass ich nur kurz vorbeigekommen bin.

Allerdings bin ich genauso überrascht wie er, ihn hier zu sehen. Emory hat mir nichts erzählt, daher bin ich sicher, dass sie auch nichts von seinem Besuch weiß.

Auch ihretwegen frage ich neugierig nach. „Weiß sie, dass du kommst?" Ich versuche, harmlos plaudernd zu klingen, die Frage ist dennoch sehr privat. „Denn sie hat es gar nicht erwähnt."

Shane schüttelt den Kopf und sieht ein bisschen kleinlaut aus. „Nein. Ich wollte Felicity überraschen und sie zur Schule begleiten."

Wieder will ich nicht bedrohlich wirken, sondern ein Vermittler zwischen den beiden sein. „Oh, nett. Das wird ihr gefallen. Sie hat mir vorhin von dem

Vater-Tochter-Tanz morgen erzählt und ist schon total aufgeregt."

Das scheint das restliche Eis zwischen uns zu brechen. Ich sehe ihm die Akzeptanz an, dass ich für Felicity nicht mehr bin als ein Außenstehender.

„Sie ist so ein großartiges Kind", sagt Shane und ich höre die Liebe in seiner Stimme. Es klingt auch Reue durch, doch ich verurteile ihn nicht. „Diese eine Woche, in der ich wieder in ihrem Leben sein durfte, waren die schönsten sieben Tage meines Lebens."

Interessant. Indem er sagt, dass er vorher fort war, geht er davon aus, dass ich seine Geschichte kenne. Aber ich gehe nicht weiter darauf ein.

„Sie brauchte ihren Dad in ihrem Leben. Sie braucht dich", sage ich lediglich.

Ich weiß nicht, was ich als Antwort erwartet habe, aber nicht sein saures Gesicht. Es geht ihm nicht um Felicity, als er sagt: „Emory braucht mich nicht mehr."

Was zum Geier …?

Wieso sagt er so etwas überhaupt über seine Ex-Frau?

Oh, jetzt dämmert es mir.

Mich aus dieser Tür kommen zu sehen, egal, ob ich über Nacht dort war oder nur vorbeigekommen bin, ist eine bittere Pille für ihn. Ich weiß nicht, ob er noch Hoffnungen auf sie hegt oder ob er damit nur seinen Verlust bedauern will. Was Felicity angeht, kann ich entspannt mit ihm umgehen.

Bei Emory ist das nicht so.

Sie gehört zu mir. Zu mir allein.

„Stimmt", sage ich emotionslos und sehe ihn durchdringend an. „Sie braucht dich nicht."

Shane zuckt zusammen, als hätte ich ihn geohrfeigt.

Lächerlich. Sollte ich Gewalt anwenden, dann wäre es keine Ohrfeige.

Da ich jetzt begreife, dass er Emory gegenüber tatsächlich Absichten hegt, gehe ich in den Verteidigungsmodus und werde brutal deutlich. „Sie hat jetzt mich."

Shane wendet den Blick ab und betrachtet die Straße. Dann nickt er und sieht mich an. „Es ist also etwas Ernstes zwischen euch."

So habe ich es zwar noch nicht betrachtet, aber ich nicke. „Genau. Es ist ernst."

Shane seufzt leidend. „Ich weiß nicht mal, was ich hier mache."

Bei seinem pessimistischen Tonfall runzele ich die Stirn. Ich weiß, was er meint, stelle mich aber dumm. „Du willst Felicity zur Schule begleiten."

„Nein", knurrt er frustriert. „Ich weiß nicht, wieso ich gedacht habe, ich könnte wieder Teil des Lebens der beiden sein und vielleicht ..."

Ich halte eine Hand hoch. „Stopp! Bis hierhin und nicht weiter."

Erschrocken tritt Shane einen Schritt zurück. Seine Augen sind geweitet.

„Deine Familie gibt es so nicht mehr", sage ich. „Das musst du akzeptieren. Aber deine Tochter gibt es noch. Sie ist in diesem Haus und freut sich riesig, dass du wieder in ihrem Leben bist. Ich rate dir, dich auf sie zu konzentrieren und nicht auf den Verlust deiner Frau. Sicherlich ist dir tief innerlich klar, dass du sie nie wieder zurückbekommen wirst. Und das wäre auch so, wenn es mich nicht gäbe."

Er atmet tief aus, und es wirkt, als ob einem Luftballon die Füllung ausgeht. „Du hast recht." Tapfer hält er meinen Blick.

Das rührt mich ein wenig und ich schiebe meine Besitzansprüche auf Emory beiseite und konzentriere mich auf Felicity. „Hör zu … Felicity ist ein großartiges Kind und liebt dich sehr. Sie ist dankbar, dich wiederzuhaben, und ich weiß, dass Emory dafür ist, dass du Zeit mit ihr verbringst. Ich bin auch dafür und kann dich unterstützen. Wenn ich etwas tun kann, dir dabei zu helfen, es dir einfacher zu machen, lass es mich wissen."

„Wirklich?", fragt er skeptisch. Das ist verständlich.

Ich nicke. „Wirklich. Und wenn Emory nichts dagegen hat, sag mir, wann du mit Felicity mal zu einem Spiel gehen willst. Dann besorge ich euch gute Tickets in der ersten Reihe. Und ihr könnt eine Backstagetour mitmachen."

Shane strahlt und nickt dankbar. „Danke, Mann. Das ist echt großzügig von dir."

„Gerne." Dabei hängt es von Emory ab, ob sie Felicity mit Shane zu einem Spiel gehen lässt. Ich werde sie nicht dazu drängen, aber ich spendiere gern die Tickets und die Tour. Ich deute auf meinen Wagen. „Ich muss jetzt los oder ich komme zu spät zum Training."

Wir schütteln uns noch mal die Hände, und ich schaue nicht zurück, als ich Shane hinter mir lasse. Später werde ich Emory schreiben und nachfragen, was genau er wollte. Ich nehme an, er testet seine Grenzen aus.

Mich hat Emory zwar herzlich willkommen geheißen, was sicherlich nicht an Croissants und Donuts gelegen hat, aber ich glaube nicht, dass sie über Shanes Auftauchen genauso begeistert sein wird.

In einer schwer zu beschreibenden Stimmung fahre ich zum Stadion. Es fühlt sich an, wie auf Wolken zu laufen, was wohl an einer Mischung aus verschiedenen Dingen liegt. Vor einem Spiel bin ich immer voller Energie.

Das Adrenalin des Wettkampfs heizt mich an. Aber ich spüre noch etwas Sanfteres um dieses Hoch herum, das sich wie Balsam anfühlt.

Vielleicht ist es die Gewissheit, dass mein Leben jetzt erfüllter ist, dass ich jemanden an meiner Seite habe, dem ich etwas bedeute. Auf eine Weise, wie ich es noch nie erlebt habe. Und dass ich die Hoffnung habe, dass in Zukunft alles so gut weitergehen wird.

Als ich in die Umkleide gehe und mich für das Morgentraining umziehe, behalte ich diese Gedanken für mich.

Wenn ich meine Seele genauso entblöße wie Kane seine mit seinen Hochzeitsplänen, werden mich die Jungs ewig damit aufziehen. Sogar diejenigen, die sich selbst hoffnungslos verliebt haben.

Kapitel 22

Emory

„Das ist ja nicht auszuhalten“, sage ich leise, lehne mich an den Küchentresen und kaue nervös an meinem Daumennagel.

Ich beobachte Felicity, die vor dem Wohnzimmerfenster auf der Couch kniet, mit dem Bauch an der Rücklehne lehnt und mit den Händen den Vorhang geteilt hat, um hinausschauen zu können. So wartet sie auf ihren Vater.

Ich checke meine Uhr. Shane ist bereits zwanzig Minuten zu spät.

„Ruf ihn an“, rät mir Jenna leise.

Sie ist genauso besorgt wie ich und geht in der Küche auf und ab.

Ich nehme mein Handy vom Tresen und tippe Shanes Nummer an. Nach zweimaligem Klingeln geht lediglich die Sprachbox dran.

Hier ist Shane. Hinterlassen Sie eine Nachricht.

Ich drehe mich zum Spülbecken um und zische leise ins Telefon, damit Felicity mich nicht hört. „Shane! Wo zum Teufel bist du? Wir machen uns schon Sorgen. Ruf mich an.“

Ich lege auf. Nach einem Blick auf meine Tochter, die immer noch aufgeregt auf ihren Vater wartet, treffe ich eine Entscheidung. Ich suche im Internet Shanes Hotel heraus und rufe dort an.

„Hotel Orion“, sagt ein junger Mann. „Was kann ich für Sie tun?“

„Ähm, ich …“, stammele ich abgelenkt, denn in dem Moment dreht sich Felicity zu mir um. Ihr Ausdruck ist nicht mehr aufgeregt, sondern besorgt.

„Ma'am?“, höre ich und wende den Blick von ihr ab.

„Entschuldigung“, sage ich ins Handy und versuche, deutlich und sachlich zu klingen. „Können Sie mich mit dem Zimmer von Shane Kelly verbinden?“

„Einen Augenblick, bitte“, antwortet der Mann, und ich höre, wie er etwas auf einer Tastatur tippt. „Es tut mir leid, aber Mr. Kelly hat heute früh bereits ausgecheckt.“

„Er … wie bitte?“

„Er ist heute Morgen abgereist“, wiederholt der Mann.

Ich sehe Jenna an, die mich mit erhobenen Brauen ansieht. Wie betäubt beende ich das Telefongespräch. „Er ist aus dem Hotel ausgezogen“, sage ich leise zu Jenna.

„Hatte er das schon länger vor?“, fragt Jenna und wirft einen Blick auf Felicity, die wieder aus dem Fenster schaut.

„Nein“, sage ich wütend. „Seine Eltern hatten das Hotel bis Ende des Monats gebucht.“ Denn Shanes Eltern tun alles für ihren Sohn, besonders, seit er süchtig ist. Sie tragen eine Mitschuld daran, dass er nie clean blieb, weil sie ihn zu sehr unterstützen.

Sie haben ihn immer wieder früher aus der Reha gehen und nach Hause kommen lassen, seine Miete bezahlt und ein Auto, weil er wiederholt seine Arbeitsstellen verloren hat.

„Scheiße“, fluche ich leise und rufe Shane noch einmal auf dem Handy an. Ich bin so wütend, dass ich kaum ruhig auf seine Sprachbox sprechen kann. „Du verdammtes Arschloch. Deine Tochter wartet auf dich, dass du mit ihr zum Tanz gehst, aber du hängst wahrscheinlich irgendwo rum und hast eine Nadel im Arm, oder?“ Ich blicke Jenna an, denn ich kann es nicht ertragen, wie meine Tochter mit dem Gesicht praktisch an der Scheibe klebt und auf ihren Dad wartet. Ich hole zittrig Luft und atme aus. Wie viel Zeit ist noch auf der Sprachbox übrig? „Shane, wir sind fertig mit dir. Du hast nach dem Entzug nicht einmal einen Monat durchgehalten, bis der Stoff dir wichtiger war als deine Tochter. Ab jetzt hast du kein Besuchsrecht mehr.“

Ich beende das Gespräch, indem ich viel zu fest auf dem Handy herumwische. Vor Wut habe ich Tränen in den Augen. Jenna legt sanft eine Hand auf meine Schulter. Mit dem Handrücken wische ich mir über die Augen, bevor die Tränen fallen.

„Vielleicht hat er nur das Hotel gewechselt und ist spät dran“, vermutet Jenna mit schwacher Stimme.

Heftig schüttele ich den Kopf. „Nein, er nimmt wieder etwas ein. Ich kenne die Zeichen. Keine wichtigen Termine einhalten, nicht ans Telefon gehen. Nach gestern überrascht mich das irgendwie nicht."

Jenna nickt, auch wenn sie nicht dabei war. Sie hat es nur aus zweiter Hand von mir erfahren. Nachdem Jett gegangen war und während ich noch den Geschmack des Croissants im Mund hatte, stand Shane vor der Tür und wollte Felicity zur Schule begleiten. Ich war nicht begeistert von seinem unangekündigten Auftauchen, schaffte es jedoch mit einiger Mühe, Felicity über meinen Unmut zu stellen, weil sie es toll finden würde, wenn ihr Daddy sie zur Schule bringt.

Doch als ich die Kröte geschluckt und es Shane erlaubt hatte, verlor er plötzlich das Interesse an seinem Vorhaben. Viel lieber wollte er bei mir herumsitzen, meine Croissants essen und wissen, wie es zwischen mir und Jett steht. Es war völlig unangebracht, mich das zu fragen, vor allem vor Felicity. Ich schickte Felicity ihre Schultasche holen Sobald sie außer Hörweite war, schimpfte ich mit Shane. Nicht sehr laut, damit mich Felicity nicht so erleben musste, aber ich musste ihm die Situation ein für alle Mal klarmachen.

Zwischen uns beiden ist nichts mehr.

Ich habe mich vor langer Zeit weiterentwickelt, und genau das muss er auch tun.

Ich wiederholte, dass er in Felicitys Leben willkommen ist, aber nicht einfach in mein Haus marschieren kann, wie es ihm beliebt.

Shane war einsichtig. Er gab zu, dass ich recht habe und dass er zu weit gegangen ist. Er sagte lauter gute und richtige Sachen, aber tief in mir weiß ich, dass meine Worte ihn tief getroffen haben. Dass er immer noch Hoffnungen hat, egal, wie viel Zeit vergangen ist, egal, dass er meine Liebe zu ihm zerstört hat oder dass für mich seit der Trennung klar war, dass es für immer vorbei ist. Shane dachte tatsächlich, dass wir beide noch eine Chance hätten. Ich habe es in seinen Augen gesehen. Die Enttäuschung, die Reue und vor allem seine Schwäche.

Nein, es überrascht mich wirklich nicht, dass er fort ist. Aus dem Hotel ausgezogen ist. Seine Tochter erneut verlassen hat.

„Er ist hundertprozentig wieder rückfällig geworden", sage ich leise, doch überzeugt zu meiner Schwester. Ich kenne Shane und weiß, wovon ich rede. Gedankenverloren tippe ich mit dem Handy an mein Kinn und sehe meine Tochter an. Sie hält immer noch nach ihrem Dad Ausschau. Ich hasse es, aber ich muss ihr sagen, dass ihr Dad nicht kommen wird.

Aber erst muss ich Jett schreiben, dass unsere Pläne für heute Abend nicht stattfinden werden. Ich werde mein trauriges Kind trösten müssen.

***

„Können wir jetzt nach Hause gehen?", jammert Felicity und stöhnt theatralisch auf. Sie rollt mit den Augen und schaut zur Raumdecke der Aula hoch, an der sich die Lichter der Discokugel spiegeln.

Ich habe sie überredet, mit mir zum Tanz zu gehen, obwohl sie strikt dagegen war, nachdem sie erfahren hatte, dass ihr Dad nicht kommt. Ich habe eine vage Ausrede erfunden. Leider fiel mir nichts Besseres ein als: „Ihm ist etwas dazwischengekommen. Sicher wird er uns später anrufen."

Sie ist in Tränen ausgebrochen, und ich nahm sie in die Arme, während sie jammerte, dass ihr Vater sie nicht mehr lieb hat. Ihre Erinnerungen an unsere Vergangenheit mit Shane mögen nicht mehr klar sein, doch sie weiß noch, wie es sich anfühlt, vernachlässigt zu werden. Vor zwei Jahren weinte sie schon deswegen und behauptete, dass er sie nicht lieb hätte, weil er nie da war.

Jenna und ich haben uns alle Mühe gegeben, sie zu trösten, ihr Halt zu geben, und dann sagte ich ihr, dass wir trotzdem zum Tanz gehen sollten. Sie wollte doch ihre Freunde treffen und ihr neues Kleid herzeigen. Das lockte ihr Interesse hervor und schließlich stimmte sie zu. Bevor sie es sich anders überlegen konnte, eilte ich ins Schlafzimmer und zog mich um. Ich wählte als Outfit eine schwarze Hose und ein Bolerojäckchen mit großen Knöpfen. Zwar versuchte ich nicht, den Vater zu mimen, aber ich wollte auch kein Kleid tragen und meine Tochter überschatten.

Wir sind erst seit fünfzehn Minuten hier und schon ist Felicity unzufrieden mit der Entscheidung. Ich bin die einzige Mutter hier, was Felicity nicht einmalig macht, sondern zur Außenseiterin. Als wir angekommen sind, fragten ihre Freunde, wo ihr Daddy sei. Sie murmelte etwas davon, dass er krank ist und dass stattdessen ihre Mom mitgekommen ist.

Es brach mir fast das Herz. Nicht, weil sie sich meinetwegen schämen würde, denn ich weiß, dass sie mich liebt. Sondern weil es sie so hart trifft, dass Shane ihr das antut. Und das macht mich unbeschreiblich rasend.

Ich konzentriere mich auf Felicity und darauf, dass sie doch noch Spaß an dem Abend hat, doch innerlich denke ich nur daran, morgen den Anwalt anzurufen, der dafür sorgen soll, dass Shane jegliches Besuchsrecht entzogen wird. Auf keinen Fall will ich, dass Felicity alle Hochs und Tiefs seiner Sucht miterleben muss. Das kommt einfach nicht infrage.

„Bitte, Mami", sagt Felicity. Diesmal nicht weinerlich, sondern ernst. „Ich will nach Hause."

„Aber warum denn?", frage ich und streichele ihr übers Haar. „Deine Freunde finden es toll, dass du da bist, und sie winken dir zu, dass du mit ihnen tanzen sollst."

Beim Vater-Tochter-Tanz tanzen meistens die Mädchen zusammen zu lustigen Liedern. Ab und zu wird ein langsames Lied gespielt, bei dem die Mädchen auf die Füße der Väter steigen. Doch hauptsächlich ist es ein Event für die Töchter.

Felicity schaut zu ihren Freunden hinüber und tatsächlich winken sie zwei davon zu sich. Doch sie ringt sich nicht mal ein Lächeln ab und sieht mich an. „Ich will nicht hierbleiben. Es fühlt sich komisch an, ohne Daddy hier zu sein."

„Aber seit ein paar Jahren gibt es nur noch uns beide, Baby." Ich gehe in die Hocke, um auf Augenhöhe mit ihr zu sein. „Es hat dich doch nie gestört, nur deine Mom dabei zu haben."

Theatralisch seufzt sie. „Das stimmt", sagt sie in einem Ton, als ob ich einfach nichts verstehe. „Aber das hier ist eine Feier für Väter und Töchter. Wo Jungs mit Mädchen tanzen, verstehst du?"

Ich muss über die Denkweise einer Siebenjährigen lächeln, denn hier tanzen viele Jungs miteinander und viele Mädchen ebenfalls unter sich. Und das kennt sie auch, denn ihr Großonkel Jonas, der Bruder meines Vaters, ist homosexuell und seit über fünfundzwanzig Jahren mit demselben Mann zusammen. Sie weiß, dass Liebe einfach nur Liebe ist. Aber natürlich verstehe ich, was sie damit sagen will.

„Mami, die anderen Mädchen haben ihre Daddys hier und sie sehen alle gut aus und haben sich schick angezogen. So wie Prinz Charming. Sorry, aber mit dir ist es einfach nicht dasselbe."

Ich lege einen Finger unter ihr Kinn. „Ich weiß, mein Schatz, und kann dich verstehen. Für manche Dinge braucht man einfach einen Dad."

Sie nickt, und ihre Augen werden feucht, als sie endlich verstanden wird. Manche Dinge kann ich nicht ersetzen. Das schmerzt, aber ich sehe es ein.

Ich erhebe mich wieder und reiche ihr die Hand. „Dann gehen wir jetzt. Wir halten unterwegs an und essen ein Eis, okay?"

Zum ersten Mal seit sie weiß, dass ihr Dad nicht kommen wird, lächelt sie wieder. Sie nickt und legt ihre Hand in meine.

Wir gehen zur Tür, die in eine kleine Lobby führt und dann zum Parkplatz. Doch nach ein paar Schritten halte ich inne.

Denn durch diese Tür kommt Jett.

Ungläubig starre ich ihn an. Er trägt einen dunkelgrauen Anzug, der ihm so gut passt, dass er für ihn geschneidert worden sein muss. In seinem Schrank hängen mehrere in allen möglichen gedeckten Farben. Jett ist frisch rasiert und hat einen Blumenstrauß in der Hand.

Felicity winkt ihren Schulkameraden und sieht ihn nicht sofort. Als ich abrupt anhalte, dreht sie sich um und sieht ihn.

„Schau mal, Mami, was macht Jett denn hier?"

Ich weiß, was er hier macht. Dieser große, starke Mann hat sich zurechtgemacht und seine bequeme Wohnung an einem seiner seltenen freien Abende verlassen. Er möchte anstelle von Shane Felicity ein unvergessliches Erlebnis bereiten. Das muss er sich nach meiner Nachricht ausgedacht haben. Ich habe ihm geschrieben: *Shane ist nicht gekommen. Ich werde mit Felicity zum Tanz gehen, sodass ich leider nicht zu dir kommen kann.*

Mehr musste ich dazu nicht sagen. Jett kennt meine Meinung über Shane und weiß, dass ich jeden Tag damit gerechnet habe, dass er rückfällig wird. Und ich musste auch nicht betonen, wie sehr das Felicity trifft. Er hat selbst erlebt, wie sie sich gefreut hat, als Shane wieder in ihr Leben getreten ist. Jett hat sie sogar dazu ermuntert. Ich wusste, dass er Verständnis hatte, als er antwortete: *Dann geh und sei die wunderbare Mutter, die du immer bist. Wir beide haben noch alle Zeit der Welt. Felicity geht jetzt vor.*

Das hat mich fast umgehauen. Er übt keinerlei Druck auf mich aus. Er weiß, wo meine Prioritäten liegen. Und er hat mir versichert, dass wir noch jede Menge gemeinsame Nächte haben werden.

Das ist perfekt.

Mehr könnte er unmöglich für mich tun.

Und doch ist er jetzt hier. In einer Million Jahren hätte ich nicht gedacht, dass er so etwas tun würde. Das ist das Netteste, was man sich nur vorstellen kann. Es bestätigt das, was Jenna und ich vermutet haben: dass Jett ein besonderer Mensch ist.

Ich bin tief berührt und fühle mich gleichzeitig geehrt, ihn zu haben. Eine Frau könnte sich nichts Besseres wünschen. Allerdings weckt er auch eine Menge Ängste in mir. Denn als ich das letzte Mal einem Mann so vertraut habe, bin ich enttäuscht und seelisch fast zerstört worden. Ich möchte dieses Risiko nicht noch mal eingehen. Gleichzeitig kann ich mir aber auch nicht vorstellen, ihn gehen zu lassen. Dieses Gefühl verstärkt sich jetzt, als er auf Felicity zugeht und ihr die Blumen reicht.

„Ich habe gehört, dass dir für diesen Tanzabend ein Date fehlt." Sie nimmt den Strauß entgegen und sieht ihn mit großen Augen an. „Ist es okay, wenn ich den Platz deines Vaters übernehme?"

Überrumpelt nickt sie lediglich.

In dem Moment wird ein langsames Lied gespielt. Es ist neu, ich kenne es nicht.

Der DJ sagt durch: „Okay, ihr Daddys, schnappt euch eure hübschen Töchter und ab auf die Tanzfläche."

Bis jetzt hat Jett mich noch nicht angesehen. Er nimmt Felicity den Strauß aus der Hand und reicht ihn mir. Dann bietet er meiner Tochter den Arm an. Kichernd hakt sie sich bei ihm unter und sie gehen zur Tanzfläche.

Ich lege eine Hand auf mein Herz, das voller Zuneigung und Angst klopft, als Jett einen Schritt wagt, um den ich ihn nie gebeten hätte.

Schnell packe ich ihn am Arm und halte die beiden auf.

Jetzt sieht er mich an.

Ich küsse ihn auf den Mundwinkel. „Vielen Dank."

Er zwinkert. „Es ist mir eine Freude."

Kapitel 23

Emory

„Oha, das dritte Stück Pizza?“, merkt Jenna an, als ich mich auf der Couch vorbeuge und mir noch ein Stück nehme.

Genüsslich beiße ich in die Pizza New York Style und spüle mit einem Schluck Bier nach. Wir zelebrieren unseren Schwesternabend, den wir nicht mehr oft haben können. Essen Pizza und trinken unser Lieblingsbier und heute ist es wieder so weit. Felicity übernachtet bei einer Klassenkameradin, deren Mutter ebenfalls für das Management der Vengeance arbeitet. Wir haben uns angefreundet, und die Mädchen kennen sich gut, weil sie in dieselbe erste Klasse gehen.

Jett ist bei einem Auswärtsspiel. Es dauert noch eine Weile, bis es beginnt, und wir werden es uns im Fernsehen ansehen. Weil wir am Verhungern waren, haben wir schon mal mit der Pizza und dem Bier begonnen. Es ist Samstag und Felicity muss ich erst morgen gegen Mittag abholen. Daher kann ich mich mit meiner Schwester ein bisschen anheitern. Oder sogar betrinken.

„Hast du gestern Shanes Eltern angerufen?“, fragt Jenna.

Jetzt können wir uns zum ersten Mal heute richtig unterhalten. Jenna musste einen Abgabetermin erfüllen und ist ins Büro gefahren. Ich war einkaufen und in der Reinigung sowie in der Apotheke.

Ja, ich habe mit Shanes Eltern telefoniert, da Shane auf meine diversen Kontaktversuche nicht reagiert hat. Obwohl ich ziemlich sicher war, dass er irgendwo seinen Rausch ausschlief, wollte ich wissen, ob seine Eltern etwas von ihm gehört hatten. Wegen der unwahrscheinlichen Möglichkeit, dass ihm etwas Schlimmes passiert ist. Nicht, dass Medikamentenmissbrauch nicht schon schlimm genug wäre. Mit seinen Eltern bleibt er immer in Kontakt, egal unter welchen Umständen.

„Tatsächlich hat er sich bei Mary gemeldet", sage ich trocken. „Sie versicherte mir, dass er okay sei, und hörte nicht auf, ihn für seine Standhaftigkeit zu loben."

„Ist er denn wieder in L.A.?" Sie legt ihr Stück Pizza in den Karton und beugt sich auf dem Sessel vor.

Ich schüttele den Kopf. „Mary hat gesagt, er sei noch in Phoenix, aber er kann sie auch belogen haben. Was sehr wahrscheinlich ist, denn er hat ihr gesagt, dass es ihm gut geht, und mit keinem Wort erwähnt, dass er Felicity sitzen gelassen hat."

Jenna knurrt angewidert, denn das ist so typisch für Shane. „Hast du es ihr erzählt? Und dass er aus dem Hotel ausgezogen und jetzt nicht mehr erreichbar ist?"

„Klar habe ich das." Ich klinge verbittert und plötzlich schmeckt die Pizza nicht mehr so lecker. Ich lege mein Stück ebenfalls in den Karton.

„Lass mich raten", sagt Jenna, hebt theatralisch die Hände und äfft Marys hochnäsige Stimme erstklassig nach. „Ach, Emory. Sicher machst du dir ganz umsonst Sorgen."

Das bringt mich zum Kichern. Dies ist stets Marys Reaktion auf all meine Probleme mit Shane gewesen. Sie ist eine Mutter, die den schönen Schein nicht durchschauen kann. Obwohl sie ihn während des Entzugs immer unterstützt hat, spielte sie die Ernsthaftigkeit seiner Probleme herunter und glaubte, es wäre doch alles ganz harmlos und eine Therapie überflüssig. Aber das behauptete sie nur, weil eine Sucht ihres Sohnes dem Ruf der Familie schaden könnte.

„Ich hätte es mir denken können", sage ich, trinke von meinem Bier und sinke in die Couchkissen zurück. Dann spiele ich an dem Etikett der eiskalten, beschlagenen Flasche herum. „Ich hatte angefangen, ihm zu glauben. Dachte, dass er wirklich gern für Felicity da sein und sein eigenes Leben wieder in den Griff kriegen will."

„Es ist nichts falsch daran, Hoffnungen zu haben. Und daran zu glauben, dass sich ein Mensch ändern kann."

Unsere Blicke treffen sich. „Genau das hat Jett auch gesagt, als ich Shane kein Wort geglaubt habe."

Jenna nickt. „Das ist auch ein echt guter Rat."

Die Unschuldige spielend, weite ich die Augen. „Was denn? Ich hoffe ja auch, dass er es schafft, sich zu ändern. Dass Felicity und er eine Beziehung aufbauen können und dass …“

Jenna hebt eine Hand. „Halt! Das stimmt doch gar nicht, denn tief in dir hast du Shane längst abgeschrieben. Du versuchst nur, für Felicity die richtigen Entscheidungen zu treffen, damit sie Kontakt zu ihrem Vater haben kann, wie es sich gehört. Die Frage ist doch aber, ob es sich überhaupt noch gehört. Jett und ich meinten damit, dass es okay ist, das Beste zu hoffen. Aber man muss sich trotzdem auf das Schlimmste vorbereiten.“

„Ich bin auf das Schlimmste vorbereitet. Ich habe nur gehofft, dass es zwischen Shane und Felicity funktioniert, bin aber nicht überrascht, dass dem nicht so ist. Und ich glaube auch nicht, dass es je klappen wird.“

„Das ist verständlich. Aber verschließe dich deswegen nicht der Möglichkeit. Wahrscheinlich wird Shane Felicitys ganzes Leben lang immer wieder auftauchen und verschwinden, weil er immer wieder in den Entzug muss. Das sind keine schönen Aussichten. Wir können nur hoffen, dass es nicht so schlimm wird, und wir müssen sie mit viel Liebe und Beständigkeit umgeben, falls es doch so wird.“

Meine Schwester ist jünger als ich, aber ziemlich weise. Sie hat sehr viel mehr Schmerz durchmachen müssen als ich, und ich höre immer auf ihren Rat. Auch diesmal verstehe ich, was sie mir sagen will, bin allerdings nicht ganz so hoffnungsvoll und wohlwollend, was Shane angeht. Aber ich will mich nicht mit ihr streiten. Sie findet, dass man ruhig Hoffnungen haben darf, doch ich bereite mich lieber auf das Gegenteil vor. Das nennt man, sein Kind vor zukünftigem Leid beschützen. Und sich selbst.

„Reden wir über etwas anderes." Um ihr zu zeigen, dass mich das Thema nicht weiter beschäftigt, stelle ich mein Bier auf den Tisch und greife wieder nach meinem Stück Pizza.

„Dann reden wir über Jett", sagt Jenna und grinst lauernd. „Ist er nicht das reinste Überraschungs-Muskelpaket?"

Ich rolle mit den Augen, weiß aber, wie sie das meint. „Auf jeden Fall ist er nicht so, wie ich erwartet hatte."

„Ich bin froh, dass du ihm überhaupt eine Chance gegeben hast", sagt Jenna, ignoriert ihre Pizza und setzt sich im Schneidersitz auf den Sessel. „Was er gestern für Felicity getan hat, war total süß."

Ich knurre zustimmend.

Sie runzelt die Stirn. „Fandest du das etwa nicht süß?"

„Doch. Aber etwas zu süß." Denn als ich ihn in die Schule kommen gesehen habe, wurde mir schlagartig klar, dass ich mein Herz so sehr an ihn verlieren könnte wie an keinen anderen.

Jenna sieht mich skeptisch an. „Was hast du für ein Problem?"

„Ich habe Angst, wieder verletzt zu werden", antworte ich ehrlich. Vor Jenna halte ich nie etwas geheim. Das geht einfach nicht mehr. Nicht, nachdem ich während ihrer Genesung von den schrecklichen Brandverletzungen an ihrer Seite war und mir ihre Verbitterung anhören musste. Es zerriss mir fast die Seele, sie so leiden zu sehen. Zu sehen, wie sehr sie sich wünschte, die Schmerzen würden nachlassen, und wie sie dachte, ihr Leben wäre nun vorbei. Mir gestand Jenna ihre wahren Gefühle, nicht unseren Eltern. Deswegen werde auch ich immer ehrlich zu ihr sein.

„Und warum denkst du, dass Jett dir jemals wehtun würde?“

„Weil ich das auch von Shane nicht gedacht hätte.“ Ich kann ihr keinen Grund nennen, warum Jett mir wehtun könnte. Ich gehe allein von meinen früheren Erfahrungen aus.

Jenna gibt einen Laut von sich, der ausgesprochen ziemlich nach „Bockmist“ geklungen hätte. „Aber Shane und Jett haben nichts gemeinsam, das weißt du. Shane hat ein Suchtproblem. Das ist zwar keine Entschuldigung, aber eine Erklärung, warum er unvernünftig ist und keine Versprechen und Beziehungen einhält. Und Jett ist ganz anders.“

Meine liebe, starke Schwester sagt die Wahrheit. Dasselbe sage ich mir selbst immer wieder und kämpfe gegen die Angst und das Gefühl drohenden Unheils an. Ich weiß, dass Shane das alles in mir ausgelöst hat. Und mir ist klar, dass ich mich mit der Stimme der Vernunft allein da durcharbeiten muss.

Als ob er wüsste, dass wir über ihn reden, klingelt mein Handy und Jetts Name erscheint auf dem Display. Wahrscheinlich ist er gerade im Stadion in Los Angeles und bereitet sich auf das Spiel vor. Sein Anruf wundert mich jedoch nicht. Bisher hat er es immer irgendwie geschafft, sich kurz vor einem Spiel noch schnell zu melden. Das tut er, um mir die Gelegenheit zu geben, ihm viel Glück zu wünschen, denn er weiß, dass ich ihn nicht anrufen würde, um ihn nicht zu stören. Das habe ich ihm einmal gesagt, und seitdem ruft er mich an, wenn er die Zeit für eine kurze Unterhaltung hat.

„Hi, du", sage ich betont fröhlich und flirtend ins Handy, denn ich will nicht, dass er mir unsere ernste Unterhaltung über Ängste und Befürchtungen anhört.

„Ich will mich nur kurz melden", sagt er. Das bedeutet: *Ich habe Zeit für dich, Emory. Ich denke an dich, bevor ich gleich aufs Eis gehe.* Verdammt, das geht mir direkt ans Herz. „Was hast du heute so gemacht?"

Ich gebe ihm eine schnelle Zusammenfassung. „Und jetzt esse ich Pizza und trinke Bier mit Jenna. Wir sehen uns gleich dein Spiel an."

„Und wie geht es Miss Felicity?"

Das bedeutet: Wie geht es ihr am Tag, nachdem ihr Vater sie sitzen gelassen hat?

„Sehr gut. Sie fand den Abend mit dir super und übernachtet heute bei einer Freundin."

Jett schweigt und verdaut dies. Er spricht nicht aus, was wir beide denken. Dass der gestrige

Vorfall sicherlich etwas mit Felicity gemacht hat und wir nur noch nicht wissen, wie groß der seelische Schaden ist, den Shane verursacht hat.

„Hast du etwas von dem Arschloch gehört?", knurrt Jett.

„Kein Wort."

Wieder schweigt er eine Weile. Dann spricht er so zärtlich, dass ich fast weinen muss. „Und du? Wie geht es dir wirklich?"

Ich blinzele mehrmals. Mir ist bewusst, dass Jenna zuhört. Ich halte nichts vor ihr zurück, doch jetzt spreche ich mit Jett. „Ich bin überwältigt", sage ich aufrichtig, aber mit fester Stimme, damit er sich keine Sorgen macht.

„Da ist noch mehr", sagt er. Er spürt, dass ich nicht alles zugebe.

„Nein, nichts", versichere ich ihm. Er soll sich jetzt auf nichts anderes als das Spiel konzentrieren.

„Doch, und ich lege erst auf, wenn du es gesagt hast", antwortet er.

Trotz Herzklopfen und innerem Chaos muss ich lächeln. Dann seufze ich und sage ihm die Wahrheit. „Ich fühle mich verletzlich, und das gebe ich nur ungern zu."

„Weil du eine der stärksten Frauen bist, die ich kenne", sagt er zur Erinnerung.

„Danke für das Kompliment." Ich bin dankbar, dass Jett mich immer wieder auf den Boden der Tatsachen bringt. „Aber trotzdem fühle ich mich wie ein Blatt Papier, das zerknüllt und an dem gezerrt wird und das jeden Moment reißt."

Er findet das nicht albern. Er wiederholt nicht, dass ich ein eisernes Rückgrat habe. Er versucht nicht, meine Gefühle herunterzuspielen. „Dann lass mich die stabilisierende Lage Pappe hinter deinem Papier sein.“

Eine Welle der Freude überrollt mich bei dieser verpflichtenden Aussage und bei der witzigen Analogie muss ich lachen. „Sorry, aber ich stelle mir dich gerade als lebensgroße Pappfigur vor, wie es sie von Promis gibt.“

„Es gibt tatsächlich so eine von mir. Ich kaufe dir eine“, sagt Jett und steigt auf meinen Humor ein.

„Okay“, antworte ich und lache.

„Ich muss los“, sagt er abrupt.

„Hab Spaß beim Spiel. Ich wette, du wirst mich bis L.A. brüllen hören.“

„Morgen früh bin ich wieder da.“

Mein Magen zieht sich zusammen vor Freude und Beklemmung. Ich hasse diese zweischneidigen Gefühle. Langsam entwickle ich Hassgefühle gegenüber Shane, weil er daran schuld ist, dass ich an den Männern zweifle.

„Kann ich zu dir kommen?“, fragt Jett. „Morgen ist zwar ein Wochentag, aber ich könnte zumindest Abendessen für alle mitbringen.“

Noch mehr Emotionen verwirren mich. Ich empfinde eine extreme Dankbarkeit für seine Großzügigkeit. Wir beide bekommen nicht viel Zeit miteinander, und es wäre durchaus denkbar gewesen, dass er mich fragt, ob ich morgen bei ihm übernachte. Und ich hätte zugestimmt.

Dennoch habe ich Angst, dass mir Jett etwas bedeutet, was ich nie wieder haben wollte. Was mir Angst macht.

„Emory?"

„Ähm … ja, vielleicht." Meine Gedanken rasen. Ich frage mich, ob ich einfach zusagen soll oder ihn fragen, ob ich lieber zu ihm kommen kann, damit er wunderbare Dinge mit mir anstellen kann. Oder ob ich lieber ganz die Finger von ihm lassen soll … Schlimm, dass ich daran überhaupt nur denke, aber ich kann die Möglichkeit nicht völlig außen vor lassen.

„Emory", sagt er sanft und doch in einem unglaublichen Befehlston. „Das erfordert eine Ja- oder Nein-Antwort."

Ich werfe einen Blick auf Jenna. Sie hat keine Ahnung, was er gesagt hat, aber sie kann mich gut lesen. Ihr Ausdruck sagt: „Sei nicht blöd, vermassele es nicht!"

Das bringt mich in die Realität zurück. Wo ich auf eine schönere Zukunft hoffen kann. „Die Antwort lautet natürlich Ja. Das wäre wunderbar."

Ich versuche, das erleichterte Seufzen auf der anderen Seite zu ignorieren. Nun weiß Jett, dass ich Zweifel habe. Das möchte ich nicht vor ihm verbergen. Er bedeutet mir zu viel, um nicht darüber zu sprechen, dass Shane mir ein Trauma hinterlassen hat.

Aber dieses Gespräch werden wir ein andermal führen müssen.

Momentan bleibe ich mit ihm im Hier und Jetzt. Egal, wie verwirrend alles ist. „Du fehlst mir."

„Du mir auch." Ich höre das Lächeln in seiner Stimme.

„Hab ein gutes Spiel."

„Das werde ich."

Wir beenden das Gespräch. Ich starre das Handy noch eine Weile an, dann holt mich Jenna in die Realität zurück.

„Bitte vermassele das mit ihm nicht", sagt sie fast flehend. „Er ist ein guter Mann."

„Ich weiß." Mehr als alles andere will ich selbst wissen, wohin das mit uns führen kann. Zu gern möchte ich über die Ängste wegkommen. „Ich gebe mir alle Mühe. Versprochen."

Das scheint sie zufriedenzustellen, denn sie isst ihre Pizza weiter.

Ich habe keinen Hunger mehr.

Meine Gedanken rasen immer noch, und ich versuche, meine Gefühle zu sortieren.

Kapitel 24

Jett

Das ist neu, und ich glaube, es gefällt mir nicht.

Eigentlich sollte ich heute bester Laune sein.

Wir haben die L.A. Demons besiegt, was immer eine große Sache für unser Team ist, und das nicht unbedingt, weil sie einfach ein gefährlicher Gegner sind. Sondern, weil letztes Jahr um diese Zeit deren Defenseman Lars Nilsson unseren Tacker mit einer blöden Bemerkung über den Tod von dessen Verlobter bei einem Flugzeugabsturz provoziert hat.

Tacker hat ihm umgehend das Gesicht neu arrangiert und wurde daraufhin für die folgenden zehn Spiele gesperrt.

Seitdem ist unser Verhältnis zu diesem Team etwas angespannt. Jede kleine Handlung, die man eventuell als unfair bezeichnen könnte, wird sofort gerächt. Wenn man sich die Statistiken ansehen würde, bin ich sicher, dass wir die meisten Strafen gegen dieses Team kassiert haben und umgekehrt.

Trotzdem gingen wir mit 4:1 als Sieger vom Eis.

Unser Flugzeug geht erst morgen früh, also sind die Jungs einen trinken gegangen. Ich blieb im Hotelzimmer, weil ich wirklich todmüde bin. Ich war heute zweiundzwanzig Minuten auf dem Eis und spielte mir die Seele aus dem Leib. Das passiert öfter, aber heute war ich besonders aktiv. Meine Beinmuskeln waren angespannter und meine Entschlossenheit machte mich noch schneller. Gern würde ich glauben, dass ich einfach unbedingt gegen den bekloppten Lars Nilsson gewinnen wollte, aber tief in mir weiß ich, dass mich die Sorge um Emory angeheizt hat.

Ich weiß, dass sie schwere Bedenken hat, und die habe ich auch. Ich mache mir Gedanken, inwieweit ihre Bedenken unsere Beziehung beeinflussen werden, denn das werden sie ganz sicher. Die Sache mit Shane belastet sie, aber sie ist eine Frau, die mit ihren Problemen allein fertigwerden will. Sie hatte auch nie eine andere Wahl und ist nicht gern von anderen abhängig.

Zwar mag ich es nicht, wenn mich meine persönlichen Angelegenheiten auf dem Eis antreiben, aber so wurde es ein tolles Spiel. Ich habe ein Tor gemacht und bei zweien assistiert, und zusammen mit allem anderen war ich reif fürs Bett, als ich im Hotel ankam.

Aber als ich im Bett lag, den Fernseher als Hintergrundgeräusch eingeschaltet, konnte ich nicht schlafen. Mein Körper war für heute fertig, aber meine Gedanken gaben keine Ruhe.

Deshalb betrete ich jetzt die Bar des Hotels und bedauere es, nicht mit den Jungs weggegangen zu sein. Allerdings macht es mir nichts aus, allein einen oder zwei Drinks zu nehmen, die meine Gedanken dämpfen werden, damit ich schlafen kann.

Ich glaube, Bourbon kann dafür sorgen.

Es ist spät, das Restaurant ist leer, als ich es betrete. Rechts befindet sich die Bar mit ungefähr fünfzehn Barhockern. Ein paar Sitznischen grenzen die Bar vom Restaurant ab. An einem Ende der Bar sitzt ein Pärchen eng zusammen und ist in eine leise Unterhaltung vertieft. Das habe ich mit Emory auch schon erlebt und weiß, wie leicht man dabei seine Umgebung vergessen kann. Ich setze mich in die Mitte der Bar. Dort steht zufällig auch der Barkeeper hinter der Theke. Er wirkt nicht, als ob er mich erkennt. Das ist nichts Ungewöhnliches. Nicht jeder ist Eishockeyfan und wir sind hier in Los Angeles. Hier gibt es sogar zwei Eishockeyteams, und ich erwarte von keinem ihrer Fans, auch nur einen Spieler des Gegners zu kennen, es sei denn, es geht um Topspieler wie Bishop oder Tacker.

Das verletzt mich nicht, im Gegenteil, ich mag es. Zwar sind der Aufruhr, den unser Erscheinen im Sneaky Saguaro jedes Mal auslöst, und die Vergötterung durch die Fans cool. Aber meistens gebe ich mir Mühe, in der Öffentlichkeit nicht erkannt zu werden, damit ich ganz ich selbst sein kann und nicht immer der Eishockeyspieler bin.

„Was kann ich Ihnen bringen?“, fragt der Barkeeper gelangweilt.

Anscheinend macht er nicht gern Small Talk, wofür ich ebenfalls dankbar bin. Im Fernseher über der Bar läuft ein Sportsender mit Untertiteln und dem schaue ich zu.

„Irgendein Bier, egal welches, und einen Jack Daniel's." Bei Alkohol bin ich nicht wählerisch und probiere gern verschiedene Biersorten. Aber wenn es um Whiskey geht, will ich einen Bourbon.

Das Bier hat kaum eine Schaumkrone, als es vor mich gestellt wird. Als Nächstes gießt er mir den Bourbon in ein Glas.

Ich schiebe meine Kreditkarte über die Bar. „Geht alles auf meine Karte, aber ich bin noch nicht fertig."

Der Barkeeper sieht mir zu, wie ich den Whiskey abkippe und das Glas wieder abstelle. Mit den Fingerspitzen schiebe ich ihm das Glas zu. „Noch einen, bitte."

Der Barkeeper erfüllt mir den Wunsch. Normalerweise kippe ich Whiskey nicht einfach ab. Dieser hier war dafür gedacht, meine Speiseröhre zu ölen, und wahrscheinlich werde ich den zweiten gar nicht trinken, aber nun ist er da, falls ich noch einen will.

Ich nehme das Glas mit dem blassen Bier, dessen Namen ich nicht erfragt habe, trinke einen Schluck und wende dabei meinen Blick Richtung Fernseher. Bevor er dort ankommt, gleitet er über die Spiegelfläche hinter der Bar und ich sehe ein mir bekanntes Gesicht hinter mir in einer der Sitznischen.

Ich drehe mich um und sehe Riggs. Vor ihm steht ein halb volles Bier und er schaut auf sein Handy.

Das ist eine interessante Chance, mit Riggs zu reden, unserem schweigsamen Einzelgänger, der sich uns langsam öffnet. Und jetzt sitzt er hier, trinkt allein ein Bier in einer Bar. Nun ja, genau wie ich. Wahrscheinlich wäre er gern weiterhin allein, aber ich habe diesen Wunsch noch nie respektiert, wenn ich der Meinung war, dass sich jemand öffnen sollte. Riggs hat noch einen weiten Weg vor sich, wenn er ein vollständiges Mitglied des Teams sein will, und es ist sozusagen meine Pflicht, ihn dazu anzuregen. Zumindest sage ich mir das, nehme mein Bier und den Whiskey und verlasse den Tresen.

Riggs sieht erst auf, als ich ihm gegenüber auf die Sitzbank rutsche. Sein Blick zeigt nur kurz Überraschung, doch diese Emotion ist sichtbar. Wahrscheinlich hat er mich nicht in die Bar kommen sehen.

„Was geht, Mann?“, frage ich und stelle meine Gläser auf den Tisch. Ich nehme das Bier und trinke etwas davon.

„Nicht viel“, sagt er und deutet mit dem Kinn auf meinen Bourbon. „Heute keine Lust, mit den Jungs abzuhängen?“

„Nein“, antworte ich mit einem Lachen. „Ich konnte nicht schlafen und will noch etwas trinken. Du hast heute echt gut gespielt.“

Riggs hat sich mit Nilsson angelegt, der sich erlaubte, Dax etwas zu hart zu rammen. Beide bekamen eine Strafzeit. Aber Nilsson war derjenige von beiden, der blutete.

Riggs sagt nichts zu meinem Kompliment und hebt nur das Kinn.

Das beleidigt mich nicht. Am Ende des Spiels hat er mir in der Kabine zu meinem guten Spiel gratuliert. Und ich weiß, dass er absichtlich schweigsam ist, um Gegenfragen und damit eine ganze Unterhaltung zu vermeiden.

„Ist es dir auch schon mal passiert, dass dich etwas so sehr beschäftigt, dass du nicht schlafen kannst?", frage ich rein rhetorisch, denn das geht sicher jedem Menschen so. „Das Problem habe ich heute."

Riggs starrt auf sein Bier. „Das passiert mir andauernd."

Ich bin erstaunt, dass er mir das verraten hat, doch er ist unberechenbar, was das Reden über sein Privatleben angeht. Sein Kommentar ist nicht gerade eine Einladung zum Fragenstellen, aber ich betrachte die Bemerkung als sein Einverständnis, bei ihm am Tisch sitzen bleiben zu dürfen.

„Ich weiß, dass du gern allein bist", sage ich und halte seinen Blick. „Du stehst nicht auf Small Talk und redest höchstens mal über Eishockey."

„Stimmt genau", sagt er und deutet grinsend mit dem Kinn zur Bar. Eine Aufforderung, mich wieder dorthin zu verpissen.

Ich grinse ebenfalls. „Und wäre ich ein höflicher Mensch, würde ich wieder an die Bar gehen und dich deiner Einsamkeit überlassen."

Riggs nickt mit ernstem Gesicht. „Ja, wenn du höflich wärst, wäre das die beste Entscheidung."

„Aber leider ist es so, dass …"

Riggs stöhnt überdramatisch auf, lehnt den Kopf an die gepolsterte Stütze der Sitzecke und blickt an die Decke.

„Ich habe ein Frauenproblem", verkünde ich. Fast stolz.

Riggs schnaubt humorlos und sieht mich wieder an. „Was auch sonst."

Dann macht er etwas Interessantes. Er beugt sich vor, und seine Körpersprache signalisiert deutlich, dass er auf mehr Infos wartet.

Ich warte nicht auf noch deutlichere Zeichen. „Ich date Emory."

„Das dachte ich mir", sagt er trocken.

Das bedeutet, dass er mehr von uns allen mitbekommt, als es den Anschein hat. „Die Dinge sind ernster geworden, und dann noch ernster, und jetzt sind sie ernsthaft kompliziert."

„Sprich nicht in Rätseln, und sag mir deutlich, was los ist", befiehlt Riggs und trinkt sein Bier in drei Zügen aus. Er schaut zum Barkeeper, hält sein Glas hoch und bestellt ein neues.

„Okay." Ich kippe meinen zweiten Whiskey ab. Aber ich bestelle keinen weiteren mehr, sondern schiebe das Glas von mir, um anzuzeigen, dass ich genug vom Bourbon habe.

Dann erzähle ich Riggs alles, was ungefähr fünf Minuten dauert. Ich mache nicht einmal eine Pause, als der Barkeeper Riggs das Bier serviert. Ich erzähle ihm, dass alles ganz zwanglos bleiben sollte, denn ich wollte keine feste Beziehung. Schon gar nicht mit einer Frau, die ein Kind hat.

Ich erkläre ihm, wie sich jedoch alles geändert hat, wir uns näherkamen und mir auch ihre Tochter ans Herz gewachsen ist. „Aber das war alles nicht so geplant“, sage ich.

Riggs knurrt zustimmend.

Dann erzähle ich Riggs von Shane und dass er wieder Kontakt zu Felicity haben wollte. Ich gebe zu, dass ich den Arsch nicht mag, aber einverstanden war, ihm eine Chance mit seiner Tochter einzuräumen. Ich lasse auch nicht aus, dass er süchtig ist und seine Tochter bei einer Schulveranstaltung sitzen ließ.

„Erst schien sich Shane unter Kontrolle zu haben.“ Ich trinke noch einen Schluck Bier und genieße den leichten Schwips, den mir der Whiskey verpasst hat. „Er kam gerade erst aus dem Entzug und hat wirklich versucht, eine Verbindung zu seiner Tochter aufzubauen. Sie hat sich sehr gefreut, ihn wiederzuhaben. Und dann ist er plötzlich einfach nicht mehr aufgetaucht. Es war ein Schock für sie.“

„Ich wette, dass Emory nicht sehr schockiert ist“, sagt Riggs.

Sein erster echter Kommentar zu meiner Situation. Dass er aktiv an dem Gespräch teilnimmt, wundert mich schon genug, aber dass er Emorys Reaktion erkannt hat, überrascht mich total.

„Nein“, sage ich erstaunt. „Sie wunderte sich überhaupt nicht darüber.“

Riggs greift nach seinem Bier und nickt. „Weil sie Bescheid weiß.“ Er trinkt.

„Worüber?“

„Dass Süchtige nie die Kontrolle haben. Man kann ihnen nicht trauen. Bei der kleinsten Hürde können sie wieder in den Strudel geraten, und darauf muss man vorbereitet sein.“

Ich weiß, welche Hürde es diesmal war. „Es war, weil Emory sich weigert, ihn wieder in ihr Leben zu lassen. Zwar ist sie voll dafür, dass er Felicity ein guter Vater ist, aber er hatte die Hoffnung, dass sie alle drei wieder eine glückliche Familie werden. Am Tag vor dem Tanz in der Schule hat sie ihm deutlich gesagt, dass das nie wieder geschehen wird.“

Riggs nickt verstehend.

„Was bedeutet“, sage ich, um zum Ende zu kommen, „dass Shane gar nicht wegen seiner Tochter aufgetaucht ist. Sondern er wollte Emory zurückhaben. Und als er sie nicht haben konnte, ist er abgehauen. Was ist das für ein Vater, der sein Kind verlässt, nur weil er die Mutter nicht haben kann?“

Etwas flackert in Riggs Augen auf. Eine Kombination aus Wut und Sorge. „Nur weil man sich einen Vater schimpfen kann, heißt das noch lange nicht, dass man automatisch ein guter ist.“

„Sprichst du aus Erfahrung? Hast du deshalb die Vormundschaft für Janelle?“

Riggs nickt und senkt den Blick auf sein Bier. „Felicity kann von Glück sagen, Emory zu ihrem Schutz zu haben.“

„Und Janelle hat dich.“

Riggs lächelt bitter und sieht mich an. „Mein Stiefvater hat mir die Kindheit gestohlen. Und ich wollte nicht, dass es Janelle genauso geht. Aber glaub mir, die Bürde, jemanden zu beschützen, bedeutet, in ständiger Angst und in Misstrauen zu leben. Wenn die Dinge mit Emory kompliziert sind, kannst du davon ausgehen, dass sie das meiste davon nicht unter Kontrolle hat. Sie versucht nur, mit allem fertigzuwerden."

Genau. Zu dieser Erkenntnis bin ich auch schon gekommen, ich kann es nur nicht so eloquent ausdrücken wie Riggs. Es von ihm zu hören, rückt jedoch mein Bild zurecht. Ich erhebe mein Bier. „Danke, dass du mir das erzählt hast, Mann. Das hilft mir enorm."

Er lächelt schief. „Gern würde ich sagen, jederzeit. Aber das sage ich nicht. Du weißt, dass ich das Gelaber hasse."

Ich lache und trinke noch einen Schluck. Zwar hat mir Riggs auch keine Antworten gegeben, aber ich fühle mich trotzdem besser. Vielleicht musste ich mir nur alles von der Seele reden.

Kapitel 25

Jett

Das Gelächter am Küchentisch ist ein gutes Zeichen.

Ich habe Steaks mitgebracht, die ich draußen gegrillt habe. Felicity ist noch zu jung, um den Grill allein zu bedienen, aber sie leistete mir Gesellschaft, während Jenna und Emory Salat und Ofenkartoffeln machten. Sie sprach über den Tanzabend und wie schön sie ihn fand. Und erzählte mir von der gestrigen Übernachtung bei ihrer Freundin und dass sie sich unter der Bettdecke Gruselgeschichten erzählt haben, sodass sie fast die ganze Nacht nicht schlafen konnten.

Seit wir darüber geredet haben, scheint Emory über einige ihrer Ängste weggekommen zu sein. Sie wirkt nicht mehr so grübelnd und ihr Lachen ist entspannt. Der Begrüßungskuss war voller Bedeutung, und ihr Blick verriet mir, dass alles in Ordnung ist. Dann küsste sie mich erneut, und das Funkeln in ihren blauen Augen sagte deutlich, dass sie dringend wieder mit mir allein sein wollte, genau wie ich mit ihr. Das haben wir in zwei Tagen geplant, nach der Weihnachtsfeier des Teams. Dort werden wir zum ersten Mal als Pärchen auftauchen. Das ist wie eine offizielle Verkündung. Emory will dann bei mir übernachten, aber da es ein Wochentag ist, fährt sie wieder nach Hause, um morgens da zu sein, wenn Felicity aufstehen muss.

Jetzt sitzen wir alle am Tisch und erzählen uns Witze. Emory lächelt in die Runde. Jenna grinst mich wissend an. Als ob es völlig normal wäre, dass wir alle zusammensitzen bei einem Familienessen und anschließendem Witzeerzählen.

Aber auch wenn es sich nach sechsundzwanzig Jahren anders anfühlt, fühle ich mich nicht unwohl dabei. Im Gegenteil, ich fühle mich sauwohl in der neuen Rolle.

Noch vor ein paar Tagen habe ich den Ersatzvater für Felicity beim Tanzen gespielt. Wenn ich daran denke, spüre ich Freude. Als Emory mir schrieb, dass Shane nicht kommt und sie allein mit Felicity zu der Veranstaltung geht, überlegte ich nicht lange. Mir war sofort klar, dass ich einspringen musste. Ich kam nicht einmal auf die Idee, dass daran etwas falsch oder peinlich sein könnte. Felicity strahlte, als sie mich sah, und Emorys Gesicht … o Mann. Wenn sie mich den Rest meines Lebens täglich so ansehen würde, hätte ich keinen Wunsch mehr offen.

Auf der Tanzveranstaltung hatten wir viel Spaß. Eine von Felicitys Freundinnen fragte mich, ob ich ihr Daddy sei, denn Felicity hatte ihren Freunden von ihm erzählt. Dies war der einzige Moment, der hätte peinlich werden können. Aber ich antwortete: „Nein. Ich bin der galante Ritter, der diese schöne Lady zum Ball führt."

Keine Ahnung, wieso mir das eingefallen ist, aber die Mädels kicherten. Danach war ich nur noch der Ritter, und auch andere Mädchen wollten mit mir tanzen. Felicity gestand ihnen ungefähr dreißig Sekunden mit mir zu, um alle drankommen zu lassen. Die meiste Zeit über tanzten die Mädchen aber miteinander, und als die Väter merkten, wer ich bin, saßen wir zusammen und fachsimpelten über Eishockey.

Emory war stille Beobachterin, redete aber auch mit Felicitys Lehrern. Ich bat sie nicht um einen Tanz, da ich ja für Felicity hier war, und ich glaube, Emory war dafür dankbar.

Am Ende des Abends, als wir getrennte Wege gingen, umarmte mich Felicity und bedankte sich dafür, dass ich ihr Ritter war. Die Dankbarkeit in ihrer Stimme berührte eine Stelle in meinem Herzen gleich neben der, die für Emory reserviert ist.

Plötzlich klopft es an der Haustür. Als ob jemand einen Eimer Wasser auf unsere Fröhlichkeit gekippt hätte, verstummen alle und die Anspannung ist fast greifbar. Es wird kein Besuch erwartet, und ich sehe Jenna und Emory an, dass sie eine Ahnung haben, wer das sein könnte. Genau wie ich. Denn das haben wir alle irgendwie erwartet.

Emory steht auf und legt die Serviette von ihrem Schoß auf den leeren Teller. „Ich gehe schon."

Felicity scheint die Anspannung nicht zu spüren, doch Jenna springt sofort ein, wie es nur eine liebende Tante kann.

„Zeit für dein Bad, Felicity. Jett kümmert sich um den Abwasch."

„Schon dabei", sage ich und stehe auf.

Das scheint Felicity in Bewegung zu versetzen, denn sie tut es mir gleich.

Jenna nimmt Felicity an die Hand. „Komm, Kleines. Magst du heute lieber Pfirsich- oder Erdbeerbadeschaum?"

Ich höre nicht weiter zu, nehme meinen Teller und werfe einen Blick zu Emory an der Haustür.

Tatsächlich ist es Shane. Seinen Zustand kann ich bei der schwachen Außenlampe nicht beurteilen, aber er scheint clean zu sein, weil Emory ihn hereinlässt. Aber sie blockiert den Weg ins Wohnzimmer.

Shane sieht mich an und ich ihn. Als er Emory wieder ansieht, drehe ich mich um und bringe meinen Teller weg, um den beiden so etwas wie Privatsphäre einzuräumen.

Emory scheint das aber nicht zu wollen, denn sie spricht nicht leiser. Ich verstehe jedes Wort.

„Was willst du hier, Shane?"

„Ich möchte mich entschuldigen. Und Felicity besuchen. Ich will ihr erklären …"

„Stopp!", sagt Emory so kalt, dass mir ein Schauer über den Rücken läuft. „Auf keinen Fall werde ich dich zu Felicity lassen. Du hast sie sitzen lassen. Und ich weiß genau, dass du high warst. Wage es ja nicht, mich anzulügen."

„Es tut mir leid. Ich hatte einen schwachen Moment. Mir ging es nicht gut, als du mir gesagt hast, dass du mit mir fertig bist. Ich will Felicity nur sagen …"

Sie unterbricht ihn erneut. „Es gibt nichts, womit du ihr das erklären könntest. Und gib nicht mir dir Schuld, weil ich mein Leben ohne dich weiterführe."

„Ich habe das Recht, sie …"

„Du hast überhaupt keine verdammten Rechte", knurrt sie.

Zwar kann ich ihr Gesicht nicht sehen, ich kann mir aber ihren wütenden Ausdruck vorstellen. Angespannt stehe ich vor dem Spülbecken. Ich weiß nicht, was Shane tun wird, bin aber bereit, notfalls Emory zu Hilfe zu eilen.

Emory spricht weiter. „Ich habe das alleinige Sorgerecht. Du hast gar nichts. Ich habe dir nur erlaubt, sie zu besuchen, weil ich ein netter Mensch bin. Und weil ich wirklich gehofft habe, dass du clean bleibst, aber das hast du nicht geschafft. Niemals werde ich ihr diese Achterbahnfahrt aus Schmerz und Hoffnung antun, der man ausgesetzt ist, wenn man dich liebt. Mit sieben Jahren kann sie erst recht nicht damit umgehen."

„Heißt das, dass du mir den Kontakt vollkommen verbietest?"

„Nein. Aber ich lasse das Gericht entscheiden, wie oft du sie unter den gegebenen Umständen besuchen darfst. Außerdem schalte ich eine Psychologin ein, die mir hilft, ihr alles zu erklären. Sie muss lernen, mit der Enttäuschung umzugehen, die du ihr zweifellos bereiten wirst."

„Das klingt, als ob du nicht viel Vertrauen in mich hast", sagt er bitter.

Ich muss mir ein Lachen verkneifen. Der Mann versteht wirklich gar nichts. Sieht nicht, dass er jedes Vertrauen verspielt hat.

„Du musst jetzt gehen", sagt sie leiser, doch laut genug, dass ich es höre.

„Und wenn ich mich weigere? Wenn ich darauf bestehe, mich bei Felicity entschuldigen zu können?"

Ich weiß nicht, wozu der Kerl fähig ist. Und ich habe keine Ahnung, ob Emory sauer wird, wenn ich mich einmische. Aber auf keinen Fall werde ich erlauben, dass er mit Gewalt zu seiner Tochter vordringt, solange Emory es verbietet. Ich drehe mich um und Shane entgeht das nicht. Er sieht mich finster an.

„Wenn du auch nur einen Schritt weitergehst und versuchst, zu Felicity zu gehen, schlage ich dir die Zähne ein."

Shanes Ausdruck ist voller Wut, aber er ist auch blass geworden bei der Drohung. Emory verschränkt standhaft die Arme vor der Brust und lässt Shane nicht aus den Augen.

„Raus hier", sagt sie.

„Fick dich", knurrt er und beugt sich leicht in ihre Richtung. Doch bevor ich mich in Bewegung setzen kann, macht er auf dem Absatz kehrt, eilt hinaus und wirft die Tür hinter sich zu.

Mit fünf großen Schritten bin ich im Wohnzimmer, und bevor sie sich umdrehen kann, lege ich die Hände auf ihre Schultern. Sie zittert am ganzen Körper.

„Alles okay?“, fragt Jenna, die besorgt um die Ecke vom Flur herum schaut. Sie muss die zuschlagende Haustür gehört haben.

„Ja, alles gut“, versichere ich ihr.

Jenna geht wieder zu Felicity zurück.

„Geht es dir auch gut?“, frage ich Emory und drehe sie zu mir um. Diesen Ausdruck habe ich noch nie gesehen und er verursacht mir einen Kloß im Magen. In ihren blauen Augen steht die blanke Angst. Gleichzeitig wirkt sie irgendwie leer. Ich kann es nur als gebrochen beschreiben.

Bereitwillig lässt sie sich von mir in die Arme nehmen, bleibt aber angespannt und steif. Sie akzeptiert meinen Trost, aber er hilft ihr nicht.

„Ich schaffe das nicht“, wispert sie und ein Zittern durchläuft sie.

Ich küsse sie auf den Kopf. „Doch, du schaffst das. Du hast ihn in die Schranken gewiesen. Und jetzt kannst du die Sache mit deinem Anwalt besprechen. Und das mit der Psychiaterin ist eine gute Idee. Ich werde …“

„Nein“, unterbricht sie mich und sieht zu mir hoch. „Ich meine, ich schaffe das mit dir nicht.“

Verwirrt und sprachlos blinzele ich. Ich weiß, dass die Sache mit Shane sie belastet. Sie hat gesagt, dass sie sich verletzlich fühlt. Wie Papier, das zerrissen wird. Aber ich habe ihr doch gesagt, dass ich für sie da bin.

„Ich bin für dich da, Emory. Stütze dich auf mich, wann immer du mich brauchst. Ich werde dich nicht straucheln lassen."

Ihr Lächeln schmerzt in meinem Herz. „Das weiß ich. Aber es ist eine weitere Komplikation, und du kennst mich doch. Ich will keine Komplikationen."

„Was ist denn so kompliziert?" Ich lasse sie los, damit sie sich umdrehen kann und sich nicht den Hals verrenken muss, um mich anzusehen.

Plötzlich Abstand zwischen uns zu haben, fühlt sich kühl an, und Emory verschränkt erneut die Arme vor der Brust.

„Es ist nur ..." Sie macht eine Pause und sucht nach Worten. Dann holt sie tief Luft und sieht mich an. „Du bist wunderbar. Felicity gewöhnt sich an dich, aber Shane ist so ein Problem für uns. Es wird sie seelisch beanspruchen und mich auch. Und dann habe ich auch noch einen neuen Job. Und meine Schwester, die versucht, wieder ins Leben zurückzufinden. Das ist eine ganze Menge und ich habe nicht viel Spielraum zwischen all der Verantwortung. Ich kann Felicity nicht sich selbst überlassen und Shane wird nicht einfach verschwinden. Jenna ist meine Schwester und meinen Job kann ich auch nicht aufgeben."

„Worauf willst du hinaus?", frage ich, aber ich kann es mir denken. Sie drückt sich nur unklar aus, obwohl sie normalerweise ein direkter Mensch ist.

„Ich habe Angst", gibt sie schließlich mit einem Seufzen zu. „Ich habe Angst vor meinen Gefühlen für dich und mit dir eine feste Beziehung einzugehen. Shane erinnert mich daran, dass ich ihn auch einmal für einen großartigen Kerl gehalten habe. Es brauchte nur einen Unfall und ein paar Pillen, um ihn völlig zu verändern."

Ich halte eine Hand hoch. „Moment mal! Vergleichst du mich etwa mit ihm?"

„Nein! Ich vergleiche euch beide nicht. Du bist überhaupt nicht wie er. Der wahre Grund für sein Suchtverhalten ist Unsicherheit und ein schwaches Selbstbewusstsein. So bist du ganz und gar nicht, und ich glaube auch nicht, dass du zulassen würdest, auf diese Weise dein Leben diktiert zu bekommen."

„Was ist dann das Problem?", frage ich frustriert, denn das ergibt für mich alles keinen Sinn.

„Ich habe Angst, weil meine Gefühle für dich viel tiefer gehen als je zuvor für jemanden. Tiefer als für Shane damals, und ich weiß, dass ich diesmal noch viel mehr verletzt werden könnte."

Das trifft mich unvorbereitet und mir bleibt kurz die Luft weg.

„Ich habe Angst, wieder verletzt zu werden, und dass ich nicht so viel Zeit für dich habe, wie du es dir vorstellst. Ich habe einfach diese Ängste, was dich angeht, und kann es nicht besser beschreiben."

„Ich weiß nicht, was ich dazu sagen soll", murmele ich, wende den Blick ab und denke über ihre Worte nach.

„Das klingt banal und es liegt nicht an dir. Es liegt an mir und meinen Bedenken. Bei dir habe ich das Gefühl, die Kontrolle zu verlieren. Und wenn mein Leben stabil ist, fühlt es sich unglaublich gut an, und ich will, dass es so bleibt. Aber momentan bin ich kurz vorm Zerbrechen wegen Shane und weil ich Felicity irgendwie heil da durchbringen muss. Und dann ist da diese irrationale Angst, von dir verletzt zu werden. Ich weiß, dass das alles lächerlich klingt. Aber ich bin der reinste Trümmerhaufen der Gefühle."

„Willst du, dass wir Schluss machen?", frage ich total durcheinander.

Sie schüttelt den Kopf. „Nein, ich glaube nicht, dass ich das will. Ich will nur etwas Zeit, mit allem fertigzuwerden. Mich auf Felicity zu konzentrieren und das mit Shane in den Griff zu kriegen. Ich brauche eine Pause, denn wenn ich bei dir bin, vergesse ich alles andere. Man könnte meinen, dass das eine gute Sache ist, aber mit dir ist es das nicht. Bei dir vergesse ich die ganze Welt, und das kann ich mir momentan nicht erlauben."

Teilweise freut mich, was sie gesagt hat. Dass sie so viel für mich empfindet, dass sie es als Komplikation betrachtet. Das ist sicher besser, als wenn sie nicht genug für mich empfinden würde, um bei mir zu bleiben.

Nehme ich an.

Woher soll ich das wissen? Fuck. Ich habe noch nie eine feste Freundin gehabt.

„Also willst du eine Pause?", frage ich nach.

„Ich weiß nicht so genau“, wispert sie gequält.

„Soll ich mich fernhalten? Dich nicht kontaktieren?“

Sie nickt. „Natürlich werden wir uns bei der Arbeit begegnen, aber …“

Wir werden uns begegnen … das klingt nach einer verfickt langen Pause. Und das gefällt mir nicht.

Meine Optionen sind klar. Ich kann ihr den Wunsch erfüllen und auf sie warten.

Oder ich kann das Ganze jetzt beenden, denn indem ich eine Komplikation für sie bin, wird sie zu einer für mich, weil jetzt mein Herz beteiligt ist.

Also mache ich das, was ich momentan tun kann. Ich gebe ihr einen Kuss auf die Wange und blicke ihr in die Augen. „Dann ruf mich an, wenn du bereit bist, uns eine Chance zu geben, okay?“

Erleichterung flutet ihre Augen und dann Tränen. Ich will nicht zusehen, wie die Tränen fallen, also nicke ich ihr verständnisvoll zu und gehe zur Tür hinaus.

Kapitel 26

Emory

Er wird denken, ich bin die bekloppteste Kuh, die er je gesehen hat, und mir den Laufpass geben. Denn trotz all unseres Geredes von Komplikationen ist doch in Wahrheit alles wunderbar einfach zwischen Jett und mir.

Sogar, seit es ernst geworden ist.

Die Komplikation existiert nur in meinem Kopf. Ich habe sie vor zwei Stunden kreiert, als Shane zu Besuch kam.

Mir war klar gewesen, dass es mich belastet, wenn Shane wieder Drogen nimmt, und dass es schwer wird, damit umzugehen. Diese Vorahnung wog so schwer, dass sie mir die Kraft raubte, mein Leben auf die Reihe zu bekommen. Und das erwähnte ich Jett gegenüber am Telefon vor seinem gestrigen Spiel. Dennoch war ich nach dem Telefonat sicher, dass ich meine Freizeit mit ihm verbringen wollte. Im Herzen wusste ich, dass er nur gut für mich sein kann.

Dann tauchte Shane auf und zerstörte alles.

Verfluchter Shane.

Es wäre mir lieber gewesen, wenn er zugedröhnt erschienen wäre, aber er war absolut clean. Was nicht überraschend ist, denn Shane hatte immer wieder Zeiten, in denen er clean blieb. Meistens gut kalkuliert, um einen guten Eindruck zu machen. Deshalb habe ich mir seine Augen genauer angesehen. Sie waren zwar blutunterlaufen, aber sein Blick war fokussiert und klar. Da wusste ich, dass er mir etwas vorspielt.

Ich ließ ihn ins Haus, weil ich wusste, dass es sicher war. Jenna kümmerte sich um Felicity und Jett stand in der Küche und hörte zu. Was mir nichts ausmachte. Ich wollte nur, dass Shane sagte, was er zu sagen hatte, und dann wollte ich, dass er wieder ging. Ich erwartete, dass er sich entschuldigt. Auch dass er Felicity sehen wollte, was ich streng verneinte. Aber ich war nicht auf seine Wut vorbereitet. Auf seine Drohung, nicht gehen zu wollen, ohne mit Felicity gesprochen zu haben, was ihm Jett glücklicherweise ausreden konnte. Und das Schlimmste war, als Jetts Schutz Shane zu seinem letzten Gefühlsausbruch verleitete und er „Fick dich“ sagte, bevor er davonstapfte. Das änderte alles. Es erinnerte mich daran, wie Shane einmal die Beherrschung verloren und mich geschlagen hat. Zwar ist das nicht der Grund, dass ich mich vor ihm fürchte, aber ich befürchte, dass seine Besuche bei seiner Tochter zu einem Krieg mit mir ausarten werden.

Ich fühlte mich unter dem Druck all dieser Probleme in eine Ecke gedrängt. Ich wusste, dass eine Auseinandersetzung bevorsteht und meine Tochter hineingeraten wird, egal wie gut ich sie zu schützen versuche. Weil sie Kontakt zu ihrem Vater haben will und mir schon ganz übel ist, wenn ich ihr das verwehren muss. Ich brauche Hilfe und werde morgen Nora anrufen. Schnell möchte ich Felicity in eine Therapie stecken, damit sie eine Fachfrau an ihrer Seite hat anstatt nur mich und Jenna.

Als Shane gegangen war, betrachtete ich Jett plötzlich als eine Komplikation. Da ich eine Menge Verpflichtungen habe und mich unmöglich zwischen allen zerreißen kann, kann ich keine zusätzliche mehr verkraften. Jett ist so fürsorglich, amüsant, loyal und standfest. Schon jetzt habe ich das Gefühl, ihm mein Bestes geben zu müssen und bereits zu versagen.

Also sagte ich ihm, dass ich eine Pause brauche.

Luft zum Atmen.

Zeit zum Nachdenken.

In Wahrheit wollte ich mir einfach keine Sorgen um ihn machen müssen. Wollte kein schlechtes Gewissen haben, weil ich nicht bei ihm übernachten kann, wenn Felicity mich braucht. Wollte das nächste Mittagessen mit ihm nicht absagen müssen, weil ich in der Mittagspause die Unterlagen für den Anwalt gegen Shane zusammenstellen muss. Und vor allem wollte ich Jett nicht absagen müssen, weil ich eigentlich von all dem Mist vollkommen erschöpft bin.

Ich wollte ihn nicht enttäuschen.

Und mich selbst auch nicht.

Natürlich brauchte ich danach nicht lange, die Sache objektiver zu betrachten. Also hatte ich mich bereits zusammengerissen, als mich Jenna für blöd erklärte, weil ich die Beziehung auf Eis legen wollte. Felicity schlief bereits, und Jenna hatte nur darauf gewartet, mir den Kopf zu waschen. Sie war ziemlich deutlich, aber ihre Worte hatten Wirkung.

„Du hast mit Jett Schluss gemacht, um die Komplikationen aus dem Weg zu schaffen, und das ist echt ironisch, denn kompliziert bist hier nur du selbst. Sieh dir den Stress in deinem Leben doch mal an! Ein anspruchsvoller Job, alleinerziehende Mutter, ein süchtiger Ex … und du bezeichnest Jett als die Komplikation? O Mann, er hätte sofort die Flucht ergreifen sollen, aber stattdessen sagte er nur, dass du ihn anrufen sollst, wenn du deine Meinung änderst. Dieser Mann wartet sogar so lange, bis du wieder richtig im Kopf bist."

Ich blinzelte sprachlos.

Blinzelte noch mehr.

Öffnete den Mund, um zu widersprechen.

Schloss ihn wieder.

Mir wurde klar, dass sie recht hat und ich eine komplette Idiotin bin, auch nur in Erwägung zu ziehen, Jett könnte mein Leben noch komplizierter machen.

Ich stöhnte auf. Verfluchte mich. Machte mir Selbstvorwürfe. Jenna nickte bestätigend.

„Ich rufe ihn an", sagte ich und bewegte mich Richtung Schlafzimmer.

Doch Jenna packte mich am Arm und schob mich zur Haustür. „Das musst du persönlich machen. Er verdient mehr als einen Anruf."

Da hatte sie recht. Und jetzt parke ich mein Auto an der Bordsteinkante vor seiner Wohnung. Aus Furcht, dass er mich nicht reinlässt, habe ich ihn nicht vorgewarnt. Falls er eventuell sauer auf mich sein sollte, würde er mich aus einem Gefühl der Verpflichtung heraus dennoch persönlich empfangen, wenn ich unerwartet vor der Tür stehe.

Ich zücke das Handy und wähle seine Nummer aus. Noch vor dem zweiten Klingeln geht er dran.

„Hi."

„Hi", sage ich und hasse es, dass meine Stimme zittrig klingt. „Ich würde gern mit dir reden."

„Jetzt?", fragt er verwirrt.

„Ja, wenn du nichts dagegen hast."

„Soll ich zu dir kommen?", fragt er, wie immer ganz der Gentleman, was mich ein bisschen erleichtert.

„Ähm … ich stehe vor deinem Apartmenthaus."

Er sagt mir, ich solle ins Parkhaus fahren, von dem er mir den Code gegeben hat. Da ich nicht so frech sein wollte, direkt dorthin zu fahren, weil ich schließlich diejenige bin, die Schluss gemacht hat, freue ich mich über seine Einladung, seinen Parkplatz benutzen zu dürfen.

Als ich in seinem Flur ankomme, klopft mein Herz schneller. Er öffnet die Tür, lehnt sich mit den Händen in den Hosentaschen an den Rahmen und blickt mir entgegen. Mein Gesicht wird heiß bei seinem Ausdruck. Ich kann mich nicht in seine sicherlich reichlichen Emotionen hineinversetzen, bin aber erstaunt, Hunger und Begierde zu erkennen.

Mir geht es nicht anders.

Ich spüre es durch und durch.

Es ist viel zu lange her, seit wir das letzte Mal allein waren. Es kribbelt vom Kopf bis zu den Zehen.

„Sieh mich bitte nicht so an“, sage ich, als ich nur noch ein paar Schritte entfernt bin.

Sein Blick checkt mich von oben bis unten ab und er lächelt schief. „Bist du gekommen, weil du es dir anders überlegt hast?“

„Ja“, antworte ich schlicht. Wahrscheinlich küsst er mich jetzt, dann setzen wir uns auf die Couch, damit ich mich richtig entschuldigen kann, und dann versöhnen wir uns auf lustvolle Weise. Seine Körpersprache sagt mir, dass wir uns auf jeden Fall versöhnen werden. Nicht, dass wir je richtig Schluss gemacht hätten. Ich wollte nur eine Pause, und zwei Stunden sind lange genug, finde ich.

Doch Jett überrascht mich, indem er sich leicht bückt und mich wie ein Höhlenmensch über seine Schulter legt, sich umdreht und mit mir hineingeht. Er achtet darauf, meinen Kopf nicht anzuschlagen, und schubst mit dem Fuß die Tür zu.

Ohne ein Zögern.

Zielstrebig steuert er sein Schlafzimmer an.

Wir nähern uns dem Bett und ich beginne zu zappeln, doch schon lässt er mich auf die Matratze fallen. Ich pralle leicht ab und dann liegt Jett über mir und küsst mich. Schnell halte ich meine Hand auf seinen Mund und stoppe ihn.

Er hebt die Augenbrauen.

„Vergibst du mir, dumm gewesen zu sein?", will ich wissen.

Er beißt mir sanft in die Handfläche, sodass ich sie zurückziehe. Dann liegen seine Lippen auf meinen, seine Zunge dringt in meinen Mund. Das ist eine eindeutige Antwort. Er hat mir verziehen.

Ich bekomme kaum mit, wie es passiert, aber im nächsten Moment sind wir nackt. Jett setzt sich mit gespreizten Beinen auf mich, legt die Hände auf seine Schenkel und betrachtet mich. Lüstern und schön zugleich, besonders wegen der Erektion. Ohne zu zögern, umfasse ich sie, drücke sie und bewege die Hand auf und ab. Jett stöhnt genüsslich auf. Ich mache so weiter und Jett sieht mich mit Begierde an. Er bewegt die Hüften im Einklang mit meinen Bewegungen. Er knurrt tief, was mir sagt, dass er es nicht mehr lange aushält.

Er ist so verdammt perfekt.

„Leg dich auf den Rücken", sage ich, lasse von ihm ab und schubse leicht seinen Bauch an.

Seine Muskeln spannen sich an, doch er rührt sich keinen Millimeter. Reglos sieht er mich an.

„Ich will dich in den Mund nehmen", erkläre ich. An seinem Kiefer zuckt ein Muskel. „Sofort", befehle ich.

Jett steigt von mir und legt sich auf den Rücken. Ich lache und knie mich neben ihn. Mit einer Hand auf seinem Bauch rutsche ich noch näher und liebe es, wie seine Muskeln bei meiner Berührung zucken. Ich umfasse seine Erektion und beuge mich über ihn. Jett holt hörbar Luft. Ich schließe den Mund um seine Spitze und höre, wie er erleichtert ausatmet, gemischt mit der Lust auf mehr. Das gebe ich ihm, ich nehme ihn tief in den Mund und sauge ihn hart.

„Himmel“, murmelt er und greift in meine Haare. Ich spüre seine Finger auf dem Kopf und dass er mich an Ort und Stelle halten will.

Keine Angst. Ich gehe nirgendwo mehr hin.

***

Unsere Atmung hat sich beruhigt, unsere Beine sind miteinander verschlungen, mein Kopf ruht auf Jetts Brust und er scheint das Schweigen zu genießen. Sein Streicheln meiner Hüfte macht mich schläfrig.

Aber ich will nicht schweigen, denn ich bin zum Reden hergekommen.

Natürlich bereue ich den Sex nicht. Nie würde ich weltenerschütternde Orgasmen und die Lust in Jetts Gesicht bereuen.

Aber wir müssen reden.

„Es tut mir wirklich leid“, sage ich in die Stille hinein.

„Was denn?“ Ich höre den Humor in seinem Ton.

„Dass ich so blöd war. Jenna hat es auf den Punkt gebracht. Ich bin vor dir davongelaufen und du hättest besser sofort die Flucht vor meinem Wahnsinn ergreifen sollen.“

Jett lacht und packt meine Hüfte fester. „Ich mag deine Schwester wirklich. Habe ich das schon mal erwähnt?"

„Ja." Das hat er schon oft gesagt. Jenna und auch Felicity sind ihm ans Herz gewachsen. „Ich dachte, ich schaffe das alles nicht. Ich wollte dich nicht enttäuschen, weil ich so viel um die Ohren habe, und da dachte ich …" Ich hebe den Kopf und sehe Jett an. „Ich habe keine Ahnung, wieso ich dachte, dich wegschieben zu müssen. Und warum ich dein Angebot, für mich da zu sein, nicht angenommen habe."

„Weil du Angst hast", sagt er schlicht und ergreifend. „Und weil du ein stolzer Mensch bist."

Ich lege den Kopf wieder auf seine Brust. „Wahrscheinlich."

„Und das hast du jetzt überwunden", sagt er leise, aber ein bisschen fragend.

„Ich habe immer noch Angst, aber ich bin nicht mehr dumm." Ich lache nervös auf.

„Du hast nur zwei Stunden gebraucht, um dich zu entdummen. Das ist wahrscheinlich die kürzeste Trennung in der Geschichte der Trennungen."

„Das war ja keine Trennung." Ich pikse ihm in die Rippen. Jett weicht ruckartig aus. „Ich wollte nur eine Pause. Das ist ein großer Unterschied."

„Das sagst du so leicht."

Wir schweigen wieder und Jett streichelt mich weiter. Erneut macht er mich damit schläfrig. „Du verzeihst mir also?", frage ich nach.

„Ich habe dir einen Orgasmus verschafft, oder?"

„Zwei. Sag es, verzeihst du mir?"

Er antwortet nicht spontan. Mein Herz klopft vor Angst. Habe ich ihn falsch interpretiert? War das hier nur noch mal eine Runde im Bett, bevor wir getrennte Wege gehen?

Ich hebe den Kopf und sehe ihn an, weil ich seinen Ausdruck zu seinen Worten lesen können will. „Hast du mir verziehen?", frage ich noch einmal deutlicher.

Entspannt sieht er mich an. Er stupst mein Kinn an, gleitet mit der Hand meinen Hals entlang und hält mich fest. „Ich liebe dich. Es gibt nichts zu verzeihen."

Mir wird kurz schwindlig. Der Raum scheint sich zu drehen und meine Handflächen werden feucht. Damit habe ich nicht gerechnet, nicht einmal daran gedacht. Dennoch weiß ich, dass diese Worte kostbar sind, und auch wenn ich sie jetzt nicht erwartet habe, bin ich bereit dafür, sie zu hören.

„Ich liebe dich auch", antworte ich. Denn was sollte ich sonst sagen? Nur das noch: „Deshalb konnte ich mich auch so schnell entdummen. Weil ich dich liebe und weiß, dass du die schönste Komplikation meines Lebens bist. Als du eben gesagt hast, dass du mich liebst, wusste ich sofort, dass ich dich auch liebe."

Jett gibt mir einen Kuss. „Heute ist es mir erst so richtig klar geworden, als du gesagt hast, dass ich ganz und gar nicht wie Shane bin."

„Bist du auch nicht", versichere ich ihm schnell.

Er schüttelt den Kopf so, als ob ich ihn nicht richtig verstanden hätte. „Du hast gesagt, dass ich mein Leben nicht von irgendetwas fremdbestimmen lasse, so wie Shane von seiner Sucht."

„Ja, und …?"

„Du bestimmst mein Leben, Emory." Das macht mich sprachlos. „Das wurde mir klar, und da wusste ich, dass ich dich liebe. Und deshalb konnte ich dir auch eine Pause einräumen. Aber keine lange. Ich bin froh, dass du dich entdummt und beschlossen hast, deine neue Komplikation zu behalten."

„Gott, womit habe ich dich nur verdient!" Ich löse mich aus seiner Umarmung, setze mich breitbeinig auf ihn und küsse ihn leidenschaftlich.

Unter mir spüre ich seine Erektion, die ich mit meiner Mitte reibe. Er stöhnt und dreht mich abrupt auf den Rücken.

Grinsend, verschmitzt und voller Versprechen sieht er mich an. „Gern zeige ich dir, was genau du dir alles verdient hast."

Ich öffne den Mund und erwidere seinen Kuss.

Autorin

Seit ihrem Debütroman im Jahr 2013 hat Sawyer Bennett zahlreiche Bücher von New Adult bis Erotic Romance veröffentlicht und es wiederholt auf die Bestsellerlisten der New York Times und USA Today geschafft.

Sawyer nutzt ihre Erfahrungen als ehemalige Strafverteidigerin in North Carolina, um mitreißende und sexy Geschichten zu schreiben.

Sie mag ihre Helden stark und mit Ecken und Kanten. Wenn sie nicht gerade die Figuren ihrer Romane zum Leben erweckt, ist Sawyer Chauffeurin, Stylistin, Köchin, Putzfrau und die persönliche Assistentin ihres lebhaften Kindes sowie Vollzeitbetreuerin zweier niedlicher, aber ungezogener Hunde. Sie glaubt an das Gute im Menschen und auch daran, dass ein schlechter Tag durch ein Work-out oder ein Stück Kuchen – gern auch durch beides – besser wird.

www.sawyerbennett.com
www.sawyerbennett.com/bookshop/german